SEDUCIDA

JULIANNE MACLEAN

SEDUCIDA

Titania Editores

ARGENTINA — CHILE — COLOMBIA — ESPAÑA
ESTADOS UNIDOS — MÉXICO — PERÚ — URUGUAY — VENEZUELA

Título original: *Seduced by the Highlander*
Editor original: St. Martin's Press, New York
Traducción: Victoria E. Horrillo Ledezma

1.ª edición Noviembre 2012

ISBN: 978-84-92916-33-7
E-ISBN: 978-84-9944-404-8
Depósito legal: B-26735-2012

Fotocomposición: María Ángela Bailen
Impreso por: Romanyà Valls, S.A. — Verdaguer, 1 — 08786 Capellades (Barcelona)

Impreso en España — *Printed in Spain*

Sabe cómo hacerte sentir la mujer más bella sobre la faz de la Tierra. Cuando te acorrala contra una pared y te besa apasionadamente, no hay nada que pueda compararse a esa sensación. Pero por desgracia la ilusión no dura. Él se aleja al instante, dejándote afligida y jadeante, y durante el resto de tu vida pasas las noches en vela preguntándote qué hiciste mal.

Así que, si sabes lo que te conviene, no te dejes seducir por él. Búscate otro hombre. Un hombre que quiera casarse contigo y darte montones de hijos.

Sobre Lachlan MacDonald, caudillo militar del Castillo de Kinloch

Anónimo

Prólogo

Kilmartin Glen, Tierras Altas de Escocia
Diciembre de 1718

Deseo. Lujuria. Sexo.

En el sueño, zozobraba en un mar de anhelos desesperados en cuyas tempestuosas aguas se hundía cada vez más. Manos suaves y curiosas acariciaban su torso y sus hombros y bocas cálidas y húmedas lamían su vientre.

Era Lachlan MacDonald, caudillo del Castillo de Kinloch, guerrero curtido y uno de los más célebres seductores de mujeres de toda Escocia. Y, sin embargo, amaba sólo a una que no era más que un recuerdo difuso y cambiante dentro de su cabeza.

¿Dónde estaba ella en aquel sueño? ¿Estaba allí? ¿Era de veras un sueño? Se parecía más bien a la muerte. Pero, si así era, volvería a estar con ella. ¿No?

La corriente comenzó a agitarse más aprisa a su alrededor. No, ella no estaba allí, en aquel lugar. Lachlan no conocía a aquellas mujeres. Le eran todas desconocidas. De pronto sintió que no podía respirar.

Despertó sobresaltado, boqueando para llenar sus pulmones de aire frío. Intentó incorporarse y no pudo. Tenía los brazos estirados por encima de la cabeza y las muñecas atadas con una cuerda. Sus piernas, abiertas, también estaban atadas por los tobillos. Se hallaba a la intemperie en una especie de foso, mirando hacia el cielo despejado de la noche.

Un dolor agudo estalló dentro de su cráneo. Era peor que la

9

muerte. Gritó de rabia, sus músculos se tensaron al retorcerse y tirar de sus ataduras. Pero era absurdo debatirse. Las cuerdas estaban bien sujetas y su cuerpo débil. Sintió en las entrañas el ardor de una náusea. Se quedó quieto y miró a su alrededor, entre la penumbra. Lo rodeaban paredes verticales de piedra. Estaba tendido en un lecho de grava fría.

No era un foso, sino una tumba abierta. Un antiguo sepulcro.

Cerró los puños y gritó con furia, pero sólo consiguió que le diera vueltas la cabeza.

¿Lo habían drogado? Y si así era, ¿quién había sido? ¿Y cómo, en nombre de Dios, había llegado allí?

Intentó recordar sus últimos actos, abriéndose paso a tientas entre la neblina de la confusión. Había viajado solo a Kilmartin Glen por orden de su primo y jefe, Angus MacDonald, señor del Castillo de Kinloch. Había hecho un alto en el camino para comer en la taberna...

Su respiración laboriosa se aceleró: lanzaba rápidas nubes de vapor al aire frío de la noche. Las imágenes volvieron a fluir lentamente. Había una mujer. Había ido con ella a los almiares de heno del campo. Ella se había reído cuando Lachlan le había deslizado las manos por las faldas y le había susurrado al oído. Pero, después de aquello, no recordaba nada. Era como si se hubiera sumido en aquel sueño.

Oyó pasos que se acercaban. Luego una figura apareció por encima de él, a los pies de la tumba. Una mujer. Lachlan la vio moverse como una sombra delante de la luna. La mujer se agachó a recoger algo del suelo: un cubo de madera con el asa de cuerda. Luego se irguió y clavó los ojos en él.

Estaba desorientado, pero reconoció al instante su silueta. Era la de Raonaid, el oráculo. Un mes antes, Raonaid había jurado que Lachlan lamentaría el día en que la había desterrado del Castillo de Kinloch.

—Raonaid...

Nunca antes había temido la muerte. Aquella mujer, sin embargo, despertaba en él un miedo profundo. Manejaba atávicos poderes del Más Allá, y Lachlan había percibido su veneno desde el primer momento. Por eso había urgido a Angus a expulsarla de Kinloch.

Raonaid dio un paso adelante y arrojó sobre él los huesos que contenía el cubo. Lachlan hizo una mueca de repugnancia cuando cayeron haciendo ruido sobre su manto de tartán.

—¿Qué es eso? —preguntó—. ¿Son los huesos de todos tus antiguos amantes?

Ella se recogió las faldas y saltó a la tumba. Sentándose a horcajadas sobre él, comenzó a menear el trasero encima de sus caderas.

—Si esperas cabalgarme —masculló él entre dientes—, te vas a llevar un chasco. Puede que no aproveche la ocasión.

Era una mujer hermosa, una de las más deseables de Escocia: tenía el cabello rojo, una figura voluptuosa, de pechos enormes y turgentes, y el rostro de un ángel. Pero Lachlan la despreciaba.

—No te deseo a ti —dijo, y sus ojos centellearon, llenos de repugnancia y hostilidad—. Nunca te he deseado. Deseaba a Angus, y fue mi amante más de un año, hasta que llegaste tú y te lo llevaste.

Lachlan se esforzó por pensar con claridad a pesar del intenso dolor que sentía dentro del cráneo.

—Angus no vino a este mundo para ser tu compañero de cama —contestó con voz pastosa—. Nació para comandar a los MacDonald, para ser caudillo y señor del Castillo de Kinloch, y yo lo ayudé a reclamar ese derecho. Si de verdad te importara, no te habrías interpuesto en su destino. Lo habrías dejado marchar.

Raonaid se inclinó y le susurró maliciosamente al oído:

—Pero Angus se vio obligado a casarse con la hija de su enemigo. No, Lachlan, fuiste tú quien lo arrastró de vuelta a un mundo y a una vida que había rechazado. Fuiste tú quien emponzoñó su mente contra mí.

Se echó hacia atrás y extrajo de su bota un pequeño puñal. Pasó lentamente la hoja delante de los ojos de Lachlan, de un lado a otro, con aire desafiante; luego cortó de un tajo un mechón de su pelo.

—Voy a necesitarlo para la maldición —dijo—. Para que dure.
—Después, le hizo un rápido corte en la mejilla con la punta afilada del puñal—. Y una gota de sangre.

Presa de rabia, Lachlan echó las caderas hacia delante violentamente para quitársela de encima, pero Raonaid se limitó a reír como si fuera un juego de niños.

La sustancia que le había dado, fuera cual fuese, seguía infectando su cerebro, y el súbito zarandeo hizo que la cabeza le diera vueltas. Se le nubló la vista y una náusea se agitó en su estómago. Cerró los ojos y sintió que un hilillo de sangre corría por su mejilla y caía despacio dentro de su oreja.

Cuando al fin remitió el aturdimiento, volvió a mirar a Raonaid.

—¿Vas a destriparme como a un pescado? —preguntó—. ¿Saciarás así tu retorcida sed de venganza?

—No, eso sería demasiado fácil. Lo que quiero es que sufras. Durante muchos, muchos años.

Cogió uno de los huesos que habían caído entre la grava, a su lado, lo levantó y susurró de nuevo en su oído:

—Sé lo de tu mujer.

Usando el filo del hueso, recogió la sangre de su mejilla.

Lachlan se quedó paralizado bajo ella, helados los nervios por una rabia furiosa.

—Sé que murió con terribles dolores mientras daba a luz a tu hijo —continuó diciendo Raonaid—. Sé que lloró y gritó y que habría dado cualquier cosa por que el niño sobreviviera, pero ¡ay!, los perdiste a los dos. Hoy se cumplen diez años. ¿Lo sabías cuando te llevaste a esa moza al henar?

Claro que lo sabía. Por eso lo había hecho. Porque necesitaba una distracción.

—¿Fue ella quien me envenenó? —preguntó—. ¿La pagaste tú?

—No, solo me facilitó las cosas echándote algo en el vino mientras coqueteabas con ella e intentabas hacerle creer entre bromas que era el amor de tu vida.

Lachlan crispó la boca. Cerró los puños con fuerza. Las cuerdas crujieron cuando tiró de ellas con todas sus fuerzas.

—Es demasiado tarde, no puedes escapar —dijo Raonaid—. Ya estás maldito. Lo estabas antes de despertar.

—¿Has arrojado sobre mí una maldición? —Tiró de nuevo de sus ataduras y se retorció, furioso, bajo Raonaid.

Ella se levantó y salió del foso; luego, lo miró desde lo alto.

—Mataste a la mujer a la que amabas depositando tu semilla en su vientre, y sin embargo sigues acostándote con cada muchacha bonita que se cruza en tu camino. Te habrías acostado conmigo, Lachlan, si yo hubiera estado dispuesta la primera vez que nos vimos.

Él tiró violentamente de las cuerdas.

—Eso fue antes de saber que eres una bruja rencorosa.

Raonaid se inclinó para recoger el cubo vacío.

—Soy rencorosa, no lo niego, pero si hubiera sido una presa más fácil lo habrías hecho antes de olerte siquiera mi malicia. ¿Con cuántas brujas rencorosas te has acostado? ¿Lo sabes acaso?

Lachlan no pudo responder: rara vez se quedaba con una mujer el tiempo necesario para descubrir su verdadero carácter.

—Imaginaba que no —prosiguió Raonaid—, por eso he elegido una maldición que te viene como anillo al dedo.

Lachlan aguardó en silencio a que explicara el conjuro que había lanzado sobre él. Una suave brisa sacudió las faldas de Raonaid.

—De hoy en adelante, cualquier mujer que se abra de piernas para ti, sin fallar una sola, concebirá un hijo y morirá en el parto entre terribles dolores. No hay nada que puedas hacer para impedirlo. Una noche con Lachlan MacDonald será una sentencia de muerte segura para cualquier muchacha lo bastante necia para caer rendida a tus encantos. Y el niño morirá también por tu causa.

Diciendo esto, Raonaid dio media vuelta y se alejó.

Lachlan le gritó mientras se debatía violentamente, pero ella no volvió. El ruido de sus pasos se difuminó en la oscuridad.

Horas después, cuando al amanecer abrió los ojos, Lachlan ya no estaba atado. La escarcha se dejaba sentir en el aire. Veía su aliento. Tenía las mejillas y los labios entumecidos por el frío.

Aún le dolía la cabeza. El dolor era tan intenso que se volvió y vomitó lo que tenía en el estómago.

Débil y trémulo, sacudido por temblores incontrolables, salió del foso mortuorio y miró a su alrededor. Estaba sobre un túmulo de piedras de unos doce metros de diámetro, en algún lugar de Kilmartin Glen. Miró hacia abajo. Un pequeño círculo de piedras puestas en pie rodeaba la tumba y, más allá, otro círculo mayor de rocas más altas circundaba por completo el túmulo.

Lachlan se sopló las manos para calentárselas y se tocó la sangre seca de la mejilla.

Cruzando a trompicones el lecho de piedras sueltas, llegó hasta el borde del túmulo. Más allá, una crujiente capa de escarcha cubría la hierba. Cayó de rodillas y se tumbó de espaldas. Mientras miraba parpadeando el cielo de la mañana, sopesó la situación.

No era supersticioso y nunca había creído tanto como en Angus en las dotes mágicas de Raonaid, pero ¿cómo iba a vivir así? ¿Y si había algo de verdad en aquella maldición?

Se dio la vuelta, se incorporó apoyando las rodillas y las manos en el suelo y, tosiendo, se levantó trabajosamente. Mientras regresaba a la aldea, juró encontrar a Raonaid. La encontraría, por lejos que tuviera que ir y pese al tiempo que le costara. De un modo u otro, la obligaría a levantar la maldición.

Tal vez amenazara con matarla haciendo uso de ella.

Sí, eso sin duda la animaría a deshacer el conjuro. La idea le dio fuerzas.

Capítulo 1

Señorío de Drumloch, frontera de Escocia.
Octubre de 1721

DEL DIARIO PRIVADO DE LADY CATHERINE MONTGOMERY

He resuelto que hoy, puesto que hace buen tiempo, voy a escribir mi primera anotación en el círculo de piedra. No puedo explicarlo, pero hay algo en este lugar que me reconforta, y hoy necesito sin falta algún consuelo. Hace ya cuatro meses de mi regreso, aunque «regreso» no sea la palabra más adecuada para describir mi situación aquí.

Sigo sin recordar nada de mi vida anterior, pese a los muchos esfuerzos del médico y sus incansables tentativas de experimentar con mi cabeza. Está perplejo, pese a que al mismo tiempo muestre impúdicamente su entusiasmo, y yo empiezo a pensar que se llevará una desilusión si alguna vez logra curarme de este mal. Me mira ceñudo cuando se lo digo, pero tengo la sensación de que mi espíritu está en un lugar que no le corresponde: como si me hubiera apropiado del cuerpo de otra mujer y hubiera hecho mío cuanto era suyo. Me siento como una impostora, y a veces me pregunto si eso es lo que soy, una farsante perversa y maquinadora, aunque la abuela y el primo John me aseguren diariamente que soy ella: lady Catherine Montgomery, hija de un conde escocés. Una mujer desaparecida hace cinco años.

Dicen que mi padre fue un gran soldado y que murió luchando por los escoceses en la última rebelión, en el bando de los jacobitas, al que según cuentan también apoyaba yo apasionadamente. No recuerdo nada de eso. Lo único que sé de mí misma es lo que me han contado y lo que he vivido desde la primavera, cuando me encontraron en el establo de una alquería, en Italia, acurrucada en una caballeriza vacía, hambrienta y temblorosa.

Me acogieron unas monjas y en cierto modo volví a nacer en ese convento extranjero: ellas me cuidaron hasta que recuperé la salud y me interrogaron incansablemente hasta que por fin fui identificada como la heredera, perdida años ha, de Drumloch.

¿Soy realmente ella? No lo sé. Los retratos de Catherine Montgomery muestran a una joven más bien regordeta y de aspecto virginal. Yo no soy regordeta, ni tampoco tan joven: dentro de seis semanas cumpliré, según dicen, veinticinco años. Tampoco soy ya virgen. El médico del convento lo constató.

No sé qué siento respecto a eso. A veces me inquieta, cuando imagino lo que no logro recordar. En mi fuero interno, sigo siendo virgen.

Estoy, además, muy delgada. Por eso algunos sirvientes no me reconocieron. Todos estuvieron de acuerdo en que tenía el mismo pelo que Catherine, de un tono de rojo poco frecuente, pero, fuera de eso, algunos pensaron que no me parecía en nada a ella. Su opinión fue desdeñada al instante.

Pero ¿y si tuvieran razón? A veces siento que la abuela me está ocultando algo. Ella lo niega, pero yo sospecho. ¿Es posible, acaso, que una parte de ella necesite creer que soy su nieta, aun sabiendo que no lo soy? A fin de cuentas, ya ha perdido a su hijo, el gran héroe de guerra que fue mi padre. Soy lo único que le queda de él.

En caso de que, en efecto, sea la heredera.

Sea como fuere, heredera o no, siento constantemente el impulso de mirar hacia atrás. Es como si esperara que la verdadera Catherine Montgomery (o su fantasma) fuera a hacer su aparición en cualquier momento y a ponerme en evidencia ante los demás como una impostora.

Catherine cerró el diario encuadernado en piel y, echando la cabeza hacia atrás, la apoyó en la piedra lisa y vertical. Habría deseado no tener que escribir sobre todo aquello, pero el doctor Williams la había urgido a poner por escrito sus reflexiones y sus sentimientos, alegando que tal vez de ese modo algo se desbloqueara dentro de su cabeza.

Otro experimento. ¿Insistiría el médico en leerlo?

Abrió de nuevo el cuaderno, echó un vistazo a lo que había escrito acerca de su virginidad y pensó en tachar la parte en la que hablaba sobre el notorio entusiasmo del doctor Williams.

No, lo dejaría como estaba. Era lo más sincero, y si aquel ejercicio tenía por objeto curarla de su extraña dolencia y resolver el misterio de sus cinco años de desaparición, debía abrir por completo su mente y dejar que saliera todo en tromba, como un saco de piedras vaciándose en el suelo.

Cansada de repente, dejó a un lado el diario y se tendió sobre la hierba, a la larga y fresca sombra de la roca colocada en vertical. Por la razón que fuera, ir allí era para ella un enorme consuelo.

Cruzó los tobillos y posó las manos sobre su vientre mientras contemplaba el cielo azul y radiante, salpicado de esponjosas nubes. Pasaban flotando parsimoniosamente, revolviéndose y cambiando de forma sin cesar. Mirarlas la ayudaba a relajarse. Tal vez ese día por fin el pasado saliera de su caja.

Poco después estaba soñando con hojas de otoño que el viento arrastraba por un infinito lecho de denso y verde musgo. Oyó un leve crujido de pasos entre la hierba, el relincho de un caballo llevado por la brisa...

En el sueño, se veía en un espejo y oía su voz gritando desde lejos. Alargó la mano y trató de hablar a la mujer del espejo.

—Ven a buscarme. Estoy aquí. He estado aquí desde el principio.

La mujer desapareció de pronto, atemorizada, como un fantasma que no quisiera dejarse ver.

Moviéndose, inquieta, Catherine sintió una presencia en torno al círculo de piedras. Pero no era el espíritu del sueño. Un hormigueo recorrió su cuerpo, y gimió suavemente a la brisa.

Alguien estaba circundando su esfera íntima mientras la observaba. Sintió los ojos del hombre clavados en ella y su mirada, cargada de una extraña fuerza de voluntad, la despertó y puso todos sus sentidos alerta. La impelía a incorporarse, pero Catherine no podía moverse. Seguía sumida en el sueño y su cuerpo parecía hecho de plomo.

Por fin sus párpados pesados se abrieron y miró pestañeando el cielo. Se sentó y miró a su alrededor.

Allí, al borde del círculo de piedras, un montañés de aspecto salvaje se erguía sobre un enorme corcel negro. La observaba en medio de un silencio fantasmagórico que la hizo preguntarse si acaso seguía soñando: era sobrecogedor, la viva imagen de un dios envuelto en una trémula neblina de luz solar.

Su cabello enmarañado por el viento era tan negro como la reluciente crin de su montura. Le llegaba por debajo de los hombros y se agitaba suavemente al susurro sigiloso de la brisa. Llevaba un manto de tartán con un deslustrado broche de plata en el hombro, un escudo redondo sujeto con correas a la espalda y, colgada de la cadera, una espada de dos filos en una funda de cuero.

Todo en él rezumaba sexualidad, y Catherine se sobresaltó al cobrar conciencia de ello, pues era una idea en extremo impúdica.

Quiso llamarlo, preguntarle quién era y qué quería, pero parecía haber perdido la voz. Era como si todavía siguiera gravitando en el sueño.

O quizá no fuera un sueño, sino una alucinación. Había tenido algunas últimamente: a menudo se veía yendo de acá para allá, haciendo cosas cotidianas, y nunca sabía si eran recuerdos de su vida o invenciones ociosas de una mujer que sencillamente no tenía pasado.

No había, en cambio, nada de ocioso en aquel hombre, pensó con un arrebato de fascinación al ponerse de rodillas. Saltaba a la vista que era un guerrero. Parecía haber pasado días, si no semanas, a caballo. Las pruebas de ello podían verse por doquier: en sus armas, en su figura fornida y musculosa, en la oscura sombra de barba que cubría su rostro finamente esculpido, en la adusta expresión de sus ojos cansados y hoscos y en el aspecto mugriento de su camisa.

El caballo bufó con fuerza y sacudió la enorme cabeza, y Catherine sofocó un grito al oírlo. Era justo lo que necesitaba: algo temporal, algo estentóreo que la sacara por fin de su ensoñación.

Comprendió que aquel montañés no era una alucinación. Era de carne y hueso. Pero ¿por qué la miraba así, con una intensidad tan torva, tan descarada?

¿Acaso la conocía?

Catherine se recogió las faldas y se levantó lentamente, dispuesta a enfrentarse a aquel hombre de su pasado, fuera quien fuese.

El gigantesco caballo la sintió moverse y giró sobre sí mismo, nervioso. El montañés volvió la cabeza sin quitarle ni por un instante los ojos de encima.

—¡Quieto! —ordenó al gran corcel negro con una voz gutural que hizo temblar las fibras nerviosas de Catherine.

Se irguió resuelta, plantando firmemente los pies sobre la tierra.

El animal obedeció de inmediato y el montañés se bajó de la silla de una salto y aterrizó con un golpe sordo en el suelo.

Catherine y él se miraron de frente.

El corazón de ella redoblaba como un tambor en su pecho. Luchó por reconocer al montañés. Sin duda lo conocía. Si pudiera recordar...

¡Dios! ¿Por qué no podía? Era impensable que hubiera podido olvidar un rostro como aquél. Sus ojos negros tenían una mirada penetrante. La observaban con un brillo perverso y una fiera determinación que casi la empujaba hacia atrás contra la roca erguida.

Debía huir. Su instinto le decía que corría grave peligro, pero sus pies no se movían.

El montañés entornó los párpados y comenzó a avanzar hacia ella, penetrando en el círculo de piedras que hasta ese momento había sido su dominio privado. Su fortaleza, sin embargo, parecía invadir y conquistar el mundo entero.

No apartó la mirada de ella mientras caminaba por la hierba a grandes zancadas, la mano apoyada sobre la empuñadura de bronce de su espada. Llegaría a su lado en cualquier momento, y entonces ¿qué haría?

Catherine retrocedió hasta chocar con la roca. Contuvo el aliento.

De pronto, el montañés se cernió sobre ella.

—¿Sorprendida de verme? —preguntó con un fuerte acento escocés al tiempo que deslizaba la rodilla cubierta por el tartán entre sus piernas y la apretaba contra la roca.

Catherine ignoraba si pretendía violarla o hacerla pedazos. Quizás ambas cosas. Una tras otra.

Una ardiente oleada de nerviosismo la recorrió al sentir la firme presión de su cuerpo pegado al de ella.

—¿Debería estarlo? —Intentó disimular su temor, a pesar de que estaba temblando y respiraba agitadamente—. ¿Nos conocemos?

—No me digas que no recuerdas nuestro último encuentro.

Al verlo tan de cerca, reparó en que tenía una pequeña cicatriz en la mejilla izquierda: una minúscula imperfección en un lienzo por lo demás perfecto.

El desconocido apoyó las manos en la roca, por encima de sus hombros, y la mantuvo atrapada mientras recorría su cuerpo con una mirada llena de enojo. Olía a bosque, a cuero y a pinos.

—Lo siento —respondió Catherine temblorosa, sintiendo que le fallaban las piernas—, pero no recuerdo nada.

¿Habían sido amantes alguna vez? ¿Era él quien la había despojado de su virginidad? Era muy posible, pues aunque sabía por instinto que era peligroso, al mismo tiempo le parecía brutalmente atractivo.

—¿No recuerdas nada? —preguntó el montañés—. ¿Nada en absoluto? —Sus ojos centellearon, desafiantes—. Pues no temas, muchacha. Yo me acuerdo de todo. Llevo tres años reviviéndolo, y no he cesado de buscarte desde entonces. Para hacerte esto.

La asió de la nuca con su manaza y se apretó contra ella.

Jadeante y aturdida, Catherine hizo un esfuerzo por recordar. Aquel desconocido había estado buscándola. Tres años.

Pero ¿qué habían sido exactamente el uno para el otro? ¿Por qué estaba tan furioso? Tal vez lo había dejado plantado.

Que el cielo se apiadara de ella. Todo en él (su olor, el timbre ronco de su voz y la rudeza con que la sujetaba contra la fría piedra) enfebrecía su mente.

El montañés deslizó la mano hasta sus riñones y la apretó contra sí con un áspero gruñido, aplastando sus pechos contra el sólido muro de su torso.

Intentó apartarlo.

—Eso es, muchacha —susurró—. Resístete. Quiero que lo hagas. Por los viejos tiempos.

Catherine sabía que debía decirle que parara. Aquel hombre no tenía derecho a tratarla así; ella no era una tabernera lujuriosa.

Era, según su abuela y su primo, una dama de noble estirpe y alta cuna.

—Exijo conocer vuestro nombre —logró decir.

—No finjas que no lo conoces —respondió él con una mueca desdeñosa y cargada de hostilidad.

Catherine lo miró fijamente a la luz del sol.

—Tal vez le cueste creerlo, señor, puesto que está claro que me conoce, pero no sé quién es usted. No recuerdo nada. Ojalá pudiera, pero ignoro quién es. Debe detenerse de inmediato.

Ya estaba. Ya lo había dicho. Con firmeza, sin vacilar.

Él la miró un momento con vehemencia, y a Catherine le dio un vuelco el corazón. Allí ocurría algo muy extraño.

—Así que, ¿va a ser así? —preguntó él—. ¿Vas a hacerte la ingenua?

Ella se esforzó por pensar con claridad.

—Le digo de veras que no sé de qué...

—¿Creías que ibas a salirte con la tuya? —La agarró de las muñecas y le sujetó los brazos por encima de la cabeza.

—¿Salirme con la mía? ¿Qué quiere decir? —preguntó Catherine con aspereza mientras luchaba por desasirse—. ¡Suélteme!

Despierta, Catherine. ¡Despierta!

—Lanzaste sobre mí una maldición, muchacha, y ahora intentas engañar a estas crédulas gentes haciéndote pasar por quien no eres. ¿Cuánto tiempo piensas quedarte aquí? ¿Lo justo para robar la herencia? Una vez me dijiste que morirías rica. ¿Es así como piensas conseguirlo?

Catherine sacudió frenéticamente la cabeza mientras la posibilidad de que estuviera diciendo la verdad se agitaba en el aire, entre ellos.

—¿O quizá piensas suplantar a Catherine Montgomery el resto de tu vida? ¿Es eso?

Una espantosa punzada de miedo atravesó a Catherine.

—¿Qué sabe usted de mí?

Él sonrió con desdén.

—Sé que eres un demonio vengativo y una ladrona mentirosa. Debería matarte ahora mismo, así ahorraría muchos problemas a todo el mundo.

Su repulsión le llegó a lo más hondo, y se debatió violentamente para desasirse de él.

—¡Yo no voy a robar nada! —gritó, a pesar de que no sabía nada de sí misma ni de su pasado.

La mitad de los sirvientes la consideraban una impostora. Al parecer, tenían razón.

Aun así, se sintió impelida a defender su honor, pues no había ido a Drumloch a engañar a nadie, ni a apropiarse de lo que no le pertenecía. Eso, al menos, era cierto.

—No sé de qué me habla —contestó—. La condesa viuda viajó a Italia para reclamarme como su nieta y asegura que eso es lo que soy.

—¿Sin ayuda tuya? —Recorrió su rostro con una mirada feroz—. ¿Sin pociones, ni encantamientos?

Catherine se sobresaltó al oír sus palabras.

—¡Explíquese, señor!

Él se agachó ligeramente y clavó las caderas entre sus piernas.

—Esto debería bastar para refrescarte la memoria. Seguro que sabes lo que puedo y lo que no puedo hacer con esto.

Era innegable que estaba excitado: el tamaño y la fuerza de su verga resultaban arrolladores. El corazón de Catherine latió violentamente dentro de su pecho.

—¡No! ¡Solo me dice que es usted un bruto!

El montañés se apretó contra ella, asiéndola por los brazos hasta hacerle daño.

—Sí, eso es lo que soy, porque es lo que tú hiciste de mí. Pero no debería tener que explicártelo. ¿Es que no lo ves todo en las piedras?

Catherine ignoraba a qué se refería, pero no podía arriesgarse a enfurecerlo aún más.

—Seré sincera —dijo, y tragó saliva con esfuerzo—. Ignoro si soy o no la verdadera Catherine Montgomery, pero no vine aquí buscando nada de esto. No he mentido al decir que no os recuerdo, porque no guardo memoria de nada. No sé quién es usted.

Él frunció las cejas oscuras.

—Nadie aquí sabe dónde he estado estos últimos cinco años —siguió diciendo—. Usted parece saber algo. Si pudiera decirme por qué...

El montañés tapó de pronto su boca con una mano grande y áspera. Los ojos de Catherine se agrandaron, llenos de pánico.

—Admiro tus esfuerzos, Raonaid, pero a mí no puedes engañarme. Llevo tres años buscándote y ahora que te he encontrado, vas a hacer exactamente lo que te diga. ¿Entendido?

Una mezcla de rabia y deseo ardía en sus ojos. Catherine no se atrevió a provocarlo. Haría lo que fuera necesario para aplacar su ira. Asintió con la cabeza.

El desconocido apartó lentamente la mano de su boca, pero siguió apretándola contra la piedra con su cuerpo.

Su razón, sus sentidos, sus emociones, todo dentro de ella gritaba de miedo, pero tenía que mantener la cabeza fría. Tenía que explicarse con claridad. Hacerle entender.

—Me ha llamado Raonaid —dijo con cautela.

—Sí, ése es tu nombre. —Su voz perdió parte de su hostilidad en ese momento. Una excitación más sutil, más cargada de curiosidad, pareció ocupar su lugar.

Catherine respiró hondo, trémula. Sólo quería entender qué hacía aquel hombre allí y averiguar qué sabía de su pasado. Tal vez, si oía algo que le resultara familiar, recuperaría la memoria. Y si entendía lo que le había hecho a aquel hombre, quizá fuera capaz de aplacarlo de algún modo.

—¿Qué es lo que quiere que haga?

—Quiero que acabes con ella.

El pulso de Catherine se aceleró.

—¿Acabar con qué?

—Con la maldición.

Ya antes se había referido a una maldición, pero Catherine seguía sin recordar nada.

—¿A tantos hombres has maldecido que no lo recuerdas? —preguntó él mientras tiraba de ella, apretándola contra su cuerpo.

El instinto de Catherine le dictaba que le siguiera la corriente, al menos hasta averiguar lo que quería el montañés. Parecía cada vez más excitado. Tal vez, si conseguía que bajara la guardia, pudiera golpearlo y escapar.

Él bajó la mano, agarró sus faldas y comenzó a tirar de ellas hacia arriba.

—Estás cambiada —dijo con la voz enronquecida por el deseo—. La ropa, el pelo, el perfume... Me sorprende haberte reconocido.

Deslizó la mano por su muslo, hacia arriba.

—¿Qué va a hacer?

Catherine cerró las piernas y empujó sus manos hacia abajo, pero él insistió.

—Levanta la maldición, Raonaid. Ya sabes lo que pasará si no lo haces.

—No, le aseguro que no lo sé. —Golpeó sus brazos con los puños e intentó apartarlo de un empujón—. ¡Pare o gritaré!

—¿Quieres que pare? —preguntó él, burlón—. ¿Y esperas que te haga caso? Por tu culpa hace tres años que no gozo de una mujer, y de pronto estoy tan caliente como un toro. No esperaba que fuera tan estimulante, tratándose de ti, pero supongo que estoy peor de lo que imaginaba. Puesto que es culpa tuya que esté así, esto es lo que te propongo. —Hizo una pausa y rozó con los labios su mejilla—. Una de dos: o levantas la maldición, o alivias esta ansia. Tú eliges.

Se sirvió de su cuerpo para retenerla contra la pared, apartó a un lado su manto de tartán y comenzó a luchar con las faldas de Catherine.

Una ardiente oleada de terror se apoderó de ella.

—¡Dígame cómo levantarla y lo haré!

Se retorció, intentando escapar, pero él era demasiado grande, demasiado fuerte, y de pronto rebosaba ardor sexual.

—Puedes fingir todo lo que quieras —repuso mirándola a los ojos—, pero yo no soy tan fácil de engatusar como tu amantísima abuela. Sé quién eres y llevo mucho tiempo esperando este momento, esperando a que deshagas lo que me hiciste hace tres años. Levanta la maldición ahora mismo o pronto caerás víctima de ella.

Catherine perdió al instante toda esperanza de aplacarlo.

—¡Suélteme!

Le escupió a la cara y le propinó un rodillazo en la entrepierna. Él se dobló, dolorido.

Catherine echó a correr hacia la casa.

—¡Socorro! —gritó—. ¡Que alguien me ayude!

Apenas había llegado al otro lado del círculo de piedras cuando oyó acercarse precipitadamente los pasos del montañés. Miró hacia atrás y, al girarse, las faldas se le enredaron en las piernas y cayó de bruces, raspándose las manos con la tierra e hiriéndose el labio.

El desconocido cayó sobre ella y la hizo volverse.

—¡Está loco! —gritó Catherine mientras luchaba por desasirse y lo miraba con feroz determinación. Lo abofeteó, pateó sus piernas y arañó su cuello.

—¡Levanta la maldición! —exigió él—. Levántala enseguida, mujer, o juro por todo lo sagrado que...

—¡No puedo! —repitió ella—. ¡No me acuerdo de nada! ¡Suélteme!

Por un instante, el mundo pareció inmovilizarse y el montañés cesó de forcejear con ella y se detuvo. La miró estupefacto, como si una neblina hubiera velado su entendimiento; luego fijó los ojos en su labio ensangrentado. Casi se habría dicho que estaba viéndola por primera vez.

Catherine se quedó quieta bajo él. Temía moverse por si volvía a ponerse violento. Sólo pudo mirarlo con perplejidad, esperando a que hiciera o dijera algo, lo que fuese. Él cerró los ojos con fuerza y, haciendo una mueca, apoyó la frente en la suya como asaltado por un intenso dolor.

Catherine se apartó de él y retrocedió arrastrándose. El desconocido se puso en cuclillas y la miró boquiabierto, con los ojos turbios e inyectados en sangre y una mirada de sufrimiento.

—Mira lo que me has hecho —gruñó, sacudiendo la cabeza—. Te desprecio, Raonaid.

—Lo siento... —repuso ella a pesar de que no guardaba memoria de lo que había hecho. Y era ridículo que fuera ella quien le pidiera perdón, dadas las circunstancias.

La miró con una extraña mezcla de vergüenza y desesperación. Luego dijo en voz baja, entre dientes:

—Te lo suplico, levanta la maldición y te dejaré en paz.

—Le aseguro que lo habría hecho ya si supiera de qué está hablando, pero no tengo recuerdos. No sé quién soy.

Los ojos del montañés se oscurecieron.

—Eres Raonaid, el oráculo, la bruja que me maldijo hace tres años, no la heredera de Drumloch.

Toda la sangre del cuerpo pareció agolpársele en la cabeza cuando Catherine intentó comprender lo que acababa de decirle el desconocido. ¿Era cierto? ¿Era una especie de maga? ¿Habría estado engañando involuntariamente a los Montgomery todo ese tiempo? La mitad de los sirvientes creía que era un fraude. Pero ¿por qué iba a mentir su abuela? ¿O acaso sólo estaba negando la evidencia, resistiéndose a creer que su única nieta siguiera desaparecida, o quizá muerta?

En ese instante, el estampido de una pistola resonó en el aire. Catherine dio un salto hacia atrás mientras el montañés caía a su lado agarrándose el brazo.

—Mierda —masculló, derrotado, al dejarse caer de espaldas, mirando hacia el cielo con un rictus de dolor.

Catherine se puso a gatas en el instante en que su primo John penetraba a caballo en el círculo de piedra volviendo a cargar su arma.

—He oído tus gritos —explicó al desmontar—. Disculpa que haya tardado tanto en llegar, Catherine, pero necesitaba un blanco claro para disparar.

Tendido de espaldas, el montañés movió las piernas, dolorido, y masculló una maldición en gaélico. Catherine no entendió lo que decía, pero supo que era un reproche dirigido contra sí mismo. La sangre manchó su camisa de hilo y mojó la hierba.

John acabó de cargar la pistola, la amartilló y se acercó. Cerniéndose sobre el escocés herido, le apuntó a la cara.

—Soy John Montgomery —dijo—, quinto conde de Drumloch. Esta mujer es mi prima, y estaría en mi derecho si te matara de un disparo, despreciable salvaje.

Catherine se levantó rápidamente y puso una mano sobre el brazo de John.

—No pasa nada —le dijo—. No me ha hecho daño y, mira, está herido. Ya puedes bajar el arma.

John se negó a hacerlo.

—Este sucio montañés ha intentado deshonrarte, Catherine.

—En efecto —contestó ella—, pero se ha dominado antes de hacerlo.

Y ella no podía permitir que muriera, porque era la primera persona que parecía saber algo sobre sus andanzas durante los cinco años anteriores.

—No puedo dejarlo libre —declaró John.

El montañés apretó los labios hasta que su boca quedó convertida en una línea muy fina y miró con desprecio al primo de Catherine.

—No es quien creéis que es.

John levantó de nuevo su arma.

—¿Qué sabrás tú de eso?

—Lo sé porque conozco a esta astuta muchacha —replicó el montañés mientras luchaba por sentarse—. Y es una bruja vengativa y cruel.

Catherine contuvo el aliento al oír aquella despiadada ofensa contra su honor. Su primo se giró y, lanzando una fuerte patada a la cabeza a su agresor, lo dejó sin sentido.

Capítulo 2

*D*espertó al sentir el dolor abrasador de un hierro de marcar al hundirse en su brazo. Abrió los ojos de golpe y se retorció violentamente, pero no pudo defenderse pues estaba atado a una mesa. Blasfemó, gritando, pero tenía un trapo metido en la boca y su voz no retumbó como esperaba.

El chisporroteo de su piel al quemarse como el tocino inflamó peligrosamente su ira, y escupió el trapo. Rugió con ferocidad mientras el olor de su propia carne quemada le revolvía las tripas.

Un segundo después acabó el suplicio. El hierro candente se apartó de su carne. Lachlan apoyó la cabeza sobre la mesa jadeando de rabia y pensó que seguía estando maldito y que Raonaid había vencido. De nuevo.

¿Qué demonios había ocurrido en el círculo de piedras? ¿Cómo podía haber fracasado tan estrepitosamente después de todos aquellos meses maquinando, haciendo planes, imaginándose libre al fin de aquella tortura infernal?

Maldición, conocía la respuesta, y su frustración se inflamó aún más por ello, convirtiéndose en una llamarada aún más grande de rencor. Después de tres años de abstinencia, el solo hecho de tocar a una mujer (hasta a Raonaid) había provocado en él tal estado de excitación que había perdido de vista su objetivo.

Le costaba creer que hubiera sucedido tan deprisa. ¿Cómo podía haber deseado con tanta intensidad a una mujer a la que aborrecía? Tan pronto había tocado su cuerpo, un fuego había estallado en sus venas y sólo había deseado poseerla sin preámbulos, allí, contra aquella roca. No era eso lo que había esperado que sucediera.

Y ahora allí estaba, atado de nuevo.

Dejó escapar un suspiro de exasperación y, ansioso por descubrir dónde estaba, alzó la cabeza para mirar a su alrededor. Se hallaba en el cuarto de aparejos de un establo, rodeado por bridas de cuero, arneses y látigos, todos ellos colgados de las paredes. El fuego brillaba en la forja encendida, y al volver la cabeza hacia un lado vio un yunque y un balde lleno de martillos, cinceles y tenazas. Armas fáciles de utilizar, si lograba alcanzarlas.

—Por desgracia era sólo una herida superficial —comentó alguien.

Lachlan lanzó una mirada amenazante al conde de Drumloch, que apareció ante su vista al rodear la mesa.

—Desátame inmediatamente —gruñó.

El conde era un hombre corpulento, pero no apuesto. Tenía las mejillas picadas de viruelas, los ojos demasiado juntos y una cara sebosa y tan rolliza como el resto de su cuerpo. Llevaba una larga peluca de rizos oscuros y un chaleco bordado encima de una camisa blanca con corbata de chorreras. Había arrojado descuidadamente su chaqueta de montar sobre una silla.

—No puedo correr el riesgo de que me ataques o de que huyas a las montañas. Para que lo sepas, el juez está de camino. Mandé a un mozo a informarle de lo que habías intentado con lady Catherine.

Lachlan cerró los ojos y dijo entre dientes:

—Ya te lo dije antes: esa mujer no es quien creéis que es.

El conde se inclinó sobre él.

—¿Y por qué habría de creerte? No eres más que un salvaje apestoso y lascivo. De no ser por la delicada sensibilidad de mi prima, te habría matado de un disparo cuando tuve ocasión.

Un salvaje lascivo, en efecto: todavía deseaba fornicar con ella. Ferozmente.

Raonaid apareció en la puerta en ese instante. Llevaba el mismo vestido verde de terciopelo y seda, cuyo ancho escote realzaba su busto opulento y el profundo valle de sus pechos.

El forcejeo en el círculo de piedras había revuelto su cabello rojo intenso, antes recogido en un elegante moño en la coronilla, y su aspecto desaliñado, junto con el recuerdo de cómo había llegado a aquel estado, bastaron para que a Lachlan se le acelerara el pulso y para agitar en su entrepierna un hormigueo irritante e imposible de controlar.

Pataleó de nuevo y se retorció tirando de las cuerdas mientras se preguntaba cómo había conseguido transformarse en aquella criatura la bruja de sangre fría que había conocido antaño. Aunque bella, Raonaid siempre había sido pobre y tosca de maneras. Saltaba a la vista que se había esforzado hasta cierto punto por mejorar sus modales a fin de hacerse pasar por la heredera de Drumloch.

Y fingir que había perdido por completo la memoria... Eso había sido un rasgo de puro genio.

Pero ¿de veras se había dejado engañar aquella poderosa familia escocesa? ¿Cómo era posible que no vieran que era una impostora?

Raonaid se acercó para tocar el brazo de su primo, como había hecho poco antes, cuando él empuñaba aún la pistola. El conde la miró a los ojos, lanzó seguidamente un vistazo al hierro candente que aún tenía en la mano y lo dejó en un caldero. El hierro chisporroteó, salpicando agua.

—He de hablar con este hombre antes de que llegue el juez —dijo ella—. Afirma conocerme. Tal vez pueda ayudarnos a resolver el misterio de mi desaparición y a explicar dónde he estado y a qué he dedicado estos últimos cinco años.

—Desátame —exigió Lachlan de nuevo— o no te diré nada.

—Veremos si vuelves a hablar si cojo otra vez el hierro de marcar, miserable pedazo de...

—John, por favor —dijo Raonaid con firmeza—, ya es suficiente. Quizá deberíamos desatarlo.

—¡Te ha atacado! —le recordó él—. No voy a permitir que salga impune. Sabe Dios qué haría después. Puede que regrese y que nos corte el gaznate a todos mientras dormimos.

Lachlan se lo pensó un momento y decidió que sí: sin duda le gustaría volver al abrigo de la oscuridad. Lo primero que haría sería remediar su error al asaltar a Raonaid en el círculo de piedras. Esta vez, usaría una táctica distinta: la seduciría y la haría desearlo. Qué demonios, haría que se lo suplicara. Luego, ella no tendría más remedio que levantar la maldición.

Se retorció de nuevo salvajemente, luchando contra las ataduras. Tenía que levantarse de la maldita mesa.

Al levantar la cabeza vio su espada y su cinturón en un estante, al otro lado del cuarto de aparejos. Se preguntó qué habrían hecho con su caballo.

—Está bien —respondió Raonaid a la negativa de su primo a desatarlo—, pero ¿podemos darle al menos un trago de coñac? Está claro que tiene dolores.

Un trago estaría bien.

Por desgracia, el conde se negó.

Raonaid le lanzó una mirada suplicante y, para sorpresa de Lachlan, Drumloch cedió.

—Muy bien. Mandaré a un mozo a la casa —dio media vuelta y salió en busca del mozo.

¡Por fin! Aquélla era la mujer que Lachlan conocía y a la que siempre había despreciado. Una mujer dueña de un inexplicable poder, quizá mágico, para manipular a los demás.

Ella se acercó tanto que Lachlan pudo oler su perfume a fresas y su cuerpo reaccionó al instante con otro arrebato de ardiente lujuria.

Maldita sea, Lachlan, domínate. Desde que la había tocado en el círculo de piedra todo en ella parecía excitarlo, y odiaba reaccionar de esa manera.

Porque no quería sentir aquello por ella.

—Antes, cuando hablamos —dijo Raonaid, aparentemente ajena a su ardor—, dijo que mi nombre es Raonaid y que era un oráculo. Una maga.

—Sí.

Ella se quedó callada un momento.

—Parece muy seguro de que soy esa mujer, y puesto que no guardo memoria de mi vida anterior, no tengo modo de saber si lo que afirma es cierto o no, pero una cosa sí puedo decirle: no creo ser la persona vengativa de la que habla. Yo no soy... así. De modo que tal vez esté usted en un error.

Lachlan se rió con amargura.

—No, muchacha, no hay ningún error. Tú eres el oráculo sin duda alguna. Conozco muy bien tu cara y la singular cadencia de tu voz. La reconocería en cualquier parte. Siempre me sacaba de quicio.

Ella rodeó lentamente la mesa hasta situarse a sus pies.

El contoneo de sus caderas era atrayente y seductor. Sus ojos centelleaban, llenos de determinación. *¡Diablos!* Sintió de nuevo su jugosa fragancia y deseó saltar de la mesa y deslizar las manos bajo sus faldas, frotarse contra ella, saborear con los labios y la lengua su boca dulce y ardiente y arrancarle el voluminoso vestido.

Se estaba excitando de nuevo y empezaba a pensar que tal vez Raonaid había lanzado sobre él otro hechizo, tal vez cuando estaba aún montado a caballo en el círculo de piedras. Quizá se había hecho la dormida mientras la observaba. Quizá todos esos gemidos lujuriosos, esos suspiros jadeantes, fueran un encantamiento amoroso de alguna clase.

Ah, Dios...

—Mi familia asegura que desaparecí hace cinco años —prosiguió ella, indiferente todavía a lo que estaba sucediendo bajo el manto de tartán de Lachlan—. ¿Desde hace cuánto conoce a esa mujer llamada Raonaid? ¿Dónde vivía?

—La conocí... —Lachlan se detuvo bruscamente y puntualizó—: Te conocí hace cuatro años. Entonces vivías lejos de aquí, en las Hébridas Exteriores, con Angus.

—¿Quién es Angus?

Él la miró con reproche.

—Mi primo y jefe, Angus el León. Pero no intentes fingir que no lo conoces. Sé muy bien que no es así. Fuiste su amante más de un año.

Raonaid levantó los ojos y palideció.

—¿Qué ocurre? —preguntó él en tono burlón—. ¿Acaso cree tu familia que sigues siendo una doncella virginal?

Ella levantó la barbilla.

—Eso ni es asunto suyo, señor, ni es una pregunta adecuada para una dama.

Le dieron ganas de reír al ver sus aires de virtuosa. La Raonaid a la que él conocía era más bien proclive a la depravación. Una vez, en medio de una rabieta, había destrozado la cocina del Castillo de Kinloch. Las cocineras habían huido como ratones. Ese mismo día, había estado a punto de romperle la mandíbula a él de un puñetazo en la cara. Y como remate soportaba el whisky mucho mejor que cualquier montañés el doble de grande que ella.

Lachlan intentó concentrarse en los recuerdos que tenía de ella con la esperanza de librarse de su exasperante erección, pero no pareció servir de nada.

—¿Es posible —preguntó ella cambiando de tema— que de alguna manera asumiera otra identidad cuando desaparecí y que fuera así como acabé en las Hébridas? Puede que entonces también perdiera la memoria y que me convirtiera en esa persona porque me sentía sola y desorientada, igual que ahora.

Había desesperación en su mirada, pero también una profunda inteligencia en su intento de hacer encajar las piezas del rompecabezas.

Pero eso poco importaba. Lo único que quería Lachlan era fornicar con ella como un loco y volver a su vida de siempre.

—Lamento desilusionarte, muchacha —contestó mientras procuraba ignorar la molesta sensación que se agitaba en sus partes bajas—, pero Raonaid vivía desde siempre en las Hébridas. Cuando se... —De nuevo tuvo que detenerse y añadió—: Cuando dejaste tu casa para seguir a Angus a Kinloch, fue la primera vez que pisaste Escocia.

Ella arrugó el ceño.

—¿Cómo lo sabe? ¿Hay alguna prueba de que Raonaid pasó su niñez en las islas?

—Sí. La gente de las islas occidentales te conocía desde siempre por tus extraños dones. Tu fama de oráculo era bien conocida también en las Tierras Altas porque tenías visiones del futuro. —Se quedó callado un momento y tomó nota de su mirada de descontento—. Pero ¿por qué te estoy contando todo esto si ya lo sabes? Es tu vida, muchacha, y no creo ni por asomo que no lo recuerdes. Eres una farsante. Has engañado a esa gente. Es un caso de suplantación del que evidentemente obtienes beneficios. Sí, sé lo de tu herencia. La recibirás muy pronto, ¿no es así? Debes de tener casi veinticinco años.

—Me ofende usted, señor —replicó ella—. No es mi intención engañar a nadie, y si no soy Catherine Montgomery no pienso aceptar una herencia que no me pertenece. Sólo quiero saber la verdad. —Se detuvo un momento—. Es sólo que...

—¿Qué? —preguntó él, intentando no sentir ni un amago de

compasión o simpatía por ella: no podía caer de nuevo presa de sus hechizos.

Mientras ella rodeaba la mesa otra vez, sintió su poder inexplicable y tiró violentamente de sus ligaduras. Todo aquello, verse prisionero por ella, le resultaba demasiado familiar y no quería escuchar su trágica historia. Lo único que quería era librarse de la maldición de un modo u otro.

Y levantarse de la maldita mesa.

—Me cuesta creer —comentó ella— que pueda ser la mujer de la que habla. En primer lugar, no puedo ver el futuro, ni tampoco el pasado, a decir verdad. No poseo ese don. Tampoco me imagino lanzando maldiciones sobre los demás, y mi médico asegura que perder la memoria no cambia el carácter de una persona. —Miró a Lachlan—. ¿Y qué clase de maldición es ésa? No me lo ha aclarado.

Lachlan, que empezaba a cansarse de la conversación, siguió tirando de las tiras de cuero que lo ataban. Intentó romperlas con los dientes. Como no funcionó, la miró con malicia.

—Sabes muy bien lo que es.

—Si lo supiera, ¿se lo preguntaría, acaso?

Él sacudió la cabeza, incrédulo.

—¿Quién sabe por qué hace lo que hace una bruja?

—Deje de llamarme así. Hábleme de la maldición.

—¿No recuerdas haberme drogado y arrojado a un foso? —preguntó Lachlan en tono burlón—. Lo de los huesos fue un toque bonito, y la maldición era especialmente retorcida. ¿Qué mejor forma de acabar con mis hazañas amorosas que prometer que cualquier mujer con la que me acostara moriría de parto y se llevaría consigo a un bebé inocente?

Raonaid abrió la boca y arrugó el ceño.

—¿Qué ocurre, lady Catherine? ¿Le ofende la idea? ¿Le parece cruel?

—Desde luego que sí.

—Pues salió de tu cabeza.

—¿Cuántas veces he de decirle que no recuerdo nada? —contestó ella enojada, alzando la voz.

—Creo que eres una embustera. —Lachlan se quedó mirando el techo, inmóvil un momento, mientras pensaba en cómo había sido su vida desde que estaba maldito—. Antes me mofaba de la magia, creía que no eran más que cuentos —dijo en voz baja—. Pero cada vez que deseaba acostarme con una mujer... —La miró con enfado—. Pensaba en ti y en lo que me habías hecho, y no podía correr ese riesgo.

Lo recorrió una oleada de horror al recordar de pronto la muerte de su esposa y de su hijo, y el dolor, la culpa y los continuos remordimientos que llevaba aparejados.

—¿Dónde está mi caballo? —quiso saber.

—En el establo. Le han dado de comer y de beber.

—Desátame. Deja que me marche antes de que llegue el juez. Es lo menos que puedes hacer.

—¿Lo menos que puedo hacer? —replicó ella—. Ha intentado violarme y convertirme en víctima de esa maldición.

—Pero no te violé, ¿verdad?

Ella lo miró, indecisa.

Lachlan dejó de forcejear y sopesó la situación. Tenía que haber una solución.

—Al principio, cuando me besó en el círculo de piedras —dijo Raonaid—, pensé que habíamos sido amantes.

Él ladeó la cabeza para mirarla:

—Ni en sueños —contestó con sorna.

—Entonces, ¿por qué me besó así?

Lachlan buscó a tientas una explicación: ni él mismo lo entendía.

—Estaba desesperado. Habría hecho cualquier cosa para que levantaras la maldición.

—¿Y pensó que le desearía tanto que caería rendida ante usted y le suplicaría que me tomara?

Él se encogió de hombros: ése solía ser el efecto que surtía sobre las mujeres. Antes, al menos.

—Sí.

—Pues no iba por mal camino, montañés, hasta que le pregunté su nombre.

Lachlan la miró con sorpresa en el instante en que el conde volvió a entrar en el cuarto de aparejos.

—Enseguida traen el whisky —comentó Drumloch—. Y el juez llegará en cualquier momento.

—Estupendo. —Lachlan hizo una mueca al sentir de nuevo el dolor del hombro, que había olvidado mientras el conde estaba fuera.

—Todavía no nos has dicho tu nombre, salvaje.

Lachlan rechinó los dientes.

—No, no os lo he dicho, y no pienso deciros nada.

—El juez querrá saberlo. Tal vez incluso te pida que se lo deletrees, en cuyo caso quizá te encuentres en un aprieto. ¿Sabes leer siquiera? ¿Has visto una pluma alguna vez?

Lachlan se quedó mirando las vigas del techo.

—Eso será problema del juez, no mío, porque tendrá que sacarme la información a golpes. Y si llegamos a eso, alguien podría salir malparado.

En ese momento un lacayo entró en el cuarto de aparejos con una botella de whisky y dos vasos. El conde cogió la botella de la bandeja de plata, la descorchó y, levantándola, echó un trago.

Después de limpiarse la boca con el dorso de la mano, dijo:

—No es mi mejor whisky, pero no iba a desperdiciar el bueno con un individuo de tu calaña.

Raonaid se acercó a él.

—Dame la botella, John. —Cogió la botella y sirvió una copa—. ¿Puede levantar la cabeza? —preguntó a Lachlan.

Él le lanzó una mirada gélida.

—¿No sería más fácil si me desataras?

—No creo que sea prudente hacerlo.

—¡Desde luego que no! —dijo Drumloch.

Ella hizo caso omiso de su primo. Sujetando la cabeza de Lachlan, le acercó la copa a los labios. Él la apuró de un trago. Raonaid le sirvió otra, y Lachlan volvió a bebérsela con ansia. Después tomó una tercera. Con un poco de suerte, se le embotarían los sentidos lo suficiente para olvidar lo que había sucedido entre ellos en el círculo de piedras.

—Sabe beber, montañés, de eso no hay duda —comentó ella con un asomo de ironía al apartarse de él.

—Lo mismo que usted, lady Catherine —repuso Lachlan, pronunciando su nombre con sorna.

—¿De veras?

—Sí.

Sin vacilar un instante, ella levantó la botella y bebió.

Lachlan sonrió, satisfecho. Ésa era la Raonaid que conocía: fiera y desinhibida, mostrándose al fin.

—¡Catherine, en nombre del cielo! ¿Qué haces? —El conde se acercó y le arrancó la botella de las manos—. ¡No te dejes manipular por él! ¡Sólo quiere engatusarte!

Ella se atragantó con el potente licor, tosió y respiró con ansia un par de veces.

—Dice que estoy acostumbrada a beber. Quiero comprobar si es cierto.

—Nada de lo que dice es cierto —replicó el conde—. Este hombre no es de fiar.

—¿Cómo lo sabes?

Drumloch bajó la voz.

—Porque te ha llamado bruja.

Un caballo relinchó no lejos de allí.

Raonaid se quedó callada un momento.

—¿Cómo sabes que no soy una bruja?

El conde no supo qué responder. Se limitó a mirarla en silencio, sorprendido.

A Lachlan le gustó verlos discutir. La antigua Raonaid había vuelto a salir de su madriguera, y el conde parecía perplejo.

—¡Porque eres lady Catherine Montgomery! —contestó por fin Drumloch.

—¡En efecto! —gritó ella—. ¡Una mujer que ha estado cinco años desaparecida y que ha vuelto convertida en una lunática deshonrada que no recuerda absolutamente nada de su vida!

—Tú no eres una lunática, Catherine. No vuelvas a decir eso.

Lachlan observó con curiosidad a Drumloch cuando el conde se movió. Estaba a punto de tender la mano a Raonaid cuando un ruido de cascos y el estrépito de un carro que se acercaba interrumpió el repentino silencio que se había hecho en el cuarto de aparejos.

—Ha llegado el juez —anunció el lacayo acercándose a la puerta.

Lachlan cerró los ojos y escuchó el tétrico sonido del carromato de la prisión al detenerse lentamente frente al establo. Los caballos relincharon y sacudieron sus arreos mientras él hacía un último intento de liberarse de sus ataduras.

Fue en vano, sin embargo. No podía escapar.

—Esto no ha acabado —gruñó dirigiéndose a Raonaid cuando el juez y cuatro escoceses de las Tierras Bajas cruzaron rápidamente la puerta armados con espadas y mosquetes.

Capítulo 3

Sentada ante su espejo, Catherine se miraba con impaciencia mientras la doncella cepillaba su pelo y la peinaba para la cena.

Le costaba relajarse. Cuatro horas antes, el juez había desatado al montañés, le había propinado un fuerte golpe en la cabeza y acto seguido le había puesto grilletes en las muñecas y se lo había llevado a rastras. Todo ello había ocurrido antes de que ella pudiera comprender por completo las consecuencias de lo ocurrido.

No debería haber aceptado que su primo avisara a las autoridades. Por el contrario, debería haber insistido en retener allí al montañés hasta que contestara a sus preguntas (tenía tantas que hacerle...). Pero las cosas se le habían escapado rápidamente de las manos y ahora él estaba encerrado en la prisión del pueblo y ella allí, vistiéndose para cenar, aturdida todavía por el recuerdo de sus manos y sus besos, con la sensación de hallarse aún más alejada de su noción de sí misma, que ya antes era precaria y endeble.

Se suponía que era una dama de noble cuna. ¿Cómo iba a asumir la perturbadora posibilidad de ser una bruja?

Hasta entonces había estado a la deriva, sumida en una existencia anodina e invisible, crédula a cuanto afirmaban los demás sobre su persona. Había aceptado todas sus explicaciones sin sentir pasión alguna, deseo alguno de cambiar o de buscar otra cosa. Desconocía cuanto había más allá de aquel lugar. Su mundo estaba vacío, y todo lo que le decían la hacía sentirse como un espectro. Parecía haber perdido su alma, como si estuviera flotando en el aire en algún lugar por encima de su cabeza, lejos de su alcance.

Echaba algo en falta.

A sí misma, quizá. Sus recuerdos. Su vida. Era lo más lógico.

O quizás añoraba al amante que la había despojado de su inocencia. ¿Era aquel hombre llamado Angus, el caudillo escocés que, según el montañés, había compartido su cama un año entero?

Eso en caso de que fuera, en efecto, aquella tal Raonaid, el oráculo, de lo cual no estaba aún convencida.

Cogió los pendientes de perlas y esmeraldas y echó una última ojeada al espejo. Esa noche llevaba un recatado vestido de seda morada encima del ancho guardainfante, con puños de terciopelo ricamente bordados y un fino peto de brocado forrado de hilo. En el cuello lucía una gargantilla de perlas y esmeraldas, y se había recogido el pelo rizado en un elegante moño empolvado, adornado con peinetas de pedrería.

No, pensó con absoluta certeza: ella no podía ser aquella bruja loca de las Hébridas que lanzaba encantamientos sobre los demás. Era hija de un conde, y lo parecía. Sentía que lo era, a pesar de todo. Quizás el que estaba loco fuera el montañés. O tal vez sólo estuviera equivocado.

Despidió a su doncella, abandonó su aposento y salió al pasillo, radiantemente iluminado por los candelabros que, sujetos a las paredes a corta distancia unos de otros, alumbraban una larga fila de retratos de antepasados.

Catherine no reconoció a ninguno.

Al llegar a las escaleras puso la mano sobre la barandilla y decidió hablar a solas con John esa misma noche. Quería pedirle que hiciera lo necesario para que pudiera hablar cuanto antes con el montañés. Necesitaba saber algo más sobre el jefe de clan que había compartido su cama en las Hébridas, aquel tal Angus. Tal vez si se encontraba con él se sentiría más segura respecto a su pasado y tendría una idea más clara de lo que era verdad y lo que no. O bien reconocería a Angus como su antiguo amante (y él a su vez la reconocería a ella), o sabría sin lugar a dudas que no era el oráculo ni lo había sido nunca.

Sin duda una mujer reconocería a su primer amante...

Cuando entró en el salón un momento después, un fuego rugía en la chimenea, delante de la cual John se hallaba en pie. Su primo estaba bebiendo vino blanco en una copa de cristal. Vestía casaca azul marino con chaleco ricamente bordado, calzas hasta la rodilla y medias de color marfil. Una voluminosa peluca francesa, larga y de rizos castaños, enmarcaba su cara. Levantó la vista al oírla acercarse y le dirigió una sonrisa compungida.

—Mi querida Catherine...

Ella levantó una mano.

—Por favor, John, no es necesario. No soy digna de lástima. El montañés no me hizo ningún daño irreparable.

El ardor de sus besos, sin embargo, seguía grabado en su mente.

—Siendo así, tienes muy buen aspecto —comentó John mientras dejaba su copa y servía una para ella.

Catherine la aceptó y bebió un sorbito. Su primo volvió a coger la suya.

—Ha sido un verdadero suplicio, no hay duda —dijo—. Me alegro de que se haya acabado.

—Yo también —repuso ella—, pero deseo ver de nuevo al montañés, si puedes arreglarlo.

John la miró con preocupación.

—¿Verlo, Catherine? Pero ¿con qué fin?

Había esperado cierta oposición por parte de su primo. A fin de cuentas, era su guardián y protector, y el montañés había intentado agredirla de la peor manera posible.

—Sin duda tendrás tanta curiosidad como yo respecto a esas cosas que afirma saber sobre mí —continuó—. Quizá pueda desvelar el misterio, explicar dónde he estado estos últimos cinco años. O tal vez darnos alguna pista sobre mi verdadera identidad.

John se acercó.

—No es necesaria ninguna pista, y menos de un hombre como él. Eres mi prima, una Montgomery, es un hecho. La abuela lo sabe en lo hondo de su ser, y tú sabes cuánto significas para ella. Eres carne de su carne, jamás se equivocaría con eso.

Catherine sofocó las dudas que seguían asaltándola.

—Sí, creo que está convencida de que soy Catherine, pero el hecho es que no sabemos por qué desaparecí hace cinco años, ni qué fue de mí durante ese tiempo. ¿No te gustaría formularle algunas preguntas más al montañés? ¿No tienes curiosidad por saber cómo fui a parar a Italia? Quizás él sepa algo que pueda ayudarnos a juntar las piezas del rompecabezas.

John apuró el resto de su copa y fue a sentarse en el sofá.

—El doctor Williams no estaría de acuerdo. Dijo que debes evitar las situaciones que te alteren en exceso.

Ella enarcó una ceja, y el semblante de su primo se suavizó.

—Si tanto significa para ti —dijo—, podría hablar con el juez por la mañana. Podríamos ir juntos.

—Eso sería maravilloso. Gracias, John.

—Pero no pienso dejarte a solas con él.

—Claro que no. —Bajó rápidamente la mirada hacia su regazo—. Tampoco deseo que lo hagas.

—Y no debes hablarle de esto a tu abuela.

Un momento después, Eleanor, la condesa viuda, entró en el salón. Era una mujer baja y fornida, de cabello gris y anteojos, que rara vez sonreía o mostraba emoción alguna, a pesar de que había llorado incontrolablemente al encontrar a Catherine en el convento, convaleciente pero viva.

Catherine se volvió hacia ella.

—¿De qué estáis hablando? —preguntó bruscamente Eleanor.

—De nada, abuela.

Catherine cambió inmediatamente de tema, pues unas horas antes, tras enterarse de lo sucedido con el montañés, la condesa había insistido en que no volvieran a mencionar al desconocido.

Esa noche cenaron sopa de ostras, seguida de faisán asado con salsa de arándanos y zanahorias hervidas, y de postre suculentas tartaletas de natillas con frambuesas.

La cena transcurrió en silencio, salvo por el tintineo ocasional de los cubiertos al entrechocar con los platos de porcelana. A Catherine no le importó: así pudo sopesar las preguntas que le haría al montañés por la mañana, entre ellas, principalmente, cómo se apellidaba y dónde vivía el jefe de su clan. Confiaba en que él se lo dijera, a pesar de que se había negado a responder a las preguntas que le había dirigido John esa tarde en el establo. Se preguntaba si el juez habría tenido más suerte.

Después de cenar, regresaron al salón para tomar café y jugar a las cartas, pero Catherine puso muy poco interés en el juego. Sencillamente, no podía quitarse al montañés de la cabeza.

Recordó lo que había dicho justo antes de recibir el disparo en el brazo: *Mira lo que me has hecho.* En ese momento sus ojos tenían una expresión de dolor incuestionable. Catherine ignoraba que alguien pudiera parecer tan atormentado.

Seguía pensando en ello cuando John le repartió una mano ganadora. Se pusieron a jugar en serio, pero el interés de Catherine en el juego se disipó pasado un rato.

—Ha sido un día agotador —dijo, dejando sus naipes sobre la mesa—, así que os deseo a los dos buenas noches.

—Buenas noches —contestó su abuela.

John empujó su silla hacia atrás, se levantó y se inclinó ante ella. Catherine se levantó.

Pensando que un libro podía ser una grata distracción, cogió un candelabro al salir para iluminar el camino hasta la biblioteca.

Recorrió con cautela los oscuros pasillos de la mansión, mirando con frecuencia hacia atrás y asomándose precavidamente a cada recoveco del camino. Desde su llegada a Drumloch tenía a menudo la sensación de que había una presencia cerca, un fantasma curioso, quizá, que la seguía. Le sucedía a cualquier hora del día, pero resultaba especialmente turbador por las noches. Aún no le había hablado de ello a su doctor.

Se detuvo al ver que la llama de las velas se agitaba, empujada por una ráfaga de aire helado que recorrió el pasillo. Quizás hubiera una ventana abierta en alguna parte. Confiaba en que fuera eso.

Por fin llegó a la biblioteca y abrió las pesadas puertas, que crujieron al bascular sobre sus bisagras de hierro. La luz de las velas atravesó la oscuridad y comenzó a proyectar sombras movedizas sobre las estanterías llenas de libros. Sintió que el aire se agitaba junto a su mejilla y se detuvo bruscamente sobre la alfombra, en medio de la habitación. Una oleada de temor recorrió su espalda.

Levantando el candelabro por encima de su cabeza, llamó con voz temblorosa:

—¿Hola? ¿Hay alguien ahí?

Las gruesas cortinas de las dos ventanas de la biblioteca ondearon suavemente, sin hacer ruido.

Casi esperaba escuchar el eco de su propia voz, a pesar de que no era posible estando las paredes forradas de libros mohosos. Los volúmenes se amontonaban por todas partes, sobre las mesas y los escritorios, impregnando el ambiente de la estancia con un denso olor a polvo y a conocimiento.

Se estaba comportando como una necia, pensó al acercarse a una librería y empezar a pasar un dedo por los lomos de los libros.

Finalmente, pasado un rato, eligió un volumen. Dejó el candelabro sobre el escritorio y abrió el libro para leer las primeras líneas, pero sintió que otro soplo de aire rozaba su cara. La corriente agitó de nuevo las cortinas.

Fue a revisar la ventana, pero estaba cerrada. Fuera había salido la luna, que brillaba, redonda, sobre un cielo despejado y tachonado de estrellas. Apoyó las manos sobre el cristal para mirar el jardín, en plena floración otoñal, y fijó luego la mirada en el horizonte, más allá de las colinas redondeadas y los lúgubres bosques que se recortaban contra el cielo nocturno. Hacía una noche preciosa, y sus sentidos vibraron estremecidos.

La cortina de terciopelo se hinchó de nuevo a su lado. Apartó la tela.

Y allí estaba. El montañés.

Tembló, asustada. ¿Cuánto tiempo llevaba ahí? Había sacado su espada, su pistola y su cuerno de pólvora del establo, pero ¿cómo había logrado burlar a los sirvientes y llegar hasta allí? ¿Era él el fantasma del pasillo?

Su mirada ardiente la dejó paralizada, rígida de terror.

Él se llevó un dedo a los labios.

—Shhh...

Catherine se esforzó por no hacer ningún movimiento brusco, a pesar de que debía gritar. ¿Qué le pasaba? Estaba asustada.

De pronto reparó en que él tenía la pechera de la camisa manchada de sangre. ¿Era suya? También tenía un ojo morado. ¿Le habían apuñalado? ¿Habían vuelto a dispararle?

—¿Qué le ha sucedido? —preguntó—. ¿Y cómo ha llegado hasta aquí?

El montañés no respondió. Se limitó a apartar la cortina, la hizo girarse y acercó un cuchillo a su garganta.

Capítulo 4

Catherine intentó desasirse de sus brazos de hierro, se retorció y forcejeó, le golpeó la espinilla con el talón, pero no sirvió de nada. Era como un muro de ladrillo a su espalda, todo él músculos rígidos y fortaleza.

—Es culpa tuya que esté maldito —masculló—. Me han encadenado y me han llevado a la cárcel a rastras, así que no pienso volver a arriesgarme contigo. Esta vez no vas a engañarme.

Ella sintió la punta afilada del cuchillo en la base de la garganta y se aferró a su musculoso antebrazo.

—Mi primo tenía razón. Es usted un bestia.

—Sólo estoy intentando sobrevivir. —Su aliento, cálido y húmedo, rozó la oreja de Catherine—. Ahora deja de retorcerte, prométeme que no vas a gritar y te soltaré.

—Le doy mi palabra.

Él la soltó. Catherine se giró para mirarlo a la luz fantasmagórica de las velas. Pasándose una mano por el cuello, intentó recuperar el aliento y aquietar el pálpito frenético de su corazón.

—No era necesario que hiciera eso —dijo—. ¿Y por qué ha vuelto aquí, en nombre del cielo? Si mi primo lo ve, lo matará en el acto de un disparo.

El montañés guardó el cuchillo en la funda de su cinturón.

—Llevo tres años buscándote, Raonaid. No voy a cejar ahora.

—Sigue convencido de que soy esa mujer.

—Sí. No sé si es verdad que has perdido la memoria o si mientes, pero de un modo u otro vas a recordar la noche que lanzaste sobre mí esa maldición. Encontraré el modo de hacerte recordar.

Catherine tragó saliva, inquieta.

—¿Cómo piensa hacerlo? Los esfuerzos del médico por hacer que recupere la memoria no han dado ningún fruto.

—El médico no sabe presionarte como yo.

Ella se quedó pensando sobre lo que acababa de decir. Después dijo bruscamente, con vehemencia:

—Va a amenazar de nuevo con violarme y a intentar atemorizarme para que le diga la verdad, ¿no es eso?

—Haré lo que sea necesario.

Catherine también quería saber la verdad, lo deseaba con todas sus fuerzas, pero no podía permitir que la maltratara. Fijándose en su ojo morado y en la sangre que empapaba su camisa, preguntó:

—¿Cómo ha escapado del carromato de la prisión?

El montañés volvió a llevarse un dedo a los labios, como si hubiera oído algo. Cruzó la biblioteca ágilmente, sin hacer ruido, y se asomó al pasillo. Cuando se hubo cerciorado de que no había nadie cerca, contestó:

—Intentaron matarme camino del pueblo.

—¿Quién?

—El juez y sus esbirros. El juez dijo que iban a hacer que pareciera que sólo estaban cumpliendo con su cometido, así que me hicieron salir del carromato, cargaron sus pistolas y me dijeron que echara a correr.

—¿Y eso fue lo que hizo?

—No, no corrí —contestó él, casi escupiendo las palabras—. Los desarmé de una patada y me serví de mis puños.

Catherine miró sus grandes manos y vio que tenía los nudillos arañados y manchados de sangre.

—Pero eran cuatro —dijo, incrédula, sin querer reconocer ante sí misma, o ante él, que estaba impresionada por semejante hazaña.

—Sí —respondió él—, aunque ahora puede que no queden tantos. —Se asomó de nuevo a la puerta para asegurarse de que no venía nadie—. Puede que haya matado a uno o a dos. Sin darme cuenta.

Ella señaló la herida de su vientre.

—¿Cómo se ha hecho eso?

El montañés miró hacia abajo y pareció notar por primera vez que tenía la camisa empapada de sangre.

—¡Ah, rayos! Uno de ellos me clavó un cuchillo, pero no es más que un rasguño. Saldré de ésta.

Se miraron un momento en medio de un tenso y palpitante silencio, hasta que él ladeó la cabeza y le advirtió con aire astuto:

—Si estás pensando en ponerte a gritar y en entregarme, piénsatelo dos veces. Aquí hay gato encerrado, bruja. Creo que te están utilizando tanto como tú a ellos.

Bajó los ojos y fijó la mirada en las curvas y las turgencias de su cuerpo, dedicando especial atención a su escote y sus pechos.

Trémula todavía, Catherine tardó un instante en entender lo que había dicho. Le temblaban las piernas bajo el tormentoso ardor de su mirada. Todo en aquel hombre irradiaba un misterioso erotismo, parecía arder, lleno de una ansia furiosa, y Catherine no podía negar que, pese a que estaba asustada y temía por su vida, el montañés ejercía sobre ella una profunda fascinación.

Se espabiló, intentando desprenderse de la traicionera neblina que la envolvía, y procuró entender lo que intentaba decirle él.

—Ya se lo dije —contestó—: yo no les estoy utilizando. —Hizo una pausa y cambió el peso del cuerpo de un pie a otro mientras recordaba su constante sospecha de que su abuela le estaba ocultando algo—. Pero ¿qué le hace pensar eso?

—Vales mucho dinero, ¿no es cierto? O al menos lo valía Catherine. Toda Escocia sabe que está a punto de recibir una herencia considerable, y por lo que he oído, si muriera antes de recogerla, su fortuna sería entregada a la causa jacobita.

Ella asintió con la cabeza.

—Sí, pero estoy viva y es mi dinero. O al menos lo será dentro de un mes y medio, cuando cumpla veinticinco. ¿Cree que me están utilizando para conseguir el dinero? ¿Para que no acabe en manos de los jacobitas?

—Alguien ordenó hoy que me mataran —dijo él— porque sé quién eres. No me gustaría que te sucediera lo mismo, muchacha. Primero tienes que levantar la maldición.

—Pero no puedo levantarla —insistió ella.

El montañés se acercó y, agarrándola del brazo, clavó una mirada abrasadora en sus labios entreabiertos. Sus caras casi se tocaban. Catherine sintió el roce de su aliento en las mejillas. Temblando, contuvo la respiración.

—Estás mintiendo.

Ella no le llevó la contraria. Ni siquiera podía hablar.

—Usaré la fuerza si tengo que hacerlo —añadió él en voz baja y amenazadora—. De un modo u otro vas a darme lo que quiero.

Catherine sintió arder su piel allí donde la tocaba. Sabía que era en parte por miedo y en parte por una excitación irracional. Era asombrosamente guapo, robusto y enérgico, y al pensar en cómo se había desembarazado de todos aquellos guardias armados sirviéndose únicamente de sus manos, se sintió desfallecer de nuevo.

Dios, ¿por qué tenía que ser tan vehemente, tan vital? Ella no quería sentir ninguna de las cosas que estaba sintiendo, pero había algo en aquel hombre que despertaba su espíritu, y empezaba a sentir que él era la clave de su pasado. Que también despertaría sus recuerdos y los haría salir bruscamente, en un estallido, de la caja en la que estaban encerrados.

—Se lo dije —repuso pese a todo, levantando la cabeza. Respiró su olor almizclado y tuvo que recordarse que no debía dejarse arrastrar por su vigor, pues aunque era guapo, era también peligroso y colérico—. No sé cómo ayudarlo.

La fuerza de su silencio la cautivó cuando clavó sus ojos en ella. Luego, súbitamente, comenzó a subirle las faldas y a luchar con su propio manto.

—¿Qué hace? —preguntó ella, horrorizada, mientras intentaba desasirse.

—Lo haremos a tu modo, entonces —masculló él—. Si no quieres levantar la maldición, tendrás que compartirla conmigo. Tal vez así, cuando seas tú la que tenga que mirar a la muerte cara a cara, seas más complaciente.

Se arrimó a ella y Catherine retrocedió hasta que chocó con el sofá y cayó sobre los mullidos cojines sofocando un grito. El montañés se cernió sobre ella, la miró con rabia y estaba a punto de separarle las piernas y echársele encima cuando Catherine levantó las manos y exclamó:

—¡Está bien! ¡Está bien! ¡Levantaré la maldición, se lo prometo!

Él se detuvo con una rodilla apoyada en el cojín del sofá. Respiraba agitadamente.

—Hazlo, entonces —ordenó—. Ahora mismo.

La angustia se apoderó de Catherine. Quería en parte pedir auxilio, pero ¿quién la oiría a esas horas, en aquella ala desierta de la casa? Y si acudía alguien, su primo mataría sin duda al montañés y ella nunca sabría la verdad sobre su vida.

¿Y si él tenía razón? ¿Y si aquellas personas estaban utilizándola para apropiarse de la herencia de Catherine? ¿Y si lo habían hecho para que olvidara su vida y representara sin saberlo el papel de la heredera desaparecida?

—Lléveme ante Angus —exigió en un arrebato de desesperación. Necesitaba ver a aquel hombre que supuestamente había sido tan importante en su vida. El hombre que antaño había sido su amante—. Le prometo que si vuelvo a verlo podré levantar la maldición. Sólo necesito recordar... —Intentó calcular las consecuencias de su oferta y añadió rápidamente—: No haré nada hasta que me lleve ante él sana y salva.

El montañés tensó los labios.

—Necesito saber quién soy —explicó ella—. No puedo seguir viviendo así. Sólo entonces podré ayudarlo.

Se miraron el uno al otro como dos gatos a la espera de que el otro saltara. Luego, él la puso bruscamente en pie.

—¿Cómo sé que puedo confiar en ti? —preguntó.

—¿Cómo sé yo que puedo confiar en usted? Sobre todo teniendo en cuenta que siempre me mira como si... —Hizo una pausa y señaló su cuerpo grande y avasallador—. Como si quisiera comerme.

Él le lanzó una mirada amenazadora.

—Quiero comerte, muchacha. Y no puedo asegurarte que no intente probar a qué sabes por el camino. Verás, han sido tres años de privación y tengo un hambre de lobo.

Catherine podía verlo por sí misma.

Aun así, se mantuvo en sus trece.

—No, eso no puede ser. Debe darme su palabra de honor de que no me tocará. Si me la da, me marcharé de esta casa con usted voluntariamente, sin resistirme. Se lo prometo.

Pero ¿podría levantar la maldición cuando volviera a ver a su antiguo amante? No estaba segura, y sabía que era una apuesta arriesgada.

El aire chisporroteó y crepitó entre ellos mientras el montañés consideraba su proposición. Por fin le dio la respuesta que quería:

—Está bien, muchacha, te llevaré conmigo.

Catherine exhaló un profundo suspiro, pero el alivio que sentía se esfumó de inmediato cuando él se inclinó y le susurró al oído con siniestra determinación:

—Pero que sepas una cosa: si no cumples tu palabra, si no levantas la maldición cuando lleguemos a Kinloch, te juro por mi vida que será un inmenso placer matarte con ella.

La agarró de la mano y la condujo fuera mientras Catherine rezaba por recuperar la memoria antes de que llegara ese momento.

Capítulo 5

Al acomodarse en la silla del enorme corcel negro, Catherine reparó, un tanto molesta, en que seguía vestida para cenar. Tenía el pelo rizado y empolvado, lucía sedas y terciopelos y las valiosísimas alhajas de los Drumloch adornaban todavía su cuello.

—Supongo que no va a permitirme que vuelva a entrar para ponerme algo más... apropiado.

El caballo meneó su gran cabeza negra y su lustrosa crin se agitó mientras bufaba y relinchaba.

—No, muchacha —contestó el montañés sin dejar de revisar sus alforjas para asegurarse de que no le faltaba nada—. No hay tiempo para eso. Además, no quiero que cambies de idea y decidas entregarme.

Montó tras ella y cogió las riendas con una mano; luego, arreó al caballo, y el monstruoso animal salió resoplando del establo al prado que había más allá. Cabalgaron a galope tendido hasta que llegaron al bosque. Después, el montañés tiró ligeramente de las riendas.

—So. —Su caballo frenó hasta ponerse al paso.

—Esto está muy oscuro —dijo Catherine cuando se internaron en la negra espesura del bosque.

Incapaz de ver nada entre la turbia y silenciosa oscuridad, sus sentidos se agudizaron, y sintió intensamente, a su espalda, el roce del pecho del montañés, firme como un muro.

—¿Cómo vamos a ver el camino? —preguntó mientras intentaba ignorar la sensación de vitalidad que despertaba en ella su cuerpo grande y duro, tan cerca del suyo.

—Eso déjamelo a mí. —Los cascos del caballo hollaban pesadamente la tierra húmeda—. ¿Cuánto tiempo tardarán en notar tu ausencia?

—No se darán cuenta hasta mañana, pero mi doncella lo sabrá esta noche, más tarde.

—¿Dará la voz de alarma?

Catherine se quedó pensándolo.

—No, es muy callada y discreta. Creo que esperará a que alguien le pregunte.

Sus ojos se acostumbraron por fin a la penumbra, y se alegró de que hubiera al menos luna llena pues su luz se filtraba por el tupido follaje otoñal.

El caballo avanzó con brío sobre la hojarasca y las ramas secas, y pronto se encontraron con un estrecho camino que los alejaba de la casa solariega.

—¿Cómo se llama, montañés? —preguntó ella—. Aún no me lo ha dicho.

—Soy Lachlan MacDonald, antiguo caudillo militar del Castillo de Kinloch.

—Ah, un guerrero poderoso y curtido en la batalla. Debería haberlo imaginado.

Él no contestó y Catherine no quiso insistir; a fin de cuentas, no lo había acompañado en aquel viaje para conocerlo mejor. Lo único que quería era conocer al hombre que supuestamente había sido su amante. Tenía muchas preguntas que hacerle.

Pero ¿y si lo encontraba repulsivo? ¿Y si era cruel?

¿Y si todavía lo amaba?

—Hábleme de Angus —balbució con la esperanza de satisfacer en parte su curiosidad y aplacar las dudas insidiosas que bullían en su interior.

—¿Qué quieres que te diga?

—Cualquier cosa. ¿Por qué lo llaman «el León»?

—Porque es un guerrero fiero e implacable, famoso por sus hazañas durante la rebelión.

—¿La Rebelión Jacobita? —Según decía su familia, ella había sido una apasionada defensora de la causa jacobita antes de su desaparición.

John, en cambio, era partidario de los Hanover.

—Sí. Su padre reunió un ejército para la batalla de Sherrifmuir.

—Eso me interesa especialmente —dijo ella—. El padre de Catherine Montgomery, el antiguo conde, murió en esa batalla. —Ladeó la cabeza—. ¿El padre del León vive todavía?

—No, también murió luchando por la causa, y ahora Angus sólo quiere paz.

Catherine reflexionó sobre lo que le había contado Lachlan hasta ese momento y se esforzó por recordar. Trató de imaginar a un guerrero implacable y fiero como un león que luchaba valerosamente en las batallas de Escocia, pero ¡ay!, nada de aquello le resultaba familiar.

—¿Puede decirme algo más?

Lachlan se inclinó hacia delante y le dijo en voz baja, en tono malicioso y retador:

—Tiene una bella esposa y un hijo.

Catherine se volvió rápidamente en la silla.

—¿Una esposa y un hijo? ¿Desde cuándo?

Él arrugó el ceño y echó la cabeza hacia atrás ligeramente.

—¿De veras no lo recuerdas? ¿O sólo eres una actriz consumada?

—¿Cuántas veces he de decírselo? No me acuerdo de nada. Ni siquiera puedo imaginar qué aspecto tiene Angus.

Lachlan la observó con creciente irritación y ella se preguntó si alguna vez llegaría a creer que había perdido la memoria. En cualquier caso, pareció decepcionado al ver que no montaba en cólera al oír hablar de la esposa y el hijo de Angus.

—Imagínatelo así —contestó con aspereza—: parece un león y tiene un potente rugido.

El caballo perdió pie ligeramente sobre el terreno desigual. Catherine se ladeó en la silla, pero Lachlan la sujetó. De nuevo, para espanto suyo, el contacto del montañés hizo que la recorriera una oleada de excitación cuyo hormigueo se esforzó por sofocar.

—Esperaba usted que me pusiera celosa —dijo refiriéndose a Angus y a su bella esposa—, pero ¿cómo voy a estar celosa si no recuerdo nada del tiempo que pasamos juntos?

Lachlan sopesó detenidamente su pregunta.

—Nunca he oído hablar de nadie que haya perdido por completo la memoria, y sigo sin estar seguro de que deba creerte, así que no te relajes pensando que me has convencido.

—Créame —repuso ella con sorna—, no estoy relajada en absoluto con usted.

¿Cómo podía estarlo si su presencia la apabullaba, impidiéndole pensar con sensatez?

—Está claro que no tenía muy buena impresión de mí antes, cuando nos conocíamos —añadió.

—No, hiciste algunas cosas horribles.

—¿Como cuáles, aparte de la maldición? —Comprendió en ese instante que sin memoria tampoco había remordimientos. No había nada por lo que sentirse culpable. Era como vivir en perpetuo estado de pureza e inocencia.

En perpetuo vacío.

—Dígame qué es lo peor que he hecho —dijo.

Quería saber la verdad, por desagradable que fuese. Quería tener una vida real.

—Tal vez así consiga recordar algo.

Nada de cuanto le había contado su abuela había conseguido reavivar en ella un recuerdo. Ni siquiera el regreso a su casa de la infancia le había devuelto su pasado.

Pero tal vez fuera porque Lachlan tenía razón y ella no era Catherine Montgomery ni lo había sido nunca.

Dios mío, ayúdame. Estaba confusa, ansiaba tanto conocer la verdad... Tanto que había estado dispuesta a huir en plena noche con un montañés peligroso e impredecible que la despreciaba...

—¿No puede contestar a mi pregunta? —insistió, cada vez más nerviosa—. ¿O acaso también ha perdido la memoria?

—Perdona, muchacha, pero no sé por dónde empezar. Las posibilidades son infinitas.

Ella sacudió la cabeza, enojada.

—Es usted un grosero.

—Está bien, está bien —dijo él por fin—. Empezaré por cómo seguiste a Angus a Kinloch después de que te dijera adiós en las Hébridas, pero más vale que te prepares porque en este cuento eres una malvada como pocas. No va a gustarte cómo acaba la historia.

—Ya basta de suspenso —repuso ella con el corazón acelerado—. Por favor, dígame lo que hice. Debo saberlo.

Él respiró hondo y Catherine se descubrió apoyándose en su pecho ancho y cálido.

—Seguiste a Angus a Kinloch para decirle que le quedaba menos de un mes de vida y que iba a morir en la horca.

Ella frunció el entrecejo.

—¿Era cierto?

—No, todavía vive, pero también le dijiste que su esposa, que te llamó «zorra manipuladora», lo traicionaría y que sería culpa suya que acabara en la horca.

—¡Santo cielo! ¿Eso también era mentira?

Lachlan titubeó:

—Era cierto en parte, pero es una larga historia. Lo único que debes saber es que intentaste atraerlo de nuevo a tu cama cuando estaba ya felizmente casado y esperaba un hijo, y que fuiste tú quien les dijo a sus enemigos que debían colgarlo. Fue culpa tuya que el Castillo de Kinloch estuviera a punto de caer y de que casi volviera a estallar otra rebelión a pesar de que Angus sólo quería la paz.

Dios misericordioso... Catherine tragó saliva con esfuerzo y procuró mantener la compostura. Era un golpe duro de encajar, y si de veras era Raonaid, el oráculo, no iba a sentirse orgullosa de aquellas cosas una vez que recuperara la memoria. ¿Cómo iba a poder soportar su mala conciencia?

—¿Hice todas esas cosas horribles porque Angus me dejó plantada? —preguntó—. Da la impresión de que estaba muy celosa de su mujer.

—Sí, lo estabas, y a mí me culpabas de haber perdido a Angus. Por eso me lanzaste esa maldición.

Catherine se volvió en la silla.

—¿Qué tuvo usted que ver en todo eso?

—En primer lugar, fui yo quien encontró a Angus contigo en las Hébridas y lo insté a volver a casa y a recuperar su castillo. Fue entonces cuando te dejó. Y cuando nos seguiste, ayudé a convencerlo de que lo único que harías sería envenenar su matrimonio si permitía que te quedaras y que debía desterrarte del castillo de una vez por todas.

Estaba claro que se había mostrado celosa y rencorosa en más de una ocasión, si posteriormente se había vengado arrojando sobre Lachlan una maldición mortífera.

—¿Cree posible que me haya desecho de todos mis recuerdos porque me abrumaba el peso de mi mala conciencia? Quizá no podía soportar lo que había hecho y procuré borrarlo de mi memoria, o bloquearlo por completo.

—Sería lógico, supongo, si te sintieras culpable aunque fuera sólo un poco, pero no estoy seguro de que seas capaz de sentir culpa.

El profundo desprecio que notó en su voz hizo estremecerse a Catherine.

—Nunca he conocido a nadie más vengativo que tú —remachó él.

Catherine no podía aceptarlo. No podía, sencillamente.

—Y, sin embargo, el poderoso jefe de su clan vivió conmigo más de un año —repuso—. Fuimos amantes. Sin duda Raonaid, o mejor dicho yo, ha de tener alguna virtud.

Lachlan se quedó pensando.

—Tu don para predecir el futuro, supongo. Y eres una mujer muy bella —añadió con un murmullo aterciopelado, frotando la nariz contra su pelo—. Eso ni siquiera yo, que soy quien más te odia, puedo negarlo, Raonaid.

El recuerdo de su tormentoso beso en el círculo de piedras asaltó de pronto a Catherine, y otra chispa de deseo se encendió en lo más profundo de su ser.

Debería haberse enfadado consigo misma por reaccionar así después de que Lachlan reconociera que la odiaba, pero decidió aceptar lo que sentía, pues al menos era una prueba de que estaba viva. De que existía y era un ser apasionado.

Una suave brisa agitó el dosel de hojas otoñales por encima de sus cabezas, y en el suelo las sombras que proyectaba la luna se estremecieron como ondas en el agua.

—Puede que Raonaid no sea tan mala —sugirió, confiando en poder redimirse de algún modo—. ¿Alguna vez habló con ella de verdad, como estamos hablando nosotros ahora?

Lachlan se echó a reír.

—No. Tú y yo nos detestábamos apasionadamente. Y deja de referirte a ella como si fuera otra persona. Sois la misma, y cuando hablas así pareces un poco loca.

—Una lunática. ¿No es eso lo que soy?

Él se quedó callado un momento.

—No sé, pero no me gusta, muchacha, porque me hace olvidar quién eres de verdad.

Catherine reflexionó un momento.

—Preferiría que lo olvide. Así quizá sea más amable conmigo.

—¿Amable, yo? ¿Contigo?

En ese instante comenzó a caer una ligera llovizna que poco después se convirtió en chaparrón.

Lachlan masculló un exabrupto y condujo al caballo hacia el corazón del bosque.

—Esta maldición tuya no conoce descanso —rezongó.

—No puede culparme a mí del mal tiempo.

Él refunfuñó algo en gaélico, luego espoleó al caballo y ordenó a Catherine que se agarrara con fuerza.

Capítulo 6

Lachlan se echó el tartán por encima de la cabeza, pero ni aun así pudo librarse de la lluvia. Tampoco pudo hacer nada por Raonaid, que iba sentada delante de él, vestida con ricas sedas y terciopelos que la lluvia empapó rápidamente.

Su cabello, recogido en la coronilla en una gran montaña de rizos empolvados, se desmoronó sobre su cuello y sus hombros en una avalancha caótica.

Lachlan, por su parte, sintió que en su cuerpo también se desataba el caos. Evidentemente, si quería librarse de la maldición, no tenía más remedio que llevarla con él, pero no era tarea fácil cabalgar a su espalda, rodeando con las piernas su dulce y cálido trasero mientras ella se bamboleaba adelante y atrás en la silla y se frotaba contra la cara interna de sus muslos.

Estaba en constante estado de excitación, y le daban ganas de pararse, desmontar y poseerla apasionadamente contra un árbol cualquiera mientras la lluvia arreciaba a su alrededor, calándolos hasta los huesos.

Su cuidadoso plan para obligar a Raonaid a obedecerlo se había desmoronado por completo. Raonaid había cambiado las tornas y, tras fijar las reglas del juego en la biblioteca, ahora era ella quien dominaba hasta cierto punto la situación.

Aquello era una locura. Lachlan no veía cómo podían empeorar las cosas.

Y entonces empezó a soplar el viento.

—¡Me estoy helando! —gritó Raonaid.

Él la envolvió en su tartán y la abrazó para mantener a raya el frío mientras para sus adentros maldecía violentamente.

—Hay un pueblo cerca de aquí —dijo, dándose por vencido—. Iremos allí a secarnos y a hacernos con otro caballo.

No podía seguir cabalgando con ella así.

Ella se volvió en la silla y lo miró por entre la lluvia.

—¿No le preocupa que nos alcance el juez?

—No vamos a quedarnos mucho tiempo. —Arreó a *Goliat* para que se pusiera al galope.

Cuando entraron en el pueblo cruzando los charcos de barro de la calle, estaban empapados y tiritando.

—Quítate las horquillas del pelo —ordenó Lachlan al detenerse bajo el alero goteante del tejado del establo—. Déjatelo suelto y dame tus joyas.

—Pero pertenecen a los Drumloch —contestó ella con un castañeteo de dientes—. Soy responsable de ellas y valen una fortuna.

—Si entras ahí con esas alhajas, muchacha, te aseguro que saldrás sin ellas. Dámelas, no permitiré que les pase nada.

Catherine vaciló, pero por fin se quitó el collar de perlas y esmeraldas y se lo dio a Lachlan, que se lo guardó en la escarcela. Después se quitó también los pendientes y se los entregó.

Lachlan se apeó del caballo y le tendió los brazos. Ella aceptó su ayuda sin una queja y un momento después estaba ante él soltándose el pelo. Cayó empapado sobre sus hombros tersos y marfileños mientras la lluvia brillaba en sus labios y la obligaba a parpadear para desembarazarse de las gotas prendidas a sus pestañas.

¡Ah, rayos! ¡Qué hermosa es!

Era demasiado. Le dieron ganas de golpear algo.

—¿Y ahora qué? —preguntó ella.

Lachlan apartó las manos de su estrecha cintura y las dejó caer.

—Vamos a entrar a calentarnos.

—¿Tomaremos una habitación?

—Sí, pero sólo hasta que pase la tormenta.

Ella dio media vuelta y echó a andar hacia la puerta mientras Lachlan dejaba a *Goliat* en manos de un mozo de cuadras.

—Vamos a usar nombres falsos —le dijo Lachlan al alcanzarla—. Es una suerte que parezcas un gato mojado. Estás hecha un asco. Nadie te tomará por una rica heredera.

Habría sido de gran ayuda que él mismo se lo creyera.

—Muchísimas gracias por un cumplido tan generoso —contestó ella secamente cuando Lachlan se adelantó.

Entraron en la posada, en cuya planta principal había una taberna con las paredes recubiertas de paneles de madera oscura y cuadros con escenas de caza. Lachlan cogió de la mano a Raonaid y se acercó al tabernero, que lucía una barba roja.

—Queremos una habitación y comida caliente.

El gigantesco escocés llamó a una moza con una seña.

—Abigail, lleva arriba a estos viajeros empapados y pregúntales qué quieren comer. —Pasó un paño por la barra—. Sólo hay dos platos a elegir —masculló—: estofado y estofado. —Alzó los ojos y miró a Lachlan fijamente—. Soy Bill Anderson y exijo el pago por anticipado.

Lachlan hurgó en su escarcela y echó un puñado de monedas sobre la barra.

El posadero frunció sus agrestes cejas mientras contaba el dinero.

—¿Pensáis quedaros más de una noche, extranjero?

—No, pero no quiero que nadie nos moleste. ¿Entendido?

El posadero miró por encima del hombro de Lachlan a Raonaid, que estaba tras él escurriéndose el pelo. Las gotas que chorreaban de su cabellera salpicaban el suelo.

—Alguien tendrá que encargarse de fregar eso —dijo Anderson con aire ofendido.

Lachlan le arrojó un par de monedas más.

—¿Bastará con eso?

—Sí, amigo, bastará. Ahora acompañad a Abigail arriba. Ella se encargará de cuanto necesitéis.

Lachlan se apartó el pelo de los ojos e hizo una seña a Raonaid, que cruzó tras él la taberna.

El pasillo de arriba era estrecho y estaba iluminado por una sola vela sujeta a un candelero de pared. El suelo se inclinaba bruscamente hacia un lado pero el tejado era muy sólido, de modo que al menos no se mojarían.

La tabernera metió una llave en la cerradura y les condujo a una habitación espaciosa, con una ventana que daba al patio de las cuadras y una chimenea frente a una mesa con cuatro sillas. Una colcha limpia, azul y blanca, cubría la cama de metal, lo bastante grande para que cupieran dos personas.

Abigail encendió la lámpara y un instante después su cálido resplandor dorado se difundió por la habitación. Lachlan posó los ojos en Raonaid. Ella también resplandecía como el fuego, con su cabellera mojada pegada a la piel blanca y reluciente.

Abigail se acercó a la cama y mientras retiraba las mantas preguntó:

—¿Desean que les suba la cena?

—Sí —respondió Lachlan de mala gana y, volviéndose para no tener que ver el colchón mullido y acogedor, se acercó a la ventana—. Y una botella de cualquier cosa. Vino, clarete, lo que sea. —Necesitaba entumecer sus pasiones.

La tabernera asintió con una inclinación de cabeza y los dejó solos.

Raonaid se acercó a la cama y se sentó, pero Lachlan se negó a mirarla. No podía hacer nada, en cambio, para dejar de oír los ruidos que hacía. Sus oídos captaban cada sonido: el crujido de la cama bajo su peso, su suave respiración, el susurro de sus faldas. Dejando escapar un suspiro de agotamiento, ella se quitó un zapato y lo dejó caer. Se oyó un golpe sordo cuando el zapato chocó contra el suelo. Después, se quitó el otro.

—Nunca me había alegrado tanto de ver una cama. —Se tumbó de espaldas sobre el colchón.

Lachlan no compartía su alegría: hacía años que no estaba a solas en una alcoba con una mujer. Y tratándose de una mujer como aquélla, tan cautivadora en todos los sentidos, no estaba del todo seguro de que pudiera pasar la noche sin romper la promesa que le había hecho.

Unos minutos después, Lachlan había encendido un fuego impresionante en la chimenea y arrastró una silla por el suelo para ofrecérsela a Catherine.

—Ven a sentarte más cerca —le dijo—. Tienes que secarte la ropa.

Acercó otra silla para él, se sentó y extendió las manos para calentárselas.

Catherine estuvo contemplándolo un momento, absorta. Habría deseado que no estuviera tan... mojado. Su larga melena brillaba a la luz ámbar del fuego, la camisa se pegaba a sus brazos y a sus hombros fornidos y el tartán ceñía sus muslos recios y musculosos. ¡Ah, Dios todopoderoso! Así, calado hasta los huesos, chorreando agua, deslumbrante, era muy bello de contemplar.

Lachlan se recostó y apoyó los pies, todavía enfundados en botas, en la silla que había acercado para ella. Con un suspiro, cruzó las piernas grandes y fibrosas a la altura de los tobillos.

Catherine parecía incapaz de apartar los ojos del voluminoso manto que se adhería a su regazo y de la escarcela de cuero desgastado que descansaba sobre cierta parte de su anatomía en la que no debía pensar. Era todo tan turbador que por primera vez deseó poder levantar de veras aquella odiosa maldición. ¡Qué desperdicio de virilidad que un hombre como aquél tuviera que mantenerse célibe!

¡Qué hijos tan hermosos podía engendrar!

Echando la cabeza hacia atrás, Lachlan se pasó las manos por la cara y bostezó, agotado. O quizá fuera por aburrimiento. Catherine deseó saber qué estaba pensando. Se quedó mirándolo un rato; luego, por fin, hizo un esfuerzo por espabilarse y salir de su estupor. Recogiéndose las faldas, se levantó de la cama.

—Cuando ha dicho que me acercara, confío en que se refiriera al fuego y no a usted.

Empujó la puntera de su bota con la mano para que apartara los pies de su silla.

—¿Por qué? ¿Te preocupa no poder resistirte a mis mortíferos encantos? Más mortíferos que nunca, por cierto, gracias a ti —añadió él.

Catherine se sentó.

—No, no estoy preocupada porque no le encuentro en absoluto encantador. Ni lo más mínimo.

Era mentira, desde luego. Todo en él la fascinaba, incluso cuando la hacía temblar de miedo.

Sobre todo, entonces.

—Deberías dar gracias —repuso, recostándose cómodamente en la silla y juntando las manos detrás de la cabeza.

Catherine se preguntó si sería una especie de dudoso arcángel hecho hombre, hasta ese punto la cautivaba.

—¿Gracias por qué?

—Por esa promesa que te hice en la biblioteca, cuando accedí a no tocarte. De lo contrario, ya estaría quitándote el vestido, pieza a pieza, muy despacio, y tú estarías gimiendo de placer, suplicándome que me diera más prisa en desnudarte y buscando a toda prisa un modo de levantar la dichosa maldición.

Catherine lo miró entornando los párpados.

—¿Tan seguro está de sí mismo?

—Sí.

Ella se echó hacia delante.

—Pero ¿para qué querría hacerme gemir de placer? Me desprecia. ¿Por qué no forzarme como intentó hacer en Drumloch?

El fuego que bailoteaba y crepitaba en la chimenea iluminaba la dorada claridad de la piel del montañés y hacía brillar destellos de oro en sus ojos. Él también se inclinó hacia delante, sus caras quedaron muy cerca, casi tocándose, y el corazón de Catherine comenzó a latir precipitadamente, lleno de expectación.

—¿De veras quieres que te conteste? —preguntó con una nota de burlón erotismo que hizo estremecerse a Catherine.

En ese momento tocaron a la puerta y Catherine se apartó rápidamente. Entró Abigail llevando una bandeja con comida y una botella de vino.

—Dos platos de estofado caliente con empanadillas —dijo alegremente— y una cesta de pan con mantequilla y queso. —Dejó todo sobre la mesa y lanzó una mirada coqueta a Lachlan, que la miró de arriba abajo. Era una joven atractiva, de tez morena y semblante travieso. Mientras estaba allí de pie, suspendida por la mirada halagüeña de Lachlan, la codicia pareció apoderarse de ella.

—¿Puedo hacer algo más por usted, señor? —preguntó, un poco aturdida, mientras lo admiraba de la cabeza a los pies.

—No, Abigail, eso es todo. —Lachlan apoyó un codo en el brazo de la silla y se llevó el índice a la sien. Sus ojos sonreían maliciosamente a la muchacha.

Los labios de Abigail temblaron de excitación. Señaló la camisa ensangrentada del montañés.

—Podría lavarle la camisa, señor, si no le importa quitársela...

Catherine puso los ojos en blanco y Lachlan le lanzó una mirada desdeñosa, levantando una ceja como si dijera, *¿Lo ves? ¿Ves cómo me lastras?*

—Una idea estupenda, Abigail —contestó, volviendo a fijar la mirada en la joven tabernera—. Dejaré mi camisa en tus hábiles manos. Vuelve después de la cena y me la quitaré.

Ella dejó escapar una risilla nerviosa.

—Muy bien, señor. Luego volveré. —Giró sobre sus talones y al echar a andar chocó contra la pared—. Ay, Dios mío, disculpe. —Se rió otra vez, se frotó la marca roja de la frente y salió de la habitación.

Lachlan se recostó lánguidamente en la silla, inclinó la cabeza hacia Catherine y, entornando los párpados, fijó en ella una mirada indolente.

Catherine suspiró.

—No voy a decir una sola palabra al respecto, salvo que me revuelve el estómago ver a una joven inteligente comportarse como una mema.

Pero lo cierto era que entendía muy bien la reacción de Abigail y que se alegraba de que su oportuna interrupción le hubiera recordado que aquel hombre era un donjuán sin escrúpulos vestido con tartán. Porque sabía Dios qué habría dicho o hecho ella después de que el montañés contestara a su pregunta. Tal vez ella también se habría levantado y habría chocado contra la pared.

Acalorada de repente, se puso en pie y se acercó a la mesa para comer. Lachlan se quedó delante del fuego, pero Catherine siguió sintiendo su mirada abrasadora clavada en ella mientras aspiraba el aroma tentador del estofado caliente y especiado y comenzaba a untar con mantequilla ambos lados de su pan.

Capítulo 7

*U*na hora después, Catherine se hallaba junto a la ventana, mirando la oscuridad de fuera. El viento gemía como un fantasma por los aleros del tejado. La lluvia golpeaba el cristal como una tormenta de guijarros y el agua corría por él formando regueros brillantes y dentados como navajitas de plata.

La tormenta no daba muestras de amainar y Catherine sólo podía confiar en que el mal tiempo hubiera impedido viajar al juez, pues no tenía deseo alguno de regresar a Drumloch, al menos todavía. Quería recuperar su memoria perdida, y si para ello tenía que internarse a caballo en las Tierras Altas de Escocia acompañada por un guerrero colérico que la detestaba, lo haría.

Era poco probable, en todo caso, que el juez hubiera podido seguir su rastro a través del bosque. La lluvia habría borrado sus huellas y además Lachlan no se había dirigido hacia el norte, sino hacia el sur, al contrario de lo que esperaría el magistrado. Tendrían que dar un largo rodeo para llegar al Castillo de Kinloch, le había dicho Lachlan, pero al final llegarían.

Dejó caer la cortina, se volvió y miró hacia la cama en el instante en que Lachlan se tumbaba en ella desnudo.

Desvió rápidamente la mirada hacia la chimenea, frente a la cual él había dejado su tartán colgado en una silla para que se secara. Un rato antes le había dado a Abigail su camisa manchada de sangre. Había salido al pasillo, donde lo esperaba la joven, y había dejado deliberadamente la puerta abierta para que Catherine viera cómo se quitaba la camisa sacándosela por la cabeza.

Abigail había puesto unos ojos como platos y a Catherine le

daba vergüenza reconocer que a ella le había pasado lo mismo al ver marcarse su hermosa musculatura.

Pero nada de eso importaba ahora, se dijo ahuyentando aquella imagen. Lo que importaba era cómo iba a mantener a raya su nerviosismo mientras durara la tormenta teniendo a un fornido montañés desnudo en la cama que había creído destinada para ella.

Él se tapó con las mantas hasta la cintura, soltó un suspiro perezoso y apoyó la cabeza en uno de sus brazos.

Catherine se fijó en el arañazo de sus costillas. Estaba cubierto de sangre seca, pero Lachlan parecía no notarlo.

—Qué agradable es estar calentito y seco —dijo tranquilamente, con un ronroneo—. ¿Verdad que sí, muchacha?

Volvió la cabeza sobre la almohada de plumas para mirarla de lleno y pareció esperar una respuesta.

Catherine se aclaró la garganta.

—¿Hay algún problema? —preguntó él con un destello de satisfacción en la mirada, como si supiera perfectamente el efecto que surtía sobre ella y le hiciera gracia.

Una traicionera oleada de excitación inundó el cuerpo de Catherine.

—Sí —contestó altaneramente—. Solamente hay una cama y si fuera usted un caballero me dejaría dormir en ella.

Lachlan se quedó mirando el techo con indiferencia.

—En primer lugar, no soy un caballero de esa clase, sino de otra muy distinta. Y si crees que voy a intentar seducirte... —Hizo una pausa—. ¡Ah, maldita sea, Raonaid! Quítate el vestido de una vez, ponlo a secar y métete en la cama.

Ella levantó la barbilla.

—No, no pienso meterme en esa cama con usted.

Él se incorporó apoyándose en el codo y la miró fijamente, frunciendo el ceño, malhumorado.

A todas luces, estaban en un callejón sin salida.

Catherine se miró las faldas mojadas y comprendió que el montañés tenía razón: debía colgar su ropa para que se secara, pero por nada del mundo pensaba desnudarse delante de él y meterse bajo las mantas. ¡Estaba desnudo!

Se arrimó al fuego y se dejó caer en la silla de madera. Se quedaría allí sentada toda la noche si era preciso, si él insistía en comportarse como un bruto.

Como un salvaje, en realidad.

—¿A qué estás esperando? —preguntó Lachlan y, tumbándose boca abajo, apoyó la barbilla en la mano.

Catherine lo miró.

—Me estás impidiendo dormir, muchacha —añadió él—, y los dos necesitamos descansar. Mañana tendremos que atravesar terreno montañoso.

Ya le había explicado que Kinloch se hallaba en el corazón de las Tierras Altas de Escocia, más allá del Gran Glen. Tardarían como mínimo cinco días en llegar, quizá más si hacía mal tiempo. Una vez llegaran a Fuerte William, la guarnición inglesa, habría pocas oportunidades de que les sirvieran comida caliente en una bandeja. Se verían obligados a dormir al raso y a comer en torno a una hoguera. Catherine esperaba que al menos dejara de llover; si no, sería un viaje muy largo y esforzado, de eso no había duda.

—Anda —dijo él de nuevo en tono provocador—, demuéstrame lo valiente que eres. Túmbate a mi lado, a ver si puedes resistir los impulsos impuros que tal vez experimentes. —La miró con desafío al tiempo que levantaba las mantas.

Catherine posó los ojos en la estera trenzada del suelo y se preguntó si le costaría mucho dormir en una superficie tan dura. ¿Le ofrecería él una manta o una almohada, al menos?

Lachlan se sentó y su larga cabellera mojada cayó hacia delante sobre sus hombros desnudos.

—No seas ridícula, muchacha. Sólo estoy bromeando. Piénsalo. Para mí no cambia nada que estés en la cama o en el suelo. Si esta noche me dan tentaciones de saciar contigo mis deseos insatisfechos, y no lo he descartado por completo, lo haré estés aquí o allí.

—Me dio su palabra de honor de que no me tocaría —contestó Catherine con severidad.

Él la miró en silencio un rato, y Catherine advirtió claramente el brillo de deseo de sus bellos ojos de color ónice. El montañés deseaba hacerle cosas, cosas perversas, innombrables, Catherine lo notaba en la torva intensidad de su mirada. Ansiaba desatar sobre ella su lujuria contenida, hacerla gozar y castigarla, todo al mismo tiempo.

—Puede que cambie de idea respecto a eso —repuso él con voz baja y sensual—, porque si te hiciera el amor, muchacha, no tendrías más remedio que levantar la maldición para salvarte.

Ella le lanzó una mirada amenazadora.

—Adelante, le reto a que lo haga. Pero recuerde, Lachlan MacDonald, que siempre hay alternativas. Tal vez me deje morir por despecho y se quede usted para siempre con su maldición.

Una sombra de sorpresa nubló el semblante del montañés.

—Eso es un disparate.

Catherine se encogió de hombros con arrogancia.

—Puede que lo sea, pero no tengo mucho por lo que vivir. No tengo recuerdos, y todas las personas a las que conozco me están usando para sus propios fines, ya sea para levantar una maldición o para apoderarse de una fortuna que quizá me pertenezca y quizá no.

No lo haría, desde luego: deseaba vivir. Lo deseaba más que nada en el mundo. Si no, no estaría allí.

Por fin, él volvió a tumbarse de espaldas, se frotó los ojos y rezongó malhumorado:

—Estás loca. Muy bien, ya que has de salirte con la tuya, esta noche me portaré como un caballero y dormiré en el suelo.

Se levantó completamente desnudo y cogió la manta de lana que descansaba, doblada, sobre el piecero de metal de la cama.

Catherine no se atrevió a mirarlo. Era demasiado atractivo, demasiado cautivador. Fijó los ojos en el fuego, cuyas llamas parecieron danzar alborozadas cuando Lachlan cruzó la habitación. Cuando por fin oyó que desdoblaba la manta y se tapaba con ella, bajó lentamente la mirada.

Estaba tendido de espaldas sobre la estera, a sus pies.

—Gracias. —Catherine se levantó y pasó por encima de él—. Ahora cierre los ojos y no mire.

—Menuda tortura —contestó él con gélido sarcasmo, pero se tapó los ojos con la mano.

Ella se quitó las faldas y el corpiño y lo colgó en una silla. Cubierta únicamente con la camisa, cruzó la habitación de puntillas a toda prisa y se metió en la cama. Sin perder un instante apagó la lámpara y se tapó con las mantas hasta las orejas.

En la habitación se hizo el silencio. Sólo se oían los chasquidos del fuego en la chimenea. Catherine se puso mirando a la pared y advirtió por los movimientos que hacía que Lachlan se daba la vuelta para mirar hacia el otro lado.

Pese a que creía que dormir desnudo en una habitación con Raonaid sería un suplicio (se había imaginado despertando con las muñecas atadas a los postes de la cama mientras ella entonaba un siniestro sortilegio), Lachlan logró dormir una o dos horas. Cuando despertó casi había amanecido y la lluvia ya no azotaba los cristales. El fuego se había apagado, pero sus brasas encendidas despedían calor aún, palpitando como un corazón en la ceniza.

Se volvió para echar un vistazo a la cama. Raonaid también estaba acurrucada de lado, mirando hacia él. La visión de su hermosa figura curvilínea en medio de la penumbra bastó para que se le acelerara el corazón. Sintió otra oleada de deseo en la boca del estómago, y ello avivó las llamas de su descontento. Estaba harto de aquella tortura. Se veía obligado a vivir solo, sin intimidad alguna con una mujer, porque hacer el amor con una equivaldría a convertirse en su asesino.

Como resultado de ello, había tenido muy pocos encuentros íntimos desde la noche de la maldición en Kilmartin Glen. Al principio, durante unos meses, algunas jóvenes generosas habían estado dispuestas a darle placer con sus manos y sus bocas, pero hasta eso le había causado inquietud y no había podido, por tanto, disfrutar de la experiencia.

Recordaba haber hecho levantarse a una muchacha ávida en medio de una sesión de divertimentos orales, haber rezongado una disculpa y haberse marchado para acabar el asunto por su propia mano fuera, en la muralla, a solas en un rincón oscuro, detrás de un carro cargado con barriles de whisky vacíos. Había sido muy humillante.

Ahora ansiaba no sólo satisfacción sexual, sino también cualquier forma de intimidad física. Hacía mucho tiempo que una mujer no lo tocaba. No había habido caricias, ni besos. Nada, hasta la víspera, cuando había intentado torpemente seducir a Raonaid en el círculo de piedras y las compuertas se habían abierto para dar paso a una furiosa marea de deseo.

De pronto cobró conciencia de que respiraba agitadamente mientras veía subir y bajar los pechos de Raonaid bajo las mantas. Era una visión muy bella, pero también peligrosa, de modo que fijó la mirada en su rostro.

Dormida, estaba tan guapa como siempre, pero parecía irradiar una serenidad sorprendente, que estaba en contradicción con todo lo que Lachlan sabía y recordaba de ella.

Curiosamente, ello hizo que la odiara más que nunca por haberlo encerrado en aquella prisión, por haberlo condenado a una vida de soledad y haberlo forzado a evitar las atenciones de cualquier mujer que se atreviera siquiera a sonreírle.

Otra parte de su ser deseaba, en cambio, meterse en la cama, echarse sobre ella y colocarse cómodamente entre sus muslos suaves y apetitosos. Besaría sus labios, la acariciaría y, cuando estuviera lista, la penetraría con un profundo y placentero gemido de triunfo.

Cerró los ojos y procuró pensar en otra cosa (cualquiera le serviría), pero fue en vano. Tendría que levantarse.

Estaba a punto de hacerlo cuando Raonaid se removió y gimió suavemente, se arrimó un poco más al borde de la cama y contoneó las caderas sobre el colchón. Lachlan sintió su perfume, que la tormenta había debilitado sin disiparlo del todo, y se enojó más aún, lleno de frustración.

La cabeza le daba vueltas. Llevaba tres largos años soñando con vengarse de aquella mujer, a la que había detestado con toda su alma. Hasta había fantaseado con verla morir. Todavía la detestaba. Y pese a todo había estado coqueteando con ella y provocándola, y sentía el impulso irresistible de tocarla.

Lo cual indicaba una cosa: que debía dejarse de coqueteos. Era demasiado peligroso, y demasiado humillante. Había deseado castigarla, atemorizarla, y al final sólo había logrado torturarse a sí mismo.

Se puso en pie dejando la almohada y la manta en el suelo y se quedó un momento allí parado, observándola con enfado, hasta que se tumbó de espaldas. Luego apartó los ojos, se cubrió con el tartán en silencio y salió de la habitación sin hacer ruido.

Catherine abrió los ojos y se sentó bruscamente. Un difuso rayo de sol entraba por la ventana. La manta que había usado Lachlan estaba amontonada en el suelo y su tartán ya no colgaba delante del fuego. La habitación estaba en silencio. El montañés se había ido.

Apartando las mantas, se levantó y se acercó a la ventana, corrió las cortinas y miró los estragos de la tormenta en el patio de cuadras: el viento había arrancado algunas bardas del tejado y el suelo cubierto de barro estaba repleto de hojas y ramas rotas caídas de los árboles. Una trémula capa de bruma se deslizaba a escasa distancia del suelo.

Lachlan salió del establo en ese momento y regresó con paso enérgico a la posada. Catherine se alegró de verlo. El montañés le había dicho que quería hacerse con otro caballo. Tal vez hubiera ido a encargarse de ello.

Catherine corrió a ponerse las faldas y el corpiño. Un momento después Lachlan tocó ligeramente a la puerta y entró sin esperar respuesta.

—Veo que estás levantada —dijo sin apenas mirarla.

Se había recogido la oscura cabellera con una tira de cuero y a la luz de la mañana tenía un aspecto agreste y atractivo, con su tartán pulcramente sujeto al hombro y el cinturón de la espada abrochado con holgura alrededor de la cadera. Su camisa estaba limpia y seca, y en algún momento se había afeitado.

Catherine se pasó los dedos por el pelo enredado, que le caía en grandes rizos hasta la cintura, y supuso que estaba hecha un desastre.

—He encargado el desayuno —dijo él—, pero tendrás que comer rápidamente y atiborrarte bien. Hoy vamos a poner camino al este, hacia South Lanarkshire, y no pararemos hasta estar cerca de Blackburn.

Hablaba en tono brusco y desabrido y no la miraba a los ojos.

Tocaron de nuevo a la puerta. Lachlan se apresuró a abrir.

—¡Ah, Abby! Qué maravilla verte en esta fresca mañana de otoño —dijo con naturalidad llena de encanto cuando la joven entró en la habitación llevando una bandeja.

Ella se sonrojó al poner la bandeja sobre la mesa y miró a Catherine con desdén.

—¿Está seguro de que no puedo hacer nada más por usted, señor? —preguntó—. ¿Nada en absoluto?

—Eres una muchacha estupenda, Abigail. No podría habérmelas arreglado sin ti.

La joven le sonrió arrobada cuando Lachlan puso la mano sobre sus riñones y la condujo fuera de la habitación y cerró la puerta a su espalda. Catherine se quedó allí, preguntándose adónde iba y con qué fin. La curiosidad pudo con ella por fin: cruzó la habitación de puntillas y pegó el oído a la puerta, por cuya madera de roble se colaba un ruido de murmullos y risas sofocadas.

La puerta se abrió de golpe y Catherine retrocedió de un salto.

—Estabas escuchando a escondidas, ¿verdad? —preguntó Lachlan con un desinterés que, después de sus coqueteos con Abigail, sonó como un insulto—. ¿Por qué no estás comiendo? Date prisa. Tenemos que irnos.

Se acercó a la bandeja, cogió una galleta y la untó con mantequilla. Se la metió entera en la boca y, al sorprender a Catherine mirándolo, se quedó quieto.

—¿Se puede saber qué te pasa esta mañana?

—Nada.

—No me mientas. Pareces enfadada.

Ella se acercó para servirse una taza de café.

—¿Las mujeres siempre se le echan encima de esa manera?

—Sí. —La miró con enojo—. Aunque para lo que me sirve —añadió—, más que un halago es un fastidio. Últimamente he tenido que esquivarlas.

—¿Porque no puede aprovecharse de la situación y divertirse con ellas?

—Sí, gracias a ti.

Catherine sopló el café caliente y bebió con cuidado.

—Bueno, empiezo a ver las ventajas de la maldición que lancé sobre usted. Al menos así está aprendiendo a refrenarse y centenares de muchachas cándidas y vulnerables están a salvo de su pasmoso atractivo.

—Si soy un peligro para ellas es sólo por tu culpa —replicó él.

—¿Y según usted no lo era antes, cuando aprovechaba cada oportunidad que se le presentaba e iba por ahí rompiendo corazones a diestro y siniestro sin el menor remordimiento?

Él cogió otra galleta, puso sobre ella una fina loncha de jamón y se la metió en la boca.

—Ya empiezas a hablar como antes, siempre buscando pelea. Y también te pareces más a la de antes, con el pelo suelto, salvaje y despeinado. Creo que estamos haciendo progresos. Pronto recordarás cómo hacer sortilegios y encantamientos y por fin podremos librarnos el uno del otro.

Se acercó a la puerta, la abrió y añadió por encima del hombro cubierto por el manto de tartán:

—Dentro de un cuarto de hora tienes que estar abajo. Estaré esperándote en el establo. No te retrases.

Catherine pensó que esa mañana parecía especialmente molesto, pero se dijo que era preferible que estuviera enfadado con ella a que la deseara. Su mal humor, al menos, no la mataría.

Capítulo 8

Tras devorar casi toda la comida de la bandeja del desayuno, Catherine visitó el retrete una última vez y salió de la posada por la puerta de atrás. Entró en el establo justo a tiempo.

—Has tardado bastante —comentó Lachlan mientras tensaba las cinchas debajo del vientre del caballo.

—Ha dicho un cuarto de hora. No llego tarde.

—Tampoco temprano. Ven aquí, muchacha.

Se agachó, recogió un manto de lana cuidadosamente doblado que había encima de un taburete y lo sacudió con un golpe de muñeca.

—¿De dónde lo ha sacado? —preguntó Catherine.

—De Abigail. Ella dice que no es muy elegante, pero al parecer su madre estaba dispuesta a desprenderse de él, y a mí me vale con eso.

—¿Se lo ha dado ella? Cuánta amabilidad. —Se preguntó qué les había ofrecido Lachlan a cambio. Quizá se había quitado la camisa un instante y ambas se habían desmayado de la impresión.

—No ha sido un acto de caridad —respondió él—. Su madre ha conseguido una buena ganancia con la venta. Date la vuelta, voy a ayudarte a ponértelo.

Se lo echó sobre los hombros, sacó su larga melena de debajo de la tela, le hizo darse la vuelta y le abrochó los botones de debajo de la barbilla. Aunque remendado en algunas partes, el manto era de lana suave y tupida, y la amplia capucha mantendría su cabeza caliente y seca durante los días siguientes.

—Gracias —dijo—. Me sorprende que haya sido tan amable.

—Así que ahora te parezco amable. —Arrugó el ceño con gesto escéptico y se volvió hacia el caballo—. Monta. Éste es *Theodore*.

Catherine se acercó y montó en el hermoso alazán. Las alforjas colocadas sobre su lomo parecían a punto de reventar, repletas de provisiones.

—¿De dónde ha sacado el dinero para comprar todo esto? —preguntó al coger las riendas—. No habrá vendido mis joyas, ¿verdad?

El montañés montó sin esfuerzo a lomos de *Goliat*.

—No, tengo mi propio dinero, muchacha, no necesito el tuyo.

—¿Es rico, acaso?

Él le lanzó otra mirada de advertencia dándole a entender que dejara de hacer preguntas y arreó a su caballo.

Catherine espoleó al suyo, y se alegró de tener al menos montura propia. Así no tendría que sentir el cuerpo fornido de Lachlan frotándose contra el suyo a cada momento.

A media mañana se levantó la bruma y la fresca brisa de otoño que soplaba en el bosque difundió el limpio olor de la hojarasca mojada.

Lachlan cabalgaba detrás de Raonaid, a distancia prudencial, observando su larga y rizada cabellera roja. Se preguntaba con no poca preocupación qué ocurriría si no recuperaba la memoria ni volvía a ser la de antes. ¿Qué haría respecto a la maldición? ¿Cómo sobreviviría? Estaría solo el resto de sus días, porque si alguna vez se permitía el lujo de amar a una mujer, se vería obligado a revivir el dolor que le había causado la muerte de su esposa.

Sencillamente, no podía enterrar a otra.

De repente sintió el impulso urgente de llegar a Kinloch cuanto antes. Necesitaba saber la verdad acerca de aquella mujer. ¿Se estaba burlando de él, fingiendo haber olvidado que era una bruja? ¿O de veras estaba perdida y necesitaba su ayuda?

En cualquier caso, no deseaba estar a solas con ella más tiempo del absolutamente imprescindible: lo perturbaba demasiado. Le recordaba lo que no podía tener, y era una tortura, sobre todo porque ella era su enemiga. Era absurdo sentirse atraído por ella.

Los cascos de los caballos chapotearon cuando cruzaron un riachuelo poco profundo.

—Tenemos que apretar el paso —dijo Lachlan pasando a su lado—. ¿Podrás seguirme?

Ella asintió con un gesto y se internaron galopando en el bosque.

Tras un día de viaje agotador con contadas paradas para descansar y abrevar a los caballos, Lachlan y Catherine pararon a dormir en un claro tranquilo, cerca de un río de aguas mansas. Lachlan encendió una hoguera y calentó carne de cerdo en salazón en una sartén mientras Catherine, exhausta, desplegaba la estera que él llevaba atada a sus alforjas.

Mientras la carne chisporroteaba, ella partió el pan y sirvió sendos vasos de vino. Se sentó en la estera y bebió despacio, frotándose los músculos doloridos de los muslos.

—Estoy tan cansada —dijo—, que casi no puedo moverme.

—No quiero oír ni una queja, muchacha —contestó él de mala gana—. Tú querías venir. Me suplicaste que te trajera.

—No me estoy quejando —repuso ella tajantemente—, sólo intento conversar. No le vendría mal intentarlo también. A mi modo de ver, los dos estamos prisioneros, cada uno maldito a su modo, y no tenemos más remedio que pasar juntos los próximos días. Si me empeñé en acompañarle, no fue porque pensara que sería divertido, desde luego. ¡Santo cielo! Vine porque estoy ansiosa por saber quién soy de verdad.

Lachlan se quedó muy quieto. Sus ojos tenían una mirada casi diabólica.

—No compares tu apuro con el mío, muchacha. Puede que no recuerdes tu pasado, pero tú por lo menos tienes futuro. Tan pronto recibas esa herencia, podrás hacer lo que se te antoje o ser quien quieras.

Catherine lo miró con el ceño fruncido.

—¿Bromea al decir que esto es menos importante para mí que para usted o de veras no entiende lo que se siente al no tener identidad ni noción alguna de quién eres? Me han dicho cien veces que soy Catherine Montgomery, y ansío creerlo. Ojalá pudiera, pero lo cierto es que en el fondo no me lo creo. Desde el momento en que mi abuela me recogió en el convento, he tenido la sensación de que la mitad de mi ser seguía perdida. Veo un fantasma de mí misma cuando me miro en el espejo. Sueño que estoy en otro lugar, en el cuerpo de otra mujer. He tenido dudas sobre mi hogar y sobre cómo he de sentir respeto por las personas que afirman ser mi familia. Tengo la impresión de que me ocultan algo, de que me están escamoteando mi verdadero yo. Así que, cuando ayer apareció en el círculo de piedras, pensé que mis plegarias habían sido escuchadas. ¡Por fin alguien que sabía la verdad! —Comenzaba a acalorarse, llena de frustración, y levantó la voz—. Un hombre que podía demostrar que mis sentimientos eran justificados, que no soy, de hecho, quien dicen que soy. Que hay algo más aún por descubrir. Pero ahora, sentada aquí, empiezo a pensar que tampoco usted me conoce en absoluto y que también está en un error. Porque estoy segura de que no puedo ser esa bruja desalmada.

Lachlan frunció el ceño y la miró en silencio con expresión preocupada. Luego, sin decir palabra, sirvió la carne y le pasó un plato de estaño.

Catherine se preguntó inquieta si acababa de demostrar que estaba loca de atar, como temía todo el mundo, y que estaría mejor en un asilo. ¿De veras acababa de decirle que veía fantasmas de sí misma? No le habría sorprendido que el montañés decidiera abandonarla allí mismo y arriesgarse a seguir maldito.

Lachlan la observó atentamente mientras ella se comía la cena.

—Ha sido un día muy largo —dijo—. Estás agotada, muchacha.

—Sí, desde luego.

Él echó mano del jarro de vino, se levantó, rodeó el fuego y volvió a llenar su vaso.

—¿Tienes frío?

Catherine negó con la cabeza, pero se estremeció. Lachlan fue a sacar una manta de una de las alforjas y le envolvió los hombros con ella.

—Tendrás que prepararte para mañana —le dijo al sentarse al otro lado del fuego y volver a coger su plato—. El viaje va a ser tan duro como hoy. Por la mañana rodearemos los montes Gargunnock, después pararemos en Kippen para comprar provisiones y comer quizás algo caliente, pero en cuanto lleguemos al Gran Glen tendremos que comer y dormir a la intemperie. ¿Podrás hacerlo?

Catherine miró la estera y fijó de nuevo la mirada en él a la luz del fuego, algo aliviada por que el montañés pareciera preocuparse hasta cierto punto por su bienestar.

—Supongo que si he llegado hasta aquí —contestó con vehemencia—, podré sobrevivir al resto, con tal de recuperar mis recuerdos. De todos modos, poco importa dónde me tumbe a descansar. Me duelen todos los huesos y noto los ojos como si los tuviera llenos de arena. Estoy segura de que dormiría como un bebé aunque estuvieran sonando cañonazos justo encima de mi cabeza.

—Muy bien. —Se quedó mirándola un momento; luego siguió cenando. Después no volvieron a hablar.

Más tarde, tras fregar los platos en el riachuelo, Catherine regresó junto al fuego y se tumbó de lado. Lo último que vio antes de taparse con la manta fue a Lachlan recostado al otro lado de la hoguera, bebiendo de su vaso de vino mientras la observaba por entre las llamas iridiscentes con aquellos ojos oscuros y abrasadores. Después, sus párpados se cerraron, agotados.

Esa noche, en algún momento, Catherine se arrancó la manta del cuerpo y se levantó bruscamente.

—¡Apártate de mí! —chilló dándose manotazos en los brazos y las mejillas y escupiendo la tierra que notaba aún en la lengua.

Vio la hoguera y los árboles y comprendió que estaba en algún lugar de Escocia, viajando con Lachlan MacDonald, el montañés que la había asaltado en un antiguo círculo de piedras, y que había tenido un sueño. Pero el efecto que el sueño había tenido sobre su mente era tan vívido y perturbador, que no pudo sustraerse a él de inmediato. Su corazón latía atropelladamente, aterrorizado. Sentía que se ahogaba. ¡No podía quitarse la tierra de las mangas!

Lachlan apareció de pronto a su lado y la sujetó por los brazos.

—Estás soñando, Raonaid. Despierta. ¡Mírame!

El timbre profundo de su voz la impulsó a fijarse en sus ojos, que relucían misteriosamente en la oscuridad. Tardó un momento en cobrar conciencia de que no estaba manchada de tierra. Aterrorizada aún, lo agarró con fuerza de los antebrazos y se aferró a él.

—¿Estás bien? —preguntó Lachlan tras cerciorarse de que estaba completamente despierta.

—He soñado que alguien estaba intentando enterrarme —dijo—, como si estuviera muerta. Estaba metida en una tumba, y alguien estaba echando tierra con una pala sobre mi cara. Era muy real.

—No, no lo era —dijo él—. Nadie estaba intentando enterrarte.

—¿Me estoy volviendo loca? Temo que sí. Las monjas del convento pensaban que estaba poseída por el diablo. Si mi abuela no hubiera ido a buscarme, tal vez me habrían enviado a algún lugar espantoso. —Comenzó a temblar.

Lachlan la miró con preocupación a la luz de la luna. Parecía completamente absorto.

¿Era una estratagema?, se preguntaba mientras luchaba por sacudirse el embrujo que había caído sobre él. ¿Se lo estaba inventando todo para convencerlo de que de verdad necesitaba ayuda?

Más de una vez se le había pasado por la cabeza que tal vez Raonaid sólo buscaba un medio de regresar a Kinloch para destruir el matrimonio de su primo. Se había obsesionado con Angus hasta tal punto que era capaz de matar por él. Tal vez hubiera decidido apoderarse por fin de todo cuanto deseaba: de la fortuna de una heredera muerta y también del poderoso caudillo de Kinloch.

Una lágrima brotó del rabillo del ojo de Raonaid y se deslizó por su mejilla pálida y suave, y así, de pronto, Lachlan dejó de pensar en robos y en traiciones.

—No hay por qué llorar —se oyó decir, poseído de pronto por su instinto protector—. No va a pasarte nada, te doy mi palabra.

—No estoy llorando —contestó ella levantando la barbilla, pero parecía tan asustada que Lachlan no se atrevió a alejarse.

Enjugó delicadamente la lágrima de su mejilla y la miró a los ojos. *Sólo será por esta noche*, se dijo. Le concedería el beneficio de la duda hasta que volviera a dormirse.

Ella posó una mano temblorosa sobre su pecho, encima de la camisa, y Lachlan no sólo se lo permitió, sino que apoyó la mano sobre la suya para conservar su calor. Cuando al fin comenzó a remitir el miedo de su mirada, la llevó junto al fuego.

—Túmbate —dijo—. Necesitas descansar.

Catherine obedeció la suave orden de Lachlan, pues no parecía capaz de pensar con claridad por sí sola. Se dejó caer de rodillas, colocó sus faldas y se acurrucó de lado, mirando al fuego. Lachlan la tapó con la manta.

—¿Crees que era un recuerdo? —preguntó—. Parecía muy real.

—Suele pasar con los sueños.

Para su sorpresa, él se arrodilló a su lado y se acurrucó a su espalda. La tapó bien con la manta y apoyó su grueso brazo sobre su cadera. Su voz sonó extrañamente tranquilizadora cuando dijo:

—Ya ha pasado.

—Llevaba dos años desaparecida y me habían dado por muerta —confesó ella—. Mi familia había dejado de buscarme, tal vez por eso he tenido ese sueño tan horrible.

Sintió el aliento cálido de Lachlan en el pelo, detrás de sí. Sus temores comenzaron a remitir de inmediato y cerró los ojos, reconfortada por su calor y su inesperada ternura cuando le apartó el pelo de la cara y acarició su frente con delicadeza.

—Pareces muy distinto —susurró, mirando hacia atrás, confusa.

—No te acostumbres —contestó él en voz baja—. Seguimos siendo enemigos, Raonaid.

Sin embargo, se arrimó a ella, pegando las caderas a sus nalgas y estrechándola con fuerza entre sus brazos. Catherine sintió el latido de su corazón y se dio cuenta de que respiraba muy deprisa. Igual que ella. Sentía un hormigueo en el estómago.

Él estuvo un rato sin moverse, y el mundo entero pareció detenerse. Después frotó la nariz contra su pelo y levantó la cabeza. Se quedó callado un momento y se apartó de ella.

—Esto es un disparate —dijo.

—¿Por qué?

—Tú sabes por qué, muchacha.

Catherine sintió que el calor y la deliciosa serenidad que la embargaban se esfumaban en un instante cuando Lachlan se levantó y regresó a su estera. De nuevo se quedó mirándola desde lejos, con sus ojos oscuros y abrasadores, hasta que al fin ella volvió a sumirse en un turbio sopor sin sueños.

Capítulo 9

Señorío de Drumloch

John Montgomery bajó al galope por la avenida que llevaba al camino del lago, por el que la tía Eleanor solía dar su paseo matutino. Lloviera o brillara el sol, la condesa viuda montaba a sus ridículos perrillos falderos en el carruaje, llegaba hasta el puente, se apeaba provista de su bastón y rodeaba una sola vez el lago, a pie.

Esa mañana el aire estaba impregnado de frío otoñal, y John estornudó antes de acercarse a su tía. Los perros se pusieron a gimotear y a ladrarle, y su caballo se encabritó y estuvo a punto de arrojarlo al suelo.

—¡Quietos, bribones! —ordenó la condesa, señalándoles con su bastón—. ¡O os aso a los dos para cenar!

Los perros siguieron gruñendo a John y a su nerviosa montura, pero cualquier cosa era preferible a sus incesantes ladridos.

—¿Alguna noticia? —preguntó la condesa viuda haciéndose parasol con la mano para mirarlo.

John desmontó y echó a andar a su lado.

—Nada todavía. Ni una sola palabra.

Habían mandado a algunos hombres de su confianza en distintas direcciones para buscar a Catherine, y el juez había ordenado buscarla a sus subalternos. Al menos, a los que habían sobrevivido a la huida del montañés.

—Todo esto me tiene confusa, John. ¿Cómo es posible que nuestra niña haya desaparecido dos veces? ¿No creerás que ese montañés es el mismo que la secuestró la otra vez? Tal vez sea una

87

argucia para pedir rescate por ella, ahora que por fin está a punto de conseguir su herencia. Pero la otra vez nadie nos pidió dinero.

—Es imposible saberlo —contestó John—. Ignoramos qué pasó hace cinco años y cómo acabó Catherine en Italia. Claro que usted tiene sus teorías.

—¿Que sencillamente se escapó para correr aventuras?

John extrajo un pañuelo del bolsillo de su casaca y se enjugó el sudor de la frente.

—Sí, pero eso no explica que haya perdido la memoria. Eso nada parece explicarlo, como no sea un acceso de locura.

—Pero eso no debemos decírselo a nadie. Bastante revuelo se ha armado ya sin necesidad de que se hable de locura. Si la declaran loca...

—Se perderá la herencia.

La condesa viuda golpeó ligeramente el camino de grava con el bastón.

—¿Pagas lo suficiente al doctor Williams?

—Sí, más que suficiente, y él lo sabe.

—Es una ayuda, al menos.

El caballo relinchó y meneó la cabeza tras ellos. Siguieron caminando en silencio. John vio retozar a los perrillos delante de ellos; luego fijó la mirada en su tía. La condesa tenía un rostro severo, arrugado por años de amargura y rencor. De niño, siempre lo había intimidado, y ahora seguía sintiendo lo mismo por ella a pesar de ser conde.

Se detuvo en el camino.

—Tía Eleanor, he de ser sincero.

Ella se detuvo y se volvió, y los perros dieron media vuelta para esperar a su lado.

—Ya sabe usted lo que siento por Catherine —añadió John—. Nada me haría más feliz que traerla a casa sana y salva, pero no puedo hacerlo si no conozco toda la historia. Por eso me atrevo a decir que... que tengo la sensación de que me está usted ocultando algo.

Su tía lo miró con gélido desdén. Sus labios se tensaron hasta formar una línea fina y cruel y los perros comenzaron a ladrar y a gruñir. Levantó su bastón y se lo clavó con fuerza en el pecho, obligándolo a dar un paso atrás.

—No hay nada que tú tengas que saber —contestó con aspereza—. Ahora, déjame. Necesito caminar.

Se alejó y los perros gruñeron furiosos antes de dar media vuelta y seguirla meneando la cola al sol de la mañana.

John subió a su caballo con una mueca de fastidio. Catherine estaba en alguna parte, posiblemente en manos de un patán con intenciones peligrosas. Él había visto lo que aquel miserable salvaje había intentado hacerle en el círculo de piedras y había escuchado los pormenores de su violenta huida del carromato de la prisión.

Entre tanto, la herencia de Catherine también estaba en peligro. Si algo le sucedía a su prima, los fondos serían enviados a Edimburgo y entregados a la causa jacobita.

Eso no podía permitirlo.

Mientras galopaba hacia la casa, se preguntó si sería posible obligar a su anciana tía a decir la verdad. Alguien tenía que plantarle cara por una vez. Y a sus odiosos perritos también.

Capítulo 10

La noche siguiente al extraño despertar de Raonaid de su sueño, Lachlan no pudo dormir.

Había estado observándola en silencio todo el día, fascinado y pensativo, cada vez menos consumido por el deseo físico y más intrigado por su peculiar estado mental. Ella había dicho más de una vez que tenía la sensación de estar enloqueciendo, y hasta se había referido a sí misma como a una «lunática».

Lachlan siempre había sabido que Raonaid era una desequilibrada, desprovista de lo que él consideraba una conciencia humana normal, pero por alguna razón la mujer que tenía ante él, envuelta en una gruesa manta y dormida sobre la hierba, ya no respondía a esa descripción.

Después de dos largos días de viaje a caballo con ella, Lachlan no tenía ya la sensación de que fuera la encarnación de la más pura maldad. Sentía lo contrario, de hecho, y estaba mucho menos seguro de que le estuviera mintiendo sobre su pérdida de memoria. Ahora, mientras permanecía sentado frente al fuego contemplándola dormir, sólo deseaba ayudarla, y la confusión que sentía lo sacaba de quicio.

¿Cómo podía sentir eso por Raonaid, la maga, después de odiarla durante años, de haberla perseguido con una obsesión rayana en la locura y de haber renunciado a todo (¡a todo!) con el único fin de vengarse de ella?

Raonaid se rebulló de pronto y gimió suavemente en la oscuridad. El sonido de su voz era erótico y aterciopelado.

Lachlan se echó hacia delante, apoyó el codo sobre la rodilla y la vio tumbarse de espaldas con gesto grácil.

Una leve brisa sopló entre la hierba y agitó la parte de debajo de su manta. Lachlan sintió que un escalofrío de deseo recorría su cuerpo, a pesar de que no quería acostarse con ella. No exactamente. Sólo deseaba tumbarse a su lado y abrazarla como había hecho la víspera. Sentir su cuerpo suave y turgente pegado al suyo, oler su pelo. Conocer de nuevo la intimidad y la cercanía de otra persona. De pronto, todo aquello le parecía un sueño. Hacía tanto tiempo que no experimentaba nada parecido...

Raonaid yacía muy quieta y callada en medio de la noche fría y oscura; luego, de repente, sin previo aviso, se incorporó con la espalda recta como una lanza.

Lachlan no dijo nada. Se quedó completamente inmóvil, aunque el corazón comenzó a latirle violentamente en el pecho.

Ella apartó la manta y se levantó, se recogió las faldas y echó a andar, alejándose del campamento.

—¡Espera! —se apresuró a decir él y, sacudiéndose su estupor, se levantó para seguirla—. ¿Adónde vas? Está oscuro, muchacha. Te perderás.

Haciendo caso omiso de su advertencia, ella siguió cruzando la hierba húmeda y enmarañada con paso decidido, en línea recta, como si supiera perfectamente adónde iba.

Lachlan corrió para alcanzarla y siguió andando a paso vivo junto a ella.

—Raonaid...

Ella siguió sin hacerle caso.

—¿Estás soñando? —observó su perfil a la luz azulada de la luna—. Tienes que despertar. Estás caminando en sueños.

Se adelantó unos pasos, dio media vuelta y continuó caminando hacia atrás sin perder el ritmo.

Aunque tenía los ojos abiertos, ella no lo veía. Había una extraña aridez en sus pupilas insondables. Era como si no estuviera dentro de su cuerpo. Lachlan movió una mano delante de su cara y ella no dio muestra alguna de verlo.

Lleno de curiosidad por ver adónde se dirigían, la siguió hasta que Raonaid echó a correr. Se detuvo un momento y distinguió la imponente silueta de una sola piedra enhiesta en lo alto de una colina, con la luna llena detrás.

Raonaid apretó el paso, como atraída por una fuerza invisible. Al llegar junto a la piedra, cayó de rodillas y se echó hacia atrás, apoyándose sobre los talones.

Lachlan estaba sin aliento cuando la alcanzó. Dobló la espalda y apoyó las manos sobre las rodillas mientras la observaba. Miró la piedra y se sentó en la hierba, a su lado.

Raonaid estuvo una hora entera mirando fijamente la piedra erguida. Muy pronto a Lachlan le costó mantener los ojos abiertos. Deseaba dormir, le pesaban los párpados, pero no podía descansar. Aún no.

Por fin, ella alargó el brazo y tocó la áspera y gris superficie de la roca, pasando ligeramente los dedos por ella y arañando sus grietas con la uña del pulgar.

Lachlan se echó hacia delante y miró más atentamente sus ojos inexpresivos; luego, se volvió hacia la piedra. ¿Estaba acaso intentando deletrear una palabra?

Ella comenzó a golpear la piedra con la palma de la mano como si fuera una puerta cerrada y necesitara escapar por ella pero nadie acudiera a abrirla. La golpeó con todas sus fuerzas, una y otra vez, y luego se sentó de nuevo sobre sus talones y se quedó con la mirada fija, paralizada en silencio como una estatua, una hora más.

Lachlan no la despertó.

Cuando la primera luz del alba aclaró el cielo, Raonaid se recogió las faldas, se levantó y regresó al campamento. Lachlan caminó a su lado sin decir palabra y luego se quedó parado junto a ella cuando volvió a tumbarse en su estera y se quedó dormida tranquilamente.

Al despertar, Catherine sintió el olor del tocino chisporroteando en una sartén.

Se sentó, abotargada, y a los pocos segundos notó un terrible picor en la palma de la mano. Se la puso delante de la cara y arrugó el ceño al ver que la tenía despellejada y enrojecida.

—¿Me he quemado?

Lachlan dejó la sartén sobre una piedra. No contestó enseguida; cogió la cafetera, le sirvió una taza y rodeó el fuego para dársela.

—¿Por qué me miras así? —preguntó ella entornando los ojos para mirarlo en medio del sol radiante de la mañana. Apartó su manta y aceptó el café caliente con cuidado de no coger la taza con la mano herida—. Me estás asustando.

—Pues te lo tienes merecido, muchacha. Anoche me asustaste tú a mí.

—¿Qué?

Lachlan regresó al otro lado de la hoguera, pero siguió de pie.

—¿No te acuerdas de nada?

Ella miró el café y escrutó su memoria, lo cual solía ser un ejercicio inútil. Esa mañana, por desgracia, también lo fue.

—No —contestó—, pero confío en que puedas decirme algo. No puedo soportar más misterios sobre mis idas y venidas, ni sobre mis actos.

Él se sirvió una taza de café.

—Caminaste en sueños. No pude despertarte, así que te seguí.

Una oleada de temor recorrió las fibras nerviosas de Catherine.

—¿Qué hice?

—Fuiste hasta una piedra erguida que hay en esa colina. —Señaló con el dedo—. Te sentaste delante y estuviste mirándola casi toda la noche. La arañaste con los dedos y la golpeaste con toda la mano, por eso la tienes herida.

Ella lo miró con incredulidad.

—Eso es muy inquietante. —Empezó a sentir náuseas—. Pensar que estuve por ahí, vagando en la oscuridad y golpeando una roca...

Lachlan sacudió la cabeza con expresión adusta.

—No estuviste vagando. Sabías perfectamente adónde ibas. Esa piedra te atraía como un imán.

Catherine arrugó el ceño.

—Pero ¿cómo? ¿Por qué?

Él la miró fijamente.

—No puedo contestar a esa pregunta. Nunca lo he entendido, pero una cosa sí puedo decirte: Raonaid siempre tenía sus visiones más intensas en el círculo de piedras de Callanais. Angus decía que se sentía arrastrada por él, y la seguía hasta allí. Fue en ese lugar donde vio su triunfo en Kinloch y, efectivamente, tiempo después

Angus recuperó su castillo de manos de los invasores que se lo habían arrebatado a su clan.

—¿Qué estás diciendo, que he tenido una especie de visión? Pero no recuerdo nada. No he visto el futuro...

—No, no creo que lo hayas visto —convino él—. Por eso te pusiste a golpear la piedra. Parecías enfadada.

Catherine lo miró en silencio.

—Entonces eso demuestra que... que de verdad soy ella.

Debería haber sentido algún alivio al saber por fin la verdad, pero sólo experimentó una soledad dolorosa y una inmensa tristeza, como si hubiera muerto alguien.

—Pareces desilusionada —comentó Lachlan.

—Supongo que lo estoy. Puede que me estuviera aferrando a la esperanza de no ser una persona vengativa que arroja maldiciones sobre los demás, y a que mi familia fuera de verdad mi familia y no estuviera utilizándome sin escrúpulos para enriquecerse. —Miró a Lachlan—. No quería ser ella —reconoció—. Quería ser Catherine.

Una emoción indefinible brilló en los ojos de Lachlan mientras la miraba a la luz de la mañana.

—Lo siento.

Catherine bajó los ojos y apuró su café.

—¿Qué pasará cuando veamos a Angus? —preguntó—. Me reconocerá, eso ya es seguro, pero ¿me perdonará por todo lo que le hice?

—Tampoco puedo contestar a eso.

Catherine levantó la mirada bruscamente.

—Tal vez deberíamos dar media vuelta —dijo—. No sé si me conviene ir allí.

Lachlan bebió un último trago de café y arrojó las gotas que quedaban al fuego. Cuando volvió a hablar, su voz tenía una nota de hostilidad y una expresión casi amenazadora había enturbiado sus ojos.

—Ahora no puedes cambiar de idea, Raonaid. Me diste tu palabra y has de recuperar la memoria.

—Para que pueda levantar la maldición.

—Sí.

Naturalmente: con ese fin había ido él a Drumloch. Por eso la había llevado consigo. No estaba allí para rescatarla. Al igual que los Montgomery, quería algo de ella.

En cualquier caso, ella seguía necesitando recuperar sus recuerdos, y por algún motivo que no alcanzaba a explicarse, estaba segura de que los encontraría en Kinloch. O al menos estaba segura de que allí encontraría algo.

—No puedo negar que me has ayudado —confesó, recordando también la promesa que le había hecho—. Al menos has resuelto un misterio: ahora sé que he de ser el oráculo. Así que supongo que te lo debo a cambio. Haré todo lo que pueda por encontrar un modo de levantar la maldición.

Sintió un cosquilleo en la boca del estómago mientras su mirada fija la traspasaba con impaciente y abrasadora determinación.

—Recoge tus cosas —dijo Lachlan—. Es hora de irse.

Capítulo 11

Si los dos primeros días de su viaje a caballo hacia el interior de las Tierras Altas fueron para Catherine un calvario imposible de soportar, los días siguientes demostraron ser una cruel prueba de resistencia merecedora de una flamante medalla de oro.

Se despertaban temprano cada mañana, desayunaban rápidamente, llenaban las alforjas y partían al galope hacia lugares desconocidos con ímpetu inexorable, como si el mismo diablo les fuera persiguiendo con su tridente afilado y sus llamaradas iracundas.

Los caballos no podían soportar constantemente aquel ritmo frenético, de modo que pasaban mucho tiempo avanzando despacio por bosques y valles, galopando esporádicamente y deteniéndose a menudo para comer y beber. Al final del día, las horas de viaje parecían confundirse en una sola e infinita carrera hacia los confines del mundo.

El quinto día, mientras cruzaban al trote un verde y tupido valle por cuyo centro serpeaba un río, Catherine miró el cielo encapotado y trató de cambiar de postura en la silla para sentarse más cómodamente, pero tenía las piernas rígidas como leños. Notaba la piel sucia y al mirarse se dio cuenta de que su refinado vestido de seda y terciopelo había perdido todo su esplendor bajo una desagradable película de mugre. Muy bien podría haber llevado puesto un sayo tejido en casa.

Y su lustrosa cabellera roja le parecía un haz de paja sucia que le colgaba por la espalda.

Al cruzar el río los caballos lucharon con denuedo contra la corriente, intentando alcanzar la otra orilla. Sus faldas flotaban sobre la superficie. Con el agua helada hasta las rodillas, empezó a preguntarse si valía la pena tanto esfuerzo por recuperar la memoria.

Lachlan se había adelantado. Subió la empinada ladera de un cerro y al llegar a lo alto refrenó a su impetuosa montura. El viento agitó su espeso y oscuro cabello, y el escudo circular que llevaba a la espalda se agitó sobre sus anchos hombros. Su tartán ondulaba violentamente, sacudido por el viento.

El montañés era su única ancla en aquella tormenta, se dijo al espolear a su caballo para reunirse con él en lo alto del cerro. El único que impedía que se sumiera en aquel mundo de extrañas y misteriosas ensoñaciones pobladas de piedras y espíritus.

Un momento después llegó a su lado y contempló el amplio panorama que se extendía ante ellos: el paisaje de las Tierras Altas, lleno de colinas y bosques, de lagos y riachuelos.

—Ahí está —dijo él, señalando los montes lejanos, cuyos picos envolvía la densa bruma que se deslizaba sobre el paisaje—. Ahí está Kinloch. ¿Lo ves?

Catherine entornó los ojos y distinguió un impresionante bastión de piedra de enormes proporciones, con cuatro torres esquineras y una muralla almenada en derredor. Al este había un pueblo con una plaza de mercado, pero todo ello era difícil de distinguir por culpa de la niebla.

—Sí. —Se echó hacia atrás en la silla, presa de un temblor nervioso. Habían recorrido un largo camino y estaba a punto de conocer al hombre que tal vez poseyera todas las respuestas sobre su pasado.

Su antiguo amante. El hombre al que había traicionado.

—¿Cuánto tardaremos? —preguntó. Su caballo estaba sudoroso y agotado.

—Llegaremos a tiempo para cenar si seguimos a este paso. ¿Podrás continuar?

Ella acarició el cuello de *Theodore* y asintió con firmeza, a pesar de que ignoraba qué ocurriría cuando atravesaran las puertas del castillo. ¿Qué sentiría cuando, Dios mediante, recordara por fin con todo detalle su vida de bruja?

Lachlan afirmaba que Raonaid, el oráculo, había sido una mujer celosa y resentida. Sin duda la esposa del León no le daría la bienvenida con los brazos abiertos. Tal vez quisiera sacarle los ojos.

—¿Me permitirá entrar la señora del castillo? —preguntó—. Dijiste que la había llamado zorra manipuladora. ¿Se lo dije... a la cara?

—Sí, así fue —contestó Lachlan riéndose con sorna—, justo antes de echarla del cuarto en el que te alojaba y cerrarle la puerta en las narices.

Catherine contempló a lo lejos el castillo envuelto en niebla.

—Dios mío, ¿cómo pudo ocurrírseme una cosa así? Era mi anfitriona.

Lachlan dejó de sonreír y arrugó el ceño.

—Empiezo a creer que me he equivocado al raptarte.

—En primer lugar —añadió ella agitando la cabeza con gesto desafiante—, tú no me has raptado. En todo caso, fui yo quien te hizo venir. Pero ¿por qué dices eso? He de saberlo.

—Porque a Raonaid nunca le importaron las reglas de la etiqueta.

Ella lo miró con desconfianza.

Lachlan chasqueó la lengua y condujo a su caballo colina abajo, al otro lado del cerro.

Catherine se quedó mirándolo un momento; luego lo siguió con cautela y volvió a preguntarse, desalentada, si había hecho bien al embarcarse en aquel viaje agotador. Tal vez había sido un terrible error. Por lo que le había contado Lachlan, Raonaid la maga no era en absoluto una persona amable.

La turbaba en extremo darse cuenta de que seguramente no iba a gustarse a sí misma. Pero igual de angustioso era sentirse separada de su propia alma.

Un trompeteo resonó en las almenas en el instante en que Lachlan salió del bosque a caballo. No le sorprendió oírlo. Conocía el reglamento. Él mismo lo había escrito en gran parte tres años antes, después de que Angus y él asaltaran aquellas puertas con un ejército de guerreros del clan de los MacDonald para arrebatar el castillo a un clan enemigo.

Durante los meses siguientes, Lachlan había consagrado su vida a la defensa de aquellos muros, anticipándose a una revancha enemiga. Luego había ocurrido lo peor: sus enemigos habían encontrado un modo de volver a entrar, y no gracias a Raonaid.

Angus el León había salido victorioso al final, y Lachlan había celebrado el triunfo a su lado. Pero de eso hacía ya mucho tiempo.

Todo había cambiado desde que estaba maldito. Había dejado de cumplir sus deberes como caudillo de guerra. Había abandonado a su primo y renunciado a su puesto para ir en busca de la maga, y ahora no estaba del todo seguro de que no fueran a dispararle al llegar.

Raonaid se acercó al trote.

—El sonido de las trompetas impresiona, lo admito. ¿Cuánto tardarán en reconocernos?

Lachlan miró inquieto de una torre a otra y advirtió que un centinela corría asustado de un lado a otro repartiendo órdenes.

—Creo que ya nos han reconocido, muchacha, y puede que ése sea el problema. En la lista de sus enemigos mortales, tú ocupas un lugar preeminente. O al menos así era cuando me marché de aquí hace un año.

—Estupendo —dijo ella—. No irán a dispararme, ¿verdad?

—Por todos los santos, espero que no. No me servirías de gran cosa a tres metros bajo tierra.

Cuando cruzaron la explanada húmeda y se acercaron al puente, comenzó a levantarse el rastrillo. El ruido de la polea y de las cadenas al enrollarse en la rueda alivió en parte el nerviosismo de Lachlan: al menos alguien había dado orden de dejarles pasar.

Ignoraba aún, sin embargo, qué ocurriría cuando cruzaran las puertas del castillo, pues hacía más de un año que no hablaba con Angus, tras haberse separado amigablemente.

Las grandes puertas de roble se abrieron para ellos y, pasando bajo el arco en sombras de la entrada, salieron a la explanada abierta del patio de armas.

El lugar era un hervidero: varios mozos de cuadras corrieron hacia ellos, las sirvientas se pararon a mirarlos y empezaron a cuchichear entre sí; tres guardias armados se acercaron precipitadamente y les apuntaron con sus mosquetes. El chasquido de las armas al amartillarse heló a Lachlan la sangre en las venas, pues ahora era enemigo de Kinloch.

Soltó las riendas y levantó las manos lentamente.

—Levanta las manos —le dijo a Raonaid.

—Pero pensaba que ésta era tu casa —repuso ella mientras obedecía su orden—. Y que Angus era tu primo. ¿Así es como trata a su familia?

—Ésta era mi casa antes —explicó Lachlan—. Y sí, Angus es mi primo, pero la última vez que nos vimos estuve a punto de matarlo en un duelo a punta de espada.

Ella le lanzó una mirada.

—¿Por qué no me lo habías dicho?

—Se me había olvidado.

—¿Cómo vas a olvidar que estuviste a punto de matar a tu jefe?

Lachlan la miró por encima del hombro.

—Estaba borracho. Y tú no eres quién para hablar, muchacha. Ni siquiera te acuerdas de tu nombre.

—Lachlan MacDonald, ¿eres tú?

Catherine levantó los ojos al oír que una voz de mujer, grave y firme, resonaba en el patio de armas, procedente de las murallas.

—¡Sí, mi señora! —gritó él con las manos todavía en alto—. ¿Tendrías la bondad de ordenar a tus guardias que se retiren? Vengo dispuesto a comer de vuestra mano, si dejáis que viva lo suficiente para llegar al salón de banquetes.

Catherine observó a la mujer que se erguía en las almenas. Iba vestida con una sencilla falda a rayas blancas y azules, con un corpiño amarillo claro sobre una holgada camisa blanca. Llevaba el pelo negro como el azabache recogido por los lados y suelto por detrás en una cascada de rizos. Era bella y carismática. La Leona de Kinloch, sin duda. Su anfitriona. La mujer a la que Raonaid había llamado zorra una vez.

Gwendolen MacDonald hizo un ademán y los guardias bajaron sus armas. Catherine suspiró, aliviada.

Lachlan se inclinó sobre la perilla de la silla de montar:

—Me alegro de verte, Andrew —dijo dirigiéndose a un joven parado delante de su caballo—. Veo que te has dejado crecer la barba. Te sienta bien.

—¿De veras lo cree, señor? —contestó Andrew, llevándose la mano a la barba—. Mi esposa dice que así me parezco a su padre, y no le gusta mucho.

Lachlan se rió y se inclinó aún más hacia él sobre la crin del caballo.

—Entonces deberías afeitártela. Debes tener claras tus prioridades, muchacho, y complacer a tu esposa ha de ser siempre la primera.

El joven sonrió.

—Me imaginaba que diría eso, señor, y si hay un montañés al que haya que hacer caso en lo tocante a complacer a las mujeres es usted.

Los otros guardias se pusieron a murmurar, asintiendo, mientras bajaban las armas.

Lachlan se echó hacia atrás.

—En fin, es una lástima que no pueda practicar lo que predico.

Siguió un tenso silencio. Los guardias miraron a Catherine con inquina, y ella sintió el impulso de justificarse y de decirles que la maldición no era culpa suya, pero finalmente pensó que era preferible no enzarzarse en una discusión acerca de una vida que no podía recordar.

Gwendolen, la señora de Kinloch, salió de la escalera de la torre y cruzó la explanada hacia ellos.

Lachlan desmontó y fue a su encuentro. Se abrazaron con cariño mientras Catherine esperaba, inquieta, montada todavía.

A pesar de la orden de su señora, uno de los guardias levantó de nuevo su mosquete y le apuntó a la cabeza como si temiera que en cualquier momento intentara asesinar a la esposa de su jefe.

Estaba claro que Catherine no iba recibir el perdón tan fácilmente como Lachlan.

—No sabía si volveríamos a verte —dijo Gwendolen cuando por fin se separaron. Miró a Lachlan y sus ojos se llenaron de lágrimas—. Te echaba de menos, y tú sabes que nunca te he culpado por lo que ocurrió. Fue un accidente. Todos sobrevivimos a él.

Catherine dedujo que se estaba refiriendo al duelo de espadas.

—Gracias a Dios —dijo Lachlan—, pero ¿y Angus? Tú eres misericordiosa por naturaleza, Gwendolen, pero los sentimientos del León son a menudo de acero forjado. ¿Me ha perdonado él?

Gwendolen inclinó la cabeza, compungida.

—Creo que eso debes hablarlo con él, no conmigo. Está en el pueblo, pero sospecho que habrá oído las trompetas y que volverá en cualquier momento. —Apretó el brazo de Lachlan—. Pero una cosa sí puedo decirte: si algo se interpone entre vosotros, no es el hecho de que estuvieras a punto de matarlo en un torneo, sino el que te marcharas sin decir palabra y no hayamos tenido noticias tuyas en más de un año.

Lachlan se quedó callado un momento.

—Tengo muchas cosas por las que disculparme. —Miró a los centinelas de las almenas—. ¿Me ha reemplazado por otro?

—¿Otro capitán? —balbució ella—. Santo cielo, no. No hay nadie en quien confíe lo suficiente, ni a quien respete más que a ti. A la hora de defender estas murallas, eres el único caudillo.

—Al menos, desde que me marché ha reinado más o menos la paz —comentó Lachlan.

Gwendolen sacudió la cabeza.

—Me temo que no. Últimamente ha habido algunos problemas. Hablando de lo cual...

Gwendolen clavó sus ojos castaños y penetrantes en los de la recién llegada, y a Catherine se le erizó la piel. Se sintió atrapada por la mirada inquisitiva de la señora de Kinloch.

Angus el León podía estar fuera del castillo, pero saltaba a la vista que su esposa se bastaba para asumir el mando.

—Veo que has venido acompañado —comentó—. ¿Viene en calidad de amiga, Lachlan, o de prisionera?

Lachlan también miró a Catherine, y ella se sintió como un insecto retorciéndose en una urna de cristal.

—Yo no diría que es exactamente una prisionera —contestó él—, pues ha venido conmigo por propia voluntad. Pero tampoco es mi amiga.

Catherine sintió un nudo en el estómago al advertir una inesperada nota de hostilidad en su voz. Al entrar en el patio de armas del castillo se había sentido segura, creyendo que Lachlan era su escolta y su defensor. Ahora, en cambio, su mirada aplastó aquella sensación de seguridad.

Pero no se trataba sólo de eso. Durante los cinco días anteriores, a lo largo del viaje, se habían hecho compañeros. Él se había mostrado sorprendentemente amable a veces, sobre todo después de las pesadillas y de sus episodios de sonambulismo. De pronto, sin embargo, la miraba con desdén y todo parecía distinto. Ya no era la heredera perdida de Drumloch, sino Raonaid, una bruja vengativa, y sintió un profundo dolor en el pecho al pensar que debía asumir su siniestra identidad.

—Eso me parecía —dijo Gwendolen—. De lo contrario, habría pensado que había lanzado sobre ti otro sortilegio.

La esposa del León se acercó a su caballo. Acarició el morro de *Theodore* sin apartar de ella sus ojos astutos.

—Te he permitido cruzar estas puertas —dijo— únicamente porque vienes con este hombre que tanto significa para mí. Pero entérate, Raonaid: si haces o dices una sola cosa que me desagrade, pronto te encontrarás desterrada de estos muros. ¿Está claro?

Catherine dio un respingo al oír su tono gélido, pero contestó con igual firmeza:

—Señora MacDonald, entiendo que tenga motivos para desconfiar de mí, pero le pido que me permita explicarme y que tenga la bondad de escucharme.

—¿Explicarte? —contestó Gwendolen, burlona—. Hace tres años intentaste robarme a mi marido atrayéndolo a tu cama; después, conspiraste con sus enemigos e intentaste que lo mataran. Nada de lo que digas o hagas cambiará lo que pienso de ti, Raonaid. Ni te granjeará mi confianza. Jamás.

Catherine cuadró los hombros.

—Aun así, deseo explicarme. Que luego decida creerme o arrojarme desde lo alto de la muralla del castillo depende enteramente de usted.

Gwendolen siguió mirándola fijamente mientras acariciaba la testuz de *Theodore*. La tensión se mascaba en el aire. Por fin, se volvió hacia Lachlan:

—¿Qué dices tú, Lachlan? ¿Merece la pena que escuche el cuento que quiere contarme?

Él se acercó.

—Creo que sí, Gwendolen, pero que la creas o no dependerá de tu buena voluntad.

Gwendolen se apartó de *Theodore* e hizo señas a un mozo para que se acercara.

—Parecéis los dos cansados —le dijo a Lachlan—. ¿Cuánto tiempo hace que no coméis?

—Si te refieres a una comida casera —contestó él—, demasiado. Llevamos cinco días comiendo lo que llevábamos en las alforjas.

—Entonces venid conmigo. Voy a llevaros al salón. Ordenaré que os traigan algo enseguida, mientras preparan vuestras habitaciones.

Catherine desmontó y el mozo llevó a *Theodore* al establo.

Gwendolen la miró de la cabeza a los pies, fijándose en el bajo manchado de su vestido y en su corpiño hecho trizas.

—¿Es la única ropa que tienes?

—Sí —contestó Catherine—. Le pido disculpas por mi aspecto, señora. Soy consciente de que no es el atuendo más adecuado para viajar, pero nos marchamos de Drumloch precipitadamente al poco rato de cenar. No tuve tiempo de cambiarme, ni de traer siquiera un cepillo.

Gwendolen miró a Lachlan con perplejidad.

—¿Drumloch?

—Es una historia muy larga —contestó él— y muy extraña. ¿Podemos comer primero?

La señora del castillo los miró a ambos; luego asintió con un gesto y los condujo al gran salón.

Capítulo 12

*T*ras disfrutar de un suculento plato de cordero asado con verduras hervidas, bañado en una espesa y sabrosa salsa y acompañado por una gran copa de vino y pan recién hecho, Lachlan recibió orden de ir a su salón privado para hablar con Angus, que había regresado al galope poco después de que llegaran Raonaid y él.

Hacía más de un año que no veía a su primo, y la última vez que habían hablado, Angus, con una rodilla clavada en el suelo y una herida abierta en el estómago, lo había acusado de ser un miserable borracho incapaz de sostener una espada.

Angus tenía razón. Esa mañana estaba como una cuba, y muchas otras también. El segundo año de la maldición había sido el peor. Se había sumido en una espiral de rabia y amargura. No había visto otra salida que marcharse de Kinloch y buscar a su enemiga, a la persona que lo había condenado a un futuro que sería una eterna repetición del pasado, pues, si alguna vez amaba a una mujer, se vería forzado a escuchar sus gritos mientras paría, como le había sucedido con Glenna, y cuando la enterrara sabría que había sido él quien la había matado. Su muerte sería culpa suya.

Así pues, Lachlan había abandonado su puesto como caudillo de guerra del Castillo de Kinloch y había partido en busca de la bruja que lo había condenado a aquel infierno: a revivir la muerte de su esposa cada vez que se atrevía a sonreír a una mujer.

Al llegar al salón se detuvo frente a la puerta, en el pasadizo de piedra abovedado, y se preguntó si su primo lo perdonaría alguna vez. Angus había estado a punto de morir como resultado de sus heridas, aquella mañana fatídica. Lachlan había esperado lo justo para saber que sobreviviría; después, había salido de su aposento, había montado a caballo y había partido al galope.

Parado bajo el arco de entrada, respiró hondo; después, entró en la estancia.

El gran León de Kinloch estaba sentado en un taburete, con los codos apoyados en las rodillas, las manos juntas y la cabeza gacha. Al oírlo entrar, levantó los ojos. Lachlan se paró en seco.

Su primo había cambiado muy poco. Seguía teniendo la misma cabellera espesa y leonina, sus ojos azules claros seguían siendo tan fríos y temibles como antaño. Al parecer, las alegrías de la paternidad no habían suavizado su mirada de acero. Formaba parte de él, supuso Lachlan, y su leona jamás intentaría cambiarlo. Por lo que a ella respectaba, era parte de su atractivo. Gwendolen siempre había admirado su ferocidad.

—No me lo creía cuando me han dicho que eras tú —dijo Angus, irguiéndose en toda su estatura—. Oí sonar las trompetas desde el pueblo y pensé que nos atacaban. Y puede que así sea, a fin de cuentas. Dicen que has traído a Raonaid contigo y que está aquí, en mi casa, comiendo mi comida y bebiendo mi vino. Me dan tentaciones de llamar a mis guardias y hacerte encerrar por traidor.

—No lo niego —contestó Lachlan—: la he traído, pero no para causar problemas. Ha venido a levantar la maldición.

Una sombra de reproche cruzó el rostro rubicundo de su primo.

—¿Te ha convencido de que el único modo de levantarla era traerla aquí? ¿Y la has creído? Es una bruja astuta y traicionera que conspiró para hacerme ahorcar, Lachlan. ¿Cómo se te ha ocurrido?

Lachlan se acercó.

—No fue así. Prácticamente tuve que secuestrarla para traerla, y aún no me has dado ocasión de explicarme.

Angus hizo un esfuerzo visible por calmarse. Apoyó la mano en la empuñadura de su espada y cruzó el salón.

—Adelante, pues. Explícate.

Lachlan procuró ordenar sus ideas lógicamente para hacerse entender.

—Aún no la has visto —dijo—, pero estoy casi seguro de que la mujer que ha cruzado hoy las puertas de Kinloch es Raonaid.

Angus hizo una mueca.

—¿Casi seguro? ¿De qué estás hablando? ¿Es que niega serlo? ¿Dice ser otra persona?

—Sé que suena ridículo, pero sí, hay quien afirma que es la heredera perdida de Drumloch. ¿Sabes a quién me refiero?

—Claro que lo sé —repuso Angus, acercándose—. Antes de desaparecer iba a convertirse en una de las mujeres más ricas de Escocia. Su padre era un gran héroe de guerra. Murió en Sherrifmuir.

—Así es, y ella ha estado desaparecida cinco años, pero la primavera pasada apareció por fin en el establo de una granja, en Italia. La llevaron a un convento donde descubrieron que había perdido la memoria. No recordaba nada de su vida anterior. Su abuela, la condesa viuda, insistió en que era Catherine Montgomery. Me enteré de que había aparecido y, por su descripción y por los rumores que corrían acerca de que era una impostora, decidí ir a ver con mis propios ojos si era, en efecto, la verdadera heredera de Drumloch.

Angus se acercó, entre curioso y desconfiado.

—¿Pensaste que era Raonaid y que se estaba haciendo pasar por Catherine Montgomery para apoderarse de la herencia?

Angus siempre había sido sagaz.

—Exacto. Al principio pensé que era una estratagema muy astuta. Si alguien podía llevar a cabo semejante engaño era Raonaid. Pero después de pasar tiempo con ella, desde que nos marchamos de Drumloch, he tenido mis dudas. Ahora no sé qué creer. Verás, ha tenido visiones. Lo he visto con mis propios ojos. Pero no es la mujer astuta y venenosa que recuerdo, y creo que quizá sea verdad que no recuerda nada de su vida anterior. Ése es en parte el problema, porque tampoco recuerda nada de la maldición.

Angus comenzó a pasearse de un lado a otro por la estancia bien iluminada. Luego se detuvo y miró a Lachlan con curiosidad.

—Gwendolen me ha dicho que creías que Escocia estaba en paz.

Lachlan se rebulló, inquieto. Había sido el capitán de las tropas de Angus, el capitán de sus tropas, y siempre había estado al corriente de los acontecimientos políticos, pero desde hacía más de un año estaba tan absorto en sus asuntos personales, que se había desentendido por completo del resto del mundo y de la política.

—¿No estamos en paz? —preguntó, y se sintió ridículo por estar tan desinformado.

Angus se acercó al aparador y sirvió dos vasos de whisky.

—Corren rumores de rebelión, por eso la historia que cuentas tiene tanta gracia.

—¿Qué clase de rumores? ¿Y qué tienen que ver con mi situación? —Lachlan aceptó el vaso que le ofreció su primo.

—Según mis espías, se está preparando otra sublevación jacobita. Mi amigo Duncan MacLean lo ha confirmado. Los preparativos han durado todo el verano.

—¿Quién está detrás? —preguntó Lachlan, y sintió una oleada de exasperación: sus compatriotas habían librado demasiadas batallas mortíferas con el único fin de restaurar a los Estuardo en el trono de Inglaterra. Se había derramado demasiada sangre. Estaba harto de todo aquello y, al igual que Angus, ansiaba la paz.

—Mi cuñado y enemigo mortal —contestó Angus—, Murdoch MacEwen, con su amante a su lado. —Angus apuró el whisky de un trago y enseñó los dientes cuando la quemazón del alcohol abrasó su garganta.

—¿Quién es su amante? —preguntó Lachlan, sacudido por un oscuro estremecimiento de aprensión.

—Me han dicho que se ha encaprichado de una bella vidente que lo está animando a empuñar de nuevo la espada en nombre de Escocia y a luchar por el viejo rey. Le ha prometido que, si lo hace, conseguirá poder y grandes riquezas.

Lachlan arrugó el ceño.

—¿Y crees que esa bella vidente es Raonaid?

—¿Quién si no puede ser? —contestó su primo—. Se conocen. Hace tres años, le proporcionó lo necesario para entrar en mi castillo y ponerme la soga al cuello, todo ello en nombre de la causa de los Estuardo.

Lachlan sintió que el fuego de su pasión se avivaba explosivamente.

—Pero ¿están juntos? —preguntó—. ¿Comparten la cama, quiero decir?

Aquella idea sacudió su precario dominio de sí mismo. ¿Raonaid y Murdoch, amantes? Rechinó los dientes y procuró controlar su respiración. ¡Rayos y truenos! No podía ser verdad.

—No lo sé —contestó Angus—. Raonaid no se mueve en círculos galantes. Siempre ha sido una paria. En eso es como un animal nocturno: difícil de encontrar.

—Entonces, ¿es posible —preguntó Lachlan a regañadientes— que haya estado viviendo en Drumloch haciéndose pasar por la heredera y que me haya acompañado hasta aquí para volver a entrar en el castillo mientras en secreto planea un levantamiento con Murdoch, su amante?

Ah, Dios... Una rabia cegadora se agitaba en su cerebro. Tenía ganas de golpear algo.

Angus lo miró a los ojos.

—Sólo hay un modo de averiguarlo. Tráemela. Vivimos juntos un año. Me acosté con ella incontables veces. Sabré enseguida si es Raonaid. Y también si está mintiendo cuando afirma que ha perdido la memoria.

Lachlan se bebió el resto del whisky y dejó el vaso sobre el aparador.

—Espera aquí, vuelvo enseguida. —Salió impetuosamente de la habitación, decidido a averiguar la verdad sobre la mujer que lo había embrujado por completo.

Capítulo 13

¿Cree algo de lo que acabo de contarle?

Catherine acababa de relatar a su anfitriona la historia de su desaparición hacía cinco años y de su pérdida de memoria, además de explicarle cómo la había asaltado Lachlan en el señorío de Drumloch y la había llevado hasta allí para que lo librara de la maldición.

Los ojos de Gwendolen se oscurecieron, llenos de desconfianza. Se levantó de la silla y comenzó a pasearse por el salón.

—Es una historia apasionante —comentó—, pero me temo que hará falta mucho más que tu palabra para hacer que me la crea. Cuando te miro, sólo veo a la mujer que una vez fue la amante de mi marido. No me cabe ninguna duda de que fuiste tú quien entró en mi casa y puso a mi marido en mi contra llenándole la cabeza de ideas emponzoñadas. Eras una arpía envidiosa y taimada entonces y no veo que hayas cambiado lo más mínimo. Puedes hacerte pasar por la trágica heredera de Drumloch hasta que exhales tu último aliento, que yo seguiré sin creérmelo. Así que no busques en mí apoyo ni amistad. No voy a ser tu aliada. En todo caso, intentaré quitar la venda de los ojos a Lachlan. Ya le has hecho suficiente daño. No voy a permitir que vuelvas a lastimarlo.

Catherine se puso en pie.

—No tengo intención de hacer daño a Lachlan, así que no se moleste. —Sabía que Gwendolen tenía todo el derecho a desconfiar de ella, pero le costaba aceptar sus acusaciones, pues no recordaba haber hecho ninguna de las cosas que le habían granjeado el odio de la Leona—. Me decepciona que no pueda usted perdonarme por mis errores pasados —añadió—, pero también soy consciente de que mi conducta fue deplorable. Así pues, abandonaré Kinloch en cuanto sea posible. No tengo deseo alguno de permanecer aquí si no soy bienvenida.

Lachlan entró en ese momento y ambas pronunciaron su nombre al mismo tiempo:

—Lachlan...

Se detuvo en la puerta.

—¿Qué está pasando aquí? Veo que estáis las dos acaloradas de rabia.

—Sólo estábamos poniéndonos al día de las novedades —contestó Gwendolen con una evidente nota de enfado.

—No cree ni una sola palabra de lo que le he contado —explicó Catherine.

Lachlan se acercó y la miró con dureza.

—Pronto averiguaremos si tiene razón. Ven conmigo. Angus te está esperando.

Su corazón dio un salto mortal. Aquello era lo que quería, desde luego. Había ido hasta allí para conocer a su antiguo amante con la esperanza de que sus recuerdos se manifestaran por fin y pudiera recuperar su vida anterior.

Su anfitriona se le acercó.

—¿Qué ocurre, Raonaid? Te has puesto pálida. ¿Te preocupa que mi marido constate que estás intentando engañarnos a todos y que te mande a las mazmorras?

Catherine sintió una náusea.

—Así es, en efecto. Y si ésa es su decisión, acataré mi destino, pero no descansaré hasta que creáis al menos que me arrepiento de mis actos.

Una expresión de sorpresa cruzó fugazmente el rostro de Gwendolen. Miró a Lachlan, que le preguntó ceñudo:

—¿Entiendes ahora mi dilema? No es la misma.

Hizo señas a Catherine de que lo siguiera fuera del gran salón. Cuando llegaron a la escalera de caracol, al final del pasillo, Gwendolen los alcanzó corriendo.

—Voy con vosotros —dijo, y, pasando a su lado, los precedió escaleras arriba—. He de presenciar esto.

—¿Te ha perdonado por lo que ocurrió hace un año? —le preguntó Catherine a Lachlan en voz baja mientras se dirigían al salón del piso de arriba, donde estaba esperándoles Angus. Intentaba calmar sus nervios y deseaba saber si el gran señor de Kinloch era capaz de mostrarse clemente.

—No hemos hablado de eso —repuso Lachlan.

—Pero has estado con él un buen rato. ¿De qué habéis hablado?

—De ti.

Su respuesta no contribuyó a aliviar la inquietud de Catherine, pues sabía que Raonaid había hecho cosas terribles. Si Angus confirmaba que, en efecto, era su enemiga, los minutos siguientes podían ser extremadamente peligrosos, pues según Lachlan Raonaid había intentado hacer matar al León de Kinloch.

Dios mío, no debería haber venido. Había sido un terrible error.

Cuando doblaron la esquina y entraron en el soleado salón, miró hacia las ventanas de la pared de enfrente. Sólo había dos sillas de madera junto a la puerta, un aparador con una botella y varios vasos y un taburete en el centro de la estancia. Un único tapiz adornaba la pared este. Aparte de eso, el salón estaba desprovisto de adornos, y de Angus el León no había ni rastro.

Lachlan se volvió hacia ella.

—He hecho lo que me pediste: te he traído a Kinloch a ver a mi jefe. Más vale que cumplas tu palabra y levantes esta odiosa maldición. Si no, puedes estar segura de que convenceré a Angus de que te haga ahorcar.

A Catherine se le revolvió el estómago. ¿Dónde estaba el generoso guerrero que la había abrazado después de sus pesadillas? De pronto la miraba con reproche y malevolencia...

Se oyeron pasos en la entrada del salón y los tres se volvieron hacia la puerta.

Catherine comprendió al instante que el montañés que tenía ante sí era el gran León: Angus MacDonald, amo y señor de Kinloch. Su imponente presencia, la fría expresión de autoridad de sus ojos azules como el hielo no dejaban lugar a dudas.

Era un guerrero alto y rubio que lucía el tartán de los MacDonald con orgullo. El cabello, largo y dorado, le caía suelto sobre los anchos hombros, y la luz cegadora que entraba por las ventanas emplomadas realzaba la belleza de su rostro. Catherine experimentó una turbación inmediata y sintió que el vello de su nuca se erizaba.

¿Había sido su amante aquel hombre? ¿Había tocado su cuerpo íntimamente, la había desflorado?

Lo miró de frente, decidida a mostrarse, a dejar que la viera y la reconociera, a pesar de que en parte no quería que lo hiciera. Aquel hombre la aterrorizaba. Si había sido él quien la había desvirgado, ¿cómo podría sobrevivir a ese recuerdo?

—Eres tú —dijo Angus en voz baja y amenazadora, cargada de malicia—. ¿A qué estás jugando ahora? —masculló mientras se acercaba a ella con decisión.

Catherine contuvo el aliento y dio un paso atrás. Golpeó el taburete con el talón y se tambaleó. El tiempo y la existencia parecieron extrañamente suspendidos por un instante. Luego, se sintió caer...

El miedo atravesó su cuerpo como una llama y súbitamente se vio cayendo hacia atrás en una tumba abierta, igual que en el sueño.

—¡No, detente! —balbució.

Todo se volvió negro.

Cuando abrió los ojos un segundo después (¿o quizá fueron muchos?) estaba tumbada de espaldas y miraba pestañeando a Lachlan, Gwendolen y Angus. Se dio cuenta de que Lachlan había estado abofeteando ligeramente sus mejillas.

—Te has dado un golpe en la cabeza —explicó él—. Estabas inconsciente.

—¿Cuánto tiempo he estado así?

—Sólo uno o dos minutos.

Angus la miró con vehemencia llena de desprecio; luego se puso en pie y le ofreció la mano. Ella aceptó su ayuda, remisa, y se levantó.

—¿Y bien? —preguntó con descaro—. ¿Cuál es su conclusión? ¿Soy la bruja? Y si lo soy, ¿qué hará conmigo? ¿Quemarme en la hoguera? Si ésa es su decisión, acabe cuanto antes, señor. Ya he soportado bastante este trato intolerable.

Estaba furiosa y no lograba dominarse.

Angus clavó una mirada ardiente en la suya. Luego sacudió rápidamente la cabeza.

—Aquí pasa algo raro.

Catherine sintió que empezaban a temblarle las piernas y que su respiración se agitaba.

Lachlan agarró del brazo a Angus y preguntó enérgicamente:

—¿Qué estás diciendo?

Los ojos del León estudiaron su rostro, su cabello, sus pechos y se deslizaron por su cuerpo de pies a cabeza. La rodeó hasta colocarse tras ella.

—Necesito ver tu nuca.

Catherine iba a protestar, pero se lo pensó mejor. Angus se colocó muy cerca de ella (aterradoramente cerca) y deslizó su mano grande y llena de cicatrices bajo su pelo. Retorció su melena y la levantó. A Catherine se le erizó la piel cuando pegó la nariz a su cuello y la olfateó.

—¿Qué estás haciendo? —preguntó Lachlan.

—Es distinta —contestó Angus—. Parece la misma, pero hay algo raro. Raonaid tenía una marca de nacimiento en el cuello.

Catherine sintió sus dedos en la nuca, apartando mechones de pelo. Notó el calor de sus manos cuando las deslizó a ras de su cráneo y peinó su cabello moviéndolo de un lado a otro, echado hacia delante y con la cabeza ladeada, buscando la marca.

Por fin soltó su pelo y se apartó. Catherine se volvió para mirarlo.

Los ojos de Angus, antes fríos y acerados, centelleaban ahora, llenos de agitación.

—¡Que Dios nos asista a todos si esto no es un encantamiento de alguna clase! —exclamó.

—¿Qué estás diciendo? —preguntó Lachlan—. ¿Que no es Raonaid?

Su primo entornó los ojos y siguió mirándola. Luego asintió con la cabeza.

—El parecido es asombroso —comentó—. Todo es igual, y sin embargo no lo es, de modo que sólo cabe una explicación.

Catherine se volvió hacia Lachlan y haciendo un esfuerzo consiguió sostenerse en pie. Tenía la impresión de que el suelo estaba cediendo bajo sus pies.

—Soy la gemela de Raonaid.

Confusa y aturdida, apenas podía respirar.

—¿Qué? —Lachlan hizo una mueca y sacudió la cabeza. Parecía incapaz de aceptarlo.

Igual que ella.

—¿Su gemela?

Catherine fijó la mirada en el suelo y comprendió con un arrebato de angustia que aquellos sueños en los que veía un fantasma, su intuición de que había otro espíritu afín a ella, habían surgido de la íntima certeza de que tenía una hermana perdida: un alma que había compartido con ella el vientre materno. Aquella certeza siempre había existido por debajo de sus percepciones.

—Esto lo cambia todo —dijo Lachlan.

Catherine sabía muy bien lo que estaba pensando. ¿Cómo no iba a saberlo? Lo llevaba escrito en la cara.

—Sí, lo cambia todo —dijo—. No soy Raonaid y por tanto no podré levantar tu preciosa maldición.

Él la miró ceñudo.

—¿Mi preciosa maldición? ¿Estás loca? ¿Y por qué me hiciste esa promesa en Drumloch? Dijiste que la levantarías si te traía aquí, y no estabas en posición de cumplir tu palabra.

—¿Qué esperabas que hiciera? —replicó ella—. Te dije mil veces que no sabía cómo ayudarte, pero ¡ibas a violarme! Hice lo que tuve que hacer para salvarme.

Él dio un respingo al oírla. Un músculo vibró en su mandíbula.

—No sabía quién eras —masculló—. Pensé que eras ella.

—¡Ah! —Su rabia estalló como un barril de pólvora—. Así que ¿habría sido perfectamente lógico que violaras a mi hermana?

El semblante de Lachlan se crispó.

—No debería haberte traído aquí. —Volviéndose hacia Gwendolen, añadió—: ¿Te encargarás de que cuiden de ella?

—Desde luego —contestó la Leona, pálida y sobresaltada.

Sin decir palabra, Lachlan dejó a Catherine en el salón como si no tuviera más utilidad para él, como si hubiera existido con el único fin de librarlo de su maldición.

Catherine tardó un rato en dominar su ira. Luego, por fin, encontró fuerzas para dar media vuelta y mirar cara a cara a sus anfitriones.

En calidad de lady Catherine Montgomery, heredera de Drumloch.

Lachlan salió bruscamente del salón y se pasó las manos por el rostro, apretando los dientes. Recorrió los sinuosos pasillos del castillo en un frenesí cargado de incredulidad. No sabía adónde iba. Sólo quería agotarse, servirse de su cuerpo para aliviar parte de la tensión que amenazaba con convertirlo en un loco furioso.

No podía creerlo. Y sin embargo lo creía. Había creído desde el primer momento que había algo diferente en ella, que era distinta a la bruja a la que recordaba y aborrecía, aunque pareciera la misma.

Pensó en la atracción inmediata que había sentido por ella, en cómo se había excitado al tocarla en el círculo de piedras, y se sintió extrañamente aliviado por no haber caído presa de otro sortilegio. Lo que había sentido por ella era lógico y natural, puesto que ella era inocente. Pura de corazón. Y, ¡ay!, tan hermosa...

Se detuvo y apoyó una mano en la pared para sostenerse. Luego le dio un puñetazo. ¡Diablos! ¿Qué había hecho? ¡Ella no era Raonaid! Era lady Catherine Montgomery, y acababa de enterarse de que tenía una hermana gemela. Había sido muy cruel con ella. Sólo había pensado en sí mismo y en el hecho de que jamás podría hacerla suya.

Ahora, menos que nunca.

Se agarró el pelo con los puños y pegó la espalda a la pared. Después se deslizó hasta sentarse en el frío suelo de piedra. En ese momento se dio cuenta de que lo único que le había impedido volverse loco esos últimos cinco días había sido la convicción de que la despreciaba. Se había convencido de que todos los deseos que sentía y a los que se había resistido eran una suerte de locura sexual debida a la maldición.

Pero nada de eso era cierto. Ya no podía fiarse de que su odio le impidiera ceder a sus deseos.

Ella no era Raonaid.

Era una heredera desamparada e inocente que necesitaba ayuda y protección. ¿Y qué había hecho él cuando más lo necesitaba? La había dejado en la estacada.

Porque la deseaba tanto que no soportaba estar cerca de ella.

Capítulo 14

*S*upongo que esto confirma que soy lady Catherine Montgomery —dijo ella mientras se esforzaba por recuperar la compostura y se volvía hacia Angus y Gwendolen en el salón—. Pero ¿cómo es posible que tenga una hermana gemela a la que todo el mundo considera una bruja? Mi familia no me ha dicho nada de eso.

—¿Qué le han dicho? —preguntó Angus.

—Que mi madre murió al dar a luz y que mi padre no volvió a casarse. Yo pensaba que era su única heredera y que toda su fortuna recaería en mí.

Gwendolen se acercó a ella y le tocó el brazo.

—Debería sentarse, lady Catherine. Ha perdido por completo el color.

Se dio cuenta de pronto de que le daba vueltas la cabeza. Temió marearse.

Angus fue al aparador a servirle una copa mientras Gwendolen la llevaba a una silla.

—Permítame pedirle disculpas —dijo su anfitriona—. Jamás me perdonaré el trato que le he dispensado. Ha sido un error por mi parte no creerla.

—Ha sido un malentendido, eso es todo.

Catherine se sentó, pero rechazó la bebida que le ofreció Angus. De repente todos los ruidos se amortiguaron como si acabara de meter la cabeza bajo el agua.

Una cosa era saber que no era una bruja envilecida a pesar de que llevaba cinco días preparándose para aceptar ese destino, y otra bien distinta descubrir que tenía una hermana gemela. Una hermana de la que, evidentemente, la habían separado al nacer y que se había convertido en maga.

Si así era, nadie en Drumloch parecía saberlo. O, si lo sabían, guardaban muy bien el secreto.

—Hay un aposento preparado —dijo Gwendolen—. Permítame llevarla.

—Pero he de decidir qué hacer —respondió Catherine.

Aparte de todo lo demás, seguía sin saber dónde había estado los últimos cinco años y por qué había perdido la memoria.

¿Y qué decir de su extraña conducta en el círculo de piedras? ¿Tenía el mismo don que su hermana? Y, si así era, ¿lo había tenido desde su nacimiento?

Gwendolen le puso una mano en el hombro.

—Eso podemos decidirlo más tarde. Por ahora, deje que le enseñe su habitación. Ha de estar terriblemente angustiada, lady Catherine. Confío en que se tome un tiempo para descansar y asimilar la noticia.

Catherine aceptó por fin y Angus las acompañó hasta la puerta.

—Esta noche cenará con nosotros —dijo— y hablaremos de lo que ha de hacerse. Puede estar segura, lady Catherine, de que como jefe de los MacDonald de Kinloch, estoy a su servicio. Aquí no debe temer ningún daño.

—Gracias. —Era muy tranquilizador saber que el gran León escocés ya no la consideraba su enemiga, sino que le ofrecía su protección. Por eso, al menos, podía sentirse agradecida.

Salió con Gwendolen del salón y se dirigieron a la escalera de la torre.

—¿Lachlan también cenará con nosotros? —preguntó Catherine cuando empezaron a bajar por la escalera de caracol.

Se lo imaginó preparándose para partir de nuevo en busca de la mujer que había lanzado sobre él la maldición.

Tal vez no volvería a verlo.

—No lo sé —contestó Gwendolen—. Angus está enojado con él. Aparte de que lo hirió con la espada hace un año y luego se marchó sin decir palabra, acaba de cometer un delito al traerla aquí.

—¿Y eso por qué?

—Vale usted una enorme fortuna, lady Catherine, y estoy segura de que su familia no aprobó su marcha de Drumloch. A sus ojos,

Lachlan la ha secuestrado, y por ende mi marido también. Sospecho que en los próximos minutos van a hacerse mutuas recriminaciones.

Catherine siguió a su anfitriona por la escalera, hasta un ancho pasillo de piedra iluminado por antorchas.

—No quiero que sea castigado —dijo—. Debe usted informar a su marido de que no hubo tal secuestro. Lachlan no lo planeó así. Fui yo quien le pidió que me trajera.

Gwendolen la miró con una ceja enarcada mientras caminaban codo con codo por el largo corredor.

—Me sorprende que lo defienda teniendo en cuenta cómo acaba de tratarla.

A Catherine también le sorprendía, pues Lachlan la había herido en lo más profundo. Pero, pese a todo, la había llevado al Castillo de Kinloch sin tropiezos y había cumplido su palabra: no había puesto en peligro su vida dando rienda suelta a su lujuria.

—No puedo remediarlo —contestó—. Ha hecho todo lo que le pedí.

—Puede ser. —Gwendolen se quedó callada un momento—. ¿Puedo hablarle con franqueza, lady Catherine?

Catherine la miró con desconfianza.

—Deseo que lo haga.

La Leona suspiró.

—Ha pasado usted por un terrible calvario y Lachlan está... —Se quedó callada un momento y miró a un lado y otro del corredor—. Lachlan tiene algo. Es muy guapo y las mujeres se sienten atraídas por él.

—¿Qué intenta decirme?

Gwendolen se tomó un momento para buscar las palabras precisas.

—Su camino está repleto de corazones rotos, y no solamente por la maldición. Antes de eso ya era un hombre del que no convenía enamorarse. —Titubeó—. No quisiera que sufra usted más de lo que ha sufrido ya. Lo mejor sería que regresara a su casa y no volviera a pensar en él.

Catherine sintió que la congoja le encogía el estómago, pues temía que fuera ya demasiado tarde para tales advertencias. Tal vez no estuviera enamorada de Lachlan, pero estaba fascinada por él.

—No se preocupe por mí —dijo a pesar de todo—. No soy tan necia.

Y sin embargo no deseaba que Lachlan abandonara el castillo. Quería, necesitaba, verlo otra vez, aunque no quisiera sopesar detenidamente sus motivos para ello.

Gwendolen la cogió de la mano.

—Me alegra oírle decir eso. Ahora, vamos a su habitación. Necesita descansar un rato antes de la cena.

Angus mandó llamar a Lachlan de nuevo al salón de arriba.

—Así pues, parece que has raptado a quien no era —le dijo con aspereza—. A una heredera que vale diez mil libras inglesas. Diablos, Lachlan, espero que hayas borrado bien tu rastro.

—Descuida —contestó Lachlan—. Pasamos la primera noche en una casa de postas al sur de Drumloch y luego regresamos hacia el norte y seguimos hacia las montañas. Y yo no la he raptado.

Angus posó la mano sobre la empuñadura de su espada. El aire crepitaba, lleno de tensión.

—Sigo teniendo ganas de darte una paliza. Y no sólo por lo que ha pasado hoy.

Estaba claro que había llegado la hora de rendir cuentas por lo que había hecho aquella mañana aciaga, un año antes.

Al menos estaba preparado. Había repasado detalladamente su enfrentamiento cien veces de memoria.

—Gané la pelea con todas las de la ley —contestó—. Puedes llamarme borracho si quieres, pero lo cierto es que no te dio tiempo a atajar mi maniobra a pesar de que estaba a contrapié. En el campo de batalla, habrías muerto. Y borracho o sobrio, yo habría sido el vencedor.

Eran primos, pero también amigos desde muy pequeños: de niños, correteaban por el castillo con espadas de madera sujetas al cinto, jugando a ser soldados. De mayores habían seguido compitiendo y sirviéndose el uno del otro para practicar y afinar sus habilidades guerreras. Siempre habían estado a la par, hasta aquel día fatídico.

—¿Así es como te disculpas? —preguntó Angus entornando los ojos—. ¿O es que buscas pelea otra vez? De buena gana me enfrentaré contigo en el gran salón para tomarme la revancha. Sólo tienes que decir el día y la hora.

Lachlan miró a su primo a la luz radiante de la tarde que entraba por las ventanas y sintió un profundo pesar por los días transcurridos desde su partida. Sabía cuánto debía de haber decepcionado a su jefe, a quien respetaba más que a cualquier otro escocés.

—No quiero pelear contigo —contestó—. Sólo quiero decirte que lamento el día en que me marché de aquí. Puede que fuera una pelea justa, pero no debí marcharme, y estarías en tu derecho de darme una buena paliza. Dios sabe que me la merezco.

—Sí, te la mereces. Eras mi general, Lachlan.

Fijó la mirada en el suelo.

—No he cumplido muy bien mi misión estos últimos meses. Ha sido una suerte que no hayáis sufrido ataques inesperados. Podrías haber perdido el castillo por mi culpa.

Angus se acercó a una silla y se sentó. Estuvo callado largo rato.

—¿Qué planes tenías al volver aquí? —preguntó, mirándolo con frialdad—. ¿Esperabas que constatara que la heredera era en realidad Raonaid? ¿Creías que iba a obligarla a levantar la maldición para que pudieras volver a las andadas y acostarte con muchachas a las que apenas conoces?

Lachlan miró hacia las ventanas.

—Habría sido lo más sencillo. —Se pasó una mano por el pelo—. Pero ya nada parece sencillo.

Pensó de nuevo en Catherine y lamentó haber sido tan cruel desde el momento en que la había encontrado en el círculo de piedras.

—Al venir aquí —prosiguió Angus—, me has puesto en una situación muy comprometida. Debería entregarte a las autoridades de las Tierras Bajas para que no me acusen de ser tu cómplice.

—¿Ésa es tu intención? —preguntó Lachlan, confiando a medias en que su primo contestara que sí, en cuyo caso se vería obligado a partir inmediatamente y a dejar allí a Catherine, desde luego.

Era lo mejor para ella, sin duda alguna.

Angus se acercó a él.

—No, no voy a entregarte. Eres mi primo y a pesar de tus equivocaciones siempre has sido un miembro leal de nuestro clan. Yo también cometí errores en el pasado, bien lo sabe Dios, pero por suerte mis amigos me han perdonado. Por eso no puedo guardarte rencor. Eso te lo debo.

Siguió un largo silencio y, entre tanto, Lachlan meditó sobre lo afortunado que era, y se sintió indigno de su suerte.

—En ese caso, voy a decirte lo que llevo guardándome este último año.

Angus esperó con paciencia mientras Lachlan se esforzaba por ordenar sus ideas y encontrar las palabras justas para expresar sus sentimientos.

—Me alegro de no haberte matado —dijo por fin.

Angus entornó los párpados tranquilamente.

—Yo también.

El gran León no solía sonreír, y ese día no fue distinto. Aceptó la disculpa de Lachlan con una inclinación de cabeza y se dirigió hacia la puerta.

—Ve a descansar —ordenó— y, por el amor de Dios, Lachlan, date un baño. Hueles como el trasero de un toro. Cenaremos a las ocho.

Lachlan lo siguió, pero cuando estaban a punto de separarse, se detuvo.

—Angus...

Su primo se paró en el pasillo iluminado por antorchas y esperó a que continuara.

—¿En qué habitación está ella?

—¿La heredera? —Su mirada sagaz dejaba claro que Angus conocía su ardiente deseo de verla—. En la verde —contestó—. En la torre sur. Le debes una disculpa, Lachlan, pero más vale que no intentes nada con ella. Bastante daño has hecho ya. Te he perdonado una vez, pero no pienso sacarte de más líos. —Dio media vuelta y desapareció por la retorcida escalera.

Lachlan no fue enseguida al aposento de Catherine, sin embargo, porque Angus tenía razón al menos en una cosa: necesitaba un baño.

Y confiaba en que, bajo todo aquel polvo y aquella mugre, quedara aún un ápice de su antiguo encanto. Porque quería volver a ser el de antes cuando pidiera perdón a la dama.

Capítulo 15

A los pocos minutos llegó a la alcoba de Catherine un batallón de criadas para llenar su bañera, al que siguió una doncella experta que le traía una camisa limpia para dormir y un vestido para la cena. La doncella, una MacEwen, le explicó después del baño, mientras peinaba su largo cabello rizado, que los MacEwen habían gobernado un tiempo en Kinloch. Angus MacDonald, sin embargo, había asaltado el castillo y tomado el mando. Así era como se había casado con Gwendolen, la hija del jefe de los MacEwen y anterior señor del castillo.

—Entonces, ¿antes eran enemigos? —preguntó Catherine con cierta sorpresa—. Jamás lo habría adivinado. Parecen llevarse muy bien.

—Sí, lady Catherine. Eso es porque se enamoraron.

—Bueno —contestó ella con una nota de descreimiento—, imagino que entonces hay esperanza para todo el mundo. —En realidad, no lo creía, y menos aún cuando pensaba en Lachlan y en la frialdad que le había demostrado al enterarse de que no era Raonaid.

Más tarde se metió en la cama, ahuecó la almohada de plumas y despidió a la doncella, que le dijo que volvería a tiempo para ayudarla a vestirse para la cena.

La puerta se cerró con un suave chasquido y la habitación quedó en silencio. Catherine se puso a pensar en su hermana gemela con la mirada fija en el dosel verde de la cama.

Los seis meses anteriores, desde su regreso al señorío de Drumloch, había achacado su sensación de vacío al hecho de haber perdido todo recuerdo de sus seres queridos y de estar, por tanto, al menos a su modo de ver, sola en el mundo.

Ahora parecía que durante su primera infancia había sufrido una pérdida terrible: la de la hermana con la que había compartido el vientre materno. Una hermana que había sido arrancada de su vida el mismo día en que ambas habían perdido a su madre. Era una tragedia por partida doble, una pérdida inimaginable. ¡Cuánto había tenido que sufrir! Y aunque Raonaid era para ella una desconocida, y probablemente una malvada, sentía también una profunda congoja por ella.

Su tristeza se convirtió rápidamente en ira.

¿Quién había sido? ¿Quién la había separado de su hermana recién nacida? ¿Había sido su padre? ¿Su abuela? ¿O bien otra persona a la que no había conocido aún?

En ese momento tocaron suavemente a la puerta. Se incorporó apoyándose en los codos, pero la puerta se abrió antes de que tuviera ocasión de responder.

Fue Lachlan quien entró.

Llevaba una falda de tartán limpia y una camisa de hilo blanca, muy ceñida. El broche de su hombro relucía, bien bruñido, y sus armas habían desaparecido. El pelo, lustroso y revuelto, se le pegaba a los hombros musculosos, mojado todavía.

Rodeó los pies de la cama y se detuvo junto a ella apoyando una mano en uno de los postes de las esquinas. Recorrió de arriba abajo el cuerpo de Catherine, oculto bajo las mantas, con mirada grave y preocupada.

Ella sintió el impulso de levantar las rodillas, y Lachlan la miró a los ojos.

—¿Qué haces aquí? —preguntó Catherine, enfadada todavía por lo que había ocurrido en el salón, a pesar de que al mismo tiempo una mezcla de emoción y deseo se agitaba en sus entrañas. Se odió por sentir así, después de todo lo ocurrido.

—Lady Catherine... —dijo él con una voz baja y seductora que armonizaba a la perfección con el erótico espectáculo de su cuerpo musculoso. Su manaza se abrió y se cerró sobre el poste de la cama—. ¿De veras quieres saber por qué estoy aquí?

Catherine se incorporó ligeramente sobre las almohadas.

—Sí. —La respuesta escapó de sus labios en un susurro ahogado, y le dieron ganas de estrangularse con sus propias medias. Ella no era una jovenzuela enamoradiza, ni servía en la taberna de una posada. Era una dama de noble estirpe y no debía dejarse seducir tan fácilmente por sus encantos.

—No me importa lo que tengas que decirme —puntualizó rápidamente—. Jamás te perdonaré por tu reprobable conducta en el salón. Te has comportado como un patán egoísta.

—En efecto, así es —convino él, y Catherine se sorprendió al ver que levantaba una rodilla y se subía a la cama.

Sintió un cosquilleo nervioso en el vientre, pero se esforzó por no ponerse colorada, ni tartamudear.

—¿Eso es todo lo que tienes que decirme?

—No, no es todo. —Se tumbó de lado, junto a ella, se apoyó en un codo y tocó su mejilla—. Te debo una disculpa, muchacha. Debí escucharte en el círculo de piedras cuando negaste mis acusaciones. No debí traerte conmigo. Y mientras viajábamos empecé a sospechar que había gato encerrado, que no eras la mujer a la que despreciaba y sin embargo seguí adelante. Debí hacer caso a mi instinto, y también a ti, y lamento profundamente no haberlo hecho.

Catherine lo miró, impresionada, a la pálida luz de la tarde e intentó deducir si estaba siendo sincero o si sólo intentaba engatusarla para que olvidara que la había tratado como a una bruja y se merecía que le metieran la cabeza en salmuera.

Su instinto le decía que estaba siendo sincero, pero ¿podía fiarse de su instinto cuando su cuerpo estaba deshaciéndose de deseo por su deliciosa cercanía?

—¿Qué me dices de la brutalidad que has demostrado hace un rato, en el salón? —añadió, intentando fingirse impasible, a pesar de que sabía cuánto tenía que haberle costado ir allí y ponerse de rodillas ante ella para pedirle perdón. Después de lo sucedido entre ellos, quería verlo arrastrarse ante ella. Era lo más justo—. ¿Tienes algo que decir al respecto?

Lachlan la miró a los ojos y luego a los labios. Acarició su mejilla con el pulgar y Catherine sintió un temblor apasionado en las entrañas.

—Eso también fue un error —dijo él suavemente—. Fui egoísta y cruel, cuando debí mostrarme compasivo. Nada de esto era culpa tuya, y sin embargo me he portado contigo como un rufián desde el principio, sobre todo hoy. Mi única excusa es que te deseaba y que, cuando descubrí que no eras la mujer a la que odiaba, no pude afrontar esos deseos. Tienes que entenderlo, muchacha: llevo tres años rechazando esos sentimientos. Pero hoy he sido un cobarde y tú no te merecías ese trato. Así pues, me disculpo ante ti, lady Catherine, y te suplico que me perdones.

El corazón de Catherine comenzó a latir con violencia mientras sopesaba el hecho de que Lachlan acababa de confesar que la deseaba, cuando ella daba por sentado que no sentía por ella otra cosa que inquina y repulsión.

Ella también lo deseaba. A pesar de todo, eso era innegable. Lachlan había encendido un fuego en su cuerpo aquel primer día, al besarla apasionadamente en el círculo de piedras, un fuego que ella no había podido apagar desde entonces.

Y ahora allí estaba, tumbado a su lado, acariciando su mejilla, suplicándole perdón y confesando que la deseaba.

Catherine posó la mano sobre su pecho y sintió el latido de su corazón. Lachlan lo permitió sólo un instante; luego cogió su mano y la colocó entre los dos, sobre la cama.

—Hace mucho tiempo que no dejo que me toque una mujer —dijo.

—¿Y la otra noche, cuando me desperté de la pesadilla? —preguntó ella—. Entonces te toqué y tú también a mí.

—Sí, pero no pude quedarme mucho tiempo a tu lado.

Un enjambre de mariposas comenzó a aletear en el vientre de Catherine cuando miró sus labios tersos y fantaseó con cómo sería volver a besarlo.

Lachlan la miró lánguidamente a los ojos y ella se humedeció los labios palpitantes. Un ansia ardiente latía en sus entrañas. ¿Cómo era posible que el solo poder de su mirada pudiera llenarla de deseo febril? Sentía el impulso arrebatador de tocarlo.

—Si estoy aquí es también por otro motivo —explicó él como si percibiera sus anhelos y supiera que debía atajarlos—. Tengo información acerca de tu hermana gemela. Angus me ha dicho que Raonaid vive ahora en Edimburgo.

Catherine se incorporó.

—¿Está seguro?

—Sí. ¿Quieres conocerla?

—Sí, claro —contestó ella.

Él se quedó pensando un momento.

—Como sabes, yo también tengo motivos para querer verla otra vez—añadió—. Por eso me marcharé muy pronto. Si deseas acompañarme, te llevaré a Edimburgo sana y salva y haré todo lo que esté en mi mano por protegerte y por ayudarte a recuperar la memoria. Quizá Raonaid pueda ayudarte de algún modo. A fin de cuentas, es una maga.

—Pero si de veras tiene tales poderes y ve cosas, ¿cómo es que no sabe que tiene una hermana gemela? No se lo dijo a Angus, aunque fueron amantes un año. ¿Crees que sabe algo de mí?

—Ojalá pudiera responder a esa pregunta —contestó él; luego, apoyó la cabeza en la almohada.

El cansancio embargó a Catherine, y sus ojos comenzaron a cerrarse.

—Debería irme —murmuró Lachlan.

—No, por favor —balbució ella—. Me reconforta saber que estás aquí. Por favor, quédate hasta que me duerma.

Le sorprendió que él asintiera y le apartara el cabello de la cara.

El sonido de su respiración la acunó hasta sumirla en un profundo sopor, lleno de sueños teñidos con los colores de las Tierras Altas. Sobrevoló valles y montañas, se lanzó en picado a una hondonada y pasó rozando el tejado de una casa de piedra con establo. Había un huerto y gallinas cacareando cerca. Cruzó volando la puerta del establo como si la llevara una veloz racha de viento.

Horas después, cuando se despertó aturdida, Lachlan no estaba allí. Se sentó, desorientada, mientras iba asimilando la realidad de su existencia.

Podía estar casi segura de que era, en efecto, lady Catherine Montgomery, pero aún no había recuperado la memoria, ni sabía dónde había estado esos últimos cinco años, ni cómo había perdido su virginidad.

¿Con quién había estado, si no había sido con Angus?

En parte no quería saber la respuesta a esa pregunta. Deseaba que siguiera enterrada en el pasado.

Respecto a su hermana gemela, sentía lo contrario.

Deseaba saberlo todo sobre Raonaid.

Capítulo 16

Caserío de Blue Waters, sur de Edimburgo
Ese mismo día

*R*aonaid estaba acabando el ordeño de la tarde cuando la puerta del establo se abrió de golpe y una ráfaga de viento removió el heno suelto disperso por el suelo. Los cerdos chillaron y fuera los pollos comenzaron a cacarear y a batir las alas.

Con el corazón acelerado, se levantó, volcando el taburete sobre el que estaba sentada.

—¿Quién anda ahí? —Miró a su alrededor—. ¡Sé que estás ahí!

Era una presencia que había sentido toda su vida, incluso de niña, sola y asustada en la cama. Pero aquel espíritu nunca le había hecho ningún daño, y ella había aprendido a ahuyentar el miedo. Desde hacía seis meses, sin embargo, el espíritu se había manifestado cada vez con más frecuencia y Raonaid percibía su agitación.

Soplaba a su alrededor en círculos, levantando la paja del suelo.

—¡Háblame, fantasma! —dijo Raonaid—. ¿Por qué me persigues?

No soy un fantasma.

Raonaid se precipitó hacia delante, sorprendida: era la primera vez que el espíritu le hablaba. Giró sobre sí misma, mirando las vigas del techo.

—¿Qué eres, entonces?

Vendré por ti.

Otro golpe de aire salió por la puerta del establo y la cerró con violencia. Después, el aire quedó inmóvil. Los animales se calmaron y guardaron silencio.

Un segundo después, la vaca levantó la cabeza y soltó un estruendoso mugido.

Una angustia que nunca antes había conocido inundó el corazón de Raonaid. Agarró el cubo de leche y corrió fuera, cerró de golpe la puerta y bajó el madero que la cerraba. Corrió hacia la casa pasando junto al huerto y entró precipitadamente por la puerta trasera. Dejó el cubo sobre la mesa y atravesó a toda prisa el salón, camino de las escaleras.

Murdoch, que estaba sentado a su escritorio, levantó la vista de sus papeles. Ese día iba vestido con su falda de tartán, lo cual era extraño. Se había recogido el pelo oscuro hacia atrás con un cordel de cuero.

—¡Raonaid! —gritó.

Ella se detuvo al pie de la escalera.

—Cualquiera diría que has visto un fantasma.

—No era un fantasma —contestó ella—. No sé qué era.

Él entornó los ojos, curioso, se levantó y se acercó a ella.

—¿Ha sido una especie de visión?

—No estoy segura.

Murdoch la agarró del brazo y la hizo volverse para mirarlo.

—Pues más te vale averiguarlo, muchacha. Escocia necesita un rey y he de saber cuándo actuar y en quién confiar. Me prometiste que a estas alturas ya habrías tenido otra visión, y si dejamos pasar esta oportunidad puede que no se presente otra.

—¿Por qué importa tanto eso?

El rostro de Murdoch se acaloró, lleno de pasión y vigor.

—No podemos permitir que los ingleses sigan sojuzgándonos. Si fuera por ellos, nos desterrarían a todos al norte y luego nos empujarían al mar. No entiendes nada, ¿verdad?

Raonaid se desasió bruscamente.

—No me digas lo que tengo que hacer o no hacer, ¿entendido? Yo sé lo que es que te destierren. Toda mi vida me han tachado de bruja y ahora me rechazas tú, que ni siquiera quieres que te vean conmigo en público.

—La gente te teme, Raonaid. Tus facultades les ponen nerviosos.

Ella enarcó una ceja y dijo en tono amenazador, cargado de reproche:

—¿A ti también te ponen nervioso mis facultades, Murdoch? ¿Te inquieta mi maldad?

Él se tomó un momento para considerar cuál era la mejor respuesta a aquella pregunta. Luego, por fin, carraspeó y dio un paso atrás:

—Eres mi mujer. No voy a echarte, como han hecho otros.

—Sólo me tienes a tu lado porque crees que puedo cambiar tu futuro —replicó ella, burlona—. Quieres vencer a los hanoverianos y piensas que, si lo veo en las piedras, así será.

—Viste el gran triunfo de Angus el León —repuso él—. Predijiste que invadiría el Castillo de Kinloch. —Al ver que ella no contestaba, Murdoch suavizó el tono de voz y posó una mano sobre su hombro—. Pero ése no es el único motivo de que te desee, Raonaid, tú lo sabes. Eres una mujer muy bella.

Ella miró su mano, pensó en el espíritu misterioso que se le aparecía y lo miró con desdén.

—No sé por qué crees eso. Soy mala y rencorosa.

Por eso había estado sola toda su vida. Todo el mundo la temía. Algunos la creían el diablo.

Murdoch apartó cuidadosamente la mano de su hombro y la dejó caer.

—Bien, eso está mejor —dijo ella con sorna—. Porque detesto que me mientan. —Se apartó de él y subió a su habitación.

Capítulo 17

Castillo de Kinloch

Con su joven doncella como acompañante, Catherine entró en la escalera de la torre. Subieron un piso y tomaron a continuación un largo corredor iluminado con antorchas.

—¿Es por aquí? —preguntó Catherine, incómoda, pensando en la distancia que habían recorrido atravesando el castillo—. Pensaba que íbamos a cenar en la torre este.

—Sí, señora, pero he recibido instrucciones de traerla primero aquí.

Llegaron a otra escalera y subieron hasta lo alto. La doncella señaló con la mano.

—La está esperando aquí, señora. Él mismo la llevará al comedor.

Confiando en que la doncella se refiriera a Lachlan, Catherine salió a la azotea de piedra y miró el cielo nocturno. Titilaban las estrellas. El aire estaba quieto. Jirones de nubes flotaban delante de la luna. Miró de Este a Oeste preguntándose cuánto tiempo tendría que esperar allí sola.

—Lady Catherine. —Aquella voz ronca, que tan bien conocía, le llegó desde el otro lado de las escaleras de la torre.

Lachlan se dejó ver por fin, bello y enigmático a la luz de la luna. Catherine sintió que le flaqueaban las rodillas y una oleada de aturdimiento se apoderó de ella.

—¿Por qué me has hecho venir aquí? —preguntó, decidida a ocultar sus emociones.

Él rebuscó en su escarcela.

—Quería darte esto y no me atrevía a acercarme de nuevo a tu cama.

Sacó su pesado collar de perlas y esmeraldas y lo levantó. Las gemas brillaron a la luz de la luna.

—Creo que también hay unos pendientes —añadió, palpando la escarcela.

Catherine alargó la mano hacia el collar, pero él lo retiró rápidamente.

—¿Qué me das a cambio?

Había en sus ojos un encanto juguetón que de nuevo sorprendió a Catherine. Era la primera vez que Lachlan le mostraba aquella faceta suya.

—Eres un provocador. —Intentó quitarle las joyas, pero él las escondió a su espalda—. Debería besarte como hice en Drumloch —agregó ella—, para que escarmientes.

El destello juguetón de su mirada se disipó al instante, y su tono se hizo más serio:

—Es peligroso decir eso. Por favor, permíteme. —Se colocó tras ella para abrochar el collar alrededor de su cuello—. Nunca antes me habían llamado «provocador» —dijo mientras ella se estremecía al sentir el cosquilleo de sus manos sobre su nuca—. En cuestión de mujeres, siempre ha sido al revés.

—Pero nuestra situación no se parece a ninguna otra, ni yo me parezco a la mayoría de las mujeres. —Se refería a su amnesia, naturalmente.

Lachlan se colocó de nuevo ante ella.

—No, no te pareces a ninguna. Eres más hermosa, y mil veces más enigmática.

¡Que el cielo se apiadara de ella! Se sentía como si estuviera flotando en un mar de dicha celestial.

—¿Puedes darme ya mis pendientes? —preguntó, alargando la mano.

Lachlan la miró a los ojos mientras hurgaba de nuevo en su escarcela y sacaba los pendientes, primero uno y luego otro. Se los dio y la miró mientras se los ponía.

—Ahora sí que pareces una heredera decente —comentó.

Ella levantó una ceja.

—Tengo poco de decente. Tú deberías saberlo mejor que nadie. Has dormido conmigo cinco noches seguidas bajo las estrellas, sin carabina a la vista.

—¿Quién es ahora un provocador, recordándome eso? —Sonrió con los ojos, y el pulso de Catherine se aceleró.

—Para reconocer a un provocador, hace falta otro, señor.

Lachlan sonrió.

—Sí, y si no estuviera medio muerto por la falta de emociones que he sufrido estos últimos tres años, te enseñaría lo peligroso que es provocar a un hombre como yo. Verás, me atraen las cosas brillantes, y tú, mi señora, eres deslumbrante.

Catherine inclinó la cabeza.

—Te agradezco el cumplido.

Pero era mucho más que eso. Le encantaba que Lachlan estuviera coqueteando con ella y mostrándole su famoso encanto, que hasta entonces había mantenido oculto.

Lachlan le tendió una mano.

—¿Puedo acompañarte a cenar?

—Me encantaría —contestó —. Estoy absolutamente hambrienta.

Lachlan llevaba más de una década evitando entablar relaciones duraderas con mujeres. Era capaz de distinguir a la legua a una muchacha casquivana, y ellas, a su vez, parecían advertir en él su común inclinación por los amoríos sin ataduras. Sabían que no buscaba amor, ni lo quería. Lo había tenido una vez, con Glenna, y al morir ella había llegado a la conclusión de que nunca habría otra que pudiera reemplazarla.

A lo largo de los años, ninguna mujer le había hecho sentir ni remotamente lo que había sentido por su primer amor: el trágico anhelo adolescente, la disposición a sacrificarlo todo por esa persona que parecía destinada a ser para siempre su alma gemela. Después de Glenna, no había vuelto a sentir el ímpetu y la vehemencia de su breve idilio y su matrimonio.

Durante los años siguientes le había sido fiel, si no físicamente, sí de corazón. Había buscado intimidad a través de escarceos amorosos con mujeres que sólo exigían de él placer físico.

Hasta la maldición, claro. Desde ese momento, había quedado condenado a una vida de abstinencia y a una ausencia total de intimidad, de la clase que fuese.

Esa noche, sin embargo, mientras acompañaba a Catherine al comedor privado de su jefe, sintió que un sinfín de emociones inesperadas se agitaba dentro de él, emociones que le resultaban al mismo tiempo perturbadoras e irresistibles, pues no sólo deseaba a Catherine físicamente.

Mientras caminaba a su lado por los corredores del castillo, aspiraba el olor embriagador de su perfume floral. Todo en ella ponía a prueba su capacidad de refrenarse: su lustroso cabello rojo y sus tersos labios de color cereza; sus grandes pechos, que rebosaban por el prieto corpiño en un estallido de tentación arrebatadora. Todo ello excitaba su audacia, y eso le preocupaba, porque Catherine no era una tabernera ligera de cascos. Era otra cosa distinta por completo.

Entraron por fin en el comedor privado de Angus, en cuya gran chimenea de piedra ardía un fuego. La mesa de caoba, bien bruñida, estaba adornada con candelabros de plata y coloridos fruteros. Las paredes estaban cubiertas con paneles de roble de color burdeos y las ventanas con gruesos cortinajes de terciopelo.

Angus y Gwendolen se volvieron para saludarlos al resplandor de las velas. Un sirviente trajo una bandeja de plata y les ofreció vino en copas bañadas en oro con incrustaciones de piedras preciosas.

—Lady Catherine, el vestido os sienta de maravilla —dijo Gwendolen—. Confío en que el aposento baste para satisfacer vuestras necesidades.

La conversación prosiguió en tono ligero, pues no todos los días una famosa aristócrata escocesa de las Tierras Bajas iba a cenar a Kinloch, y menos aún en circunstancias tan poco frecuentes como un error de identidad o un posible secuestro, dependiendo de quién caracterizara los hechos.

Cenaron caldo de ternera especiado, seguido de ganso asado y bañado con espesa salsa de crema y verduras hervidas.

Cuando los sirvientes fueron a retirar los platos, Angus se reclinó en su aparatoso sillón y pidió más vino.

—¿Ha decidido mi señora cómo quiere que proceda respecto al

apuro en el que se encuentra? —preguntó a Catherine con su fuerte acento escocés—. Podemos ordenar que la escolten hasta Drumloch al rayar el alba, si ése es su deseo.

—Le estoy muy agradecida por su bondad y su generosidad, señor —contestó ella—. Deseo reunirme con mi familia, desde luego, pero, aparte de conocer a mi hermana gemela, lo que más deseo es recuperar mis recuerdos y descubrir dónde he estado estos últimos cinco años. Usted me ha ayudado inmensamente al confirmar mi identidad y la existencia de mi hermana. No tenía conocimiento de ello, y ansío saber la verdad. Si estuviera en posesión de poderes mágicos, haría venir a mi abuela a esta mesa esta misma noche para poder preguntarle en persona sobre las circunstancias de mi nacimiento, pero, ¡ay!, no poseo tal magia, así que habré de tener paciencia hasta que me reúna con mi hermana.

Angus se inclinó hacia delante.

—¿Qué es lo que se os ofrece, lady Catherine? Puedo mandar a un hombre esta noche con una misiva si lo desea. O, como le decía, puedo hacer los preparativos precisos para devolveros con vuestra familia.

Catherine se recostó en su silla y sopesó las alternativas que se le ofrecían; luego fijó sus ojos en Lachlan.

Él inclinó la cabeza una sola vez para hacerle saber que también estaba a su servicio. Fuera lo que fuese lo que necesitaba, él lo pondría a su disposición.

—Quizá lo mejor sea enviar una carta —decidió Catherine—. Quiero que mi abuela sepa que estoy a salvo y al cuidado de buenas personas. Y también que decidí libremente marcharme de Drumloch y venir aquí para averiguar algo sobre mi pasado. —Miró de nuevo a Angus—. Después, si no hay inconveniente, señor, desearía ir a Edimburgo para conocer a mi hermana.

Angus respiró hondo.

—Me encargaré de todo detalladamente.

—Gracias, pero tengo una última petición que hacerles y es que me acompañe Lachlan. Él me ha traído hasta aquí y confío en que me lleve sana y salva a mi destino.

Angus se volvió hacia su esposa, que cogió su vino y bebió un largo trago escudriñando a su marido por encima del borde de la copa.

Después se volvió hacia Catherine y dijo:

—Entiendo su deseo de conocer a su hermana, pero he de advertirle que puede llevarse un desengaño. Ella no es como usted, lady Catherine. Ha vivido apartada del mundo y nos ha hecho daño a mi esposo y a mí, y también a Lachlan. No vamos a impedirle que viaje a Edimburgo, desde luego, pero, por favor, no se descuide. No se haga ilusiones. Esa mujer no es de fiar.

Catherine le dedicó una sonrisa melancólica.

—Le agradezco su franqueza. Haré caso de su consejo y confío en poder corresponder algún día a la generosidad que me han demostrado. Han sido muy amables.

Les sirvieron platos de postre con pastelillos y crema de mantequilla y siguieron hablando de otros asuntos más livianos.

Después fueron todos juntos al gran salón, donde habían empezado los festejos musicales. Gwendolen llevó a Catherine a conocer a un grupo de destacadas mujeres del clan. Lachlan, por su parte, se quedó con Angus. Cogió una jarra de cerveza aprovechando que pasaba un sirviente y preguntó:

—¿Sabe todo el mundo que no es Raonaid? Porque si la confunden con ella, habrá que sacarles de su error.

—Están todos al corriente —contestó Angus—. Sospecho que va a convertirse en objeto de fascinación —añadió—, sobre todo entre quienes conocen personalmente a Raonaid.

Lachlan bebió un trago de cerveza.

—Gemelas idénticas y sin embargo opuestas en todos los sentidos. Gwendolen ha hecho bien en advertirle de que no se haga ilusiones y no crea que va a descubrir en Raonaid una hermana cariñosa y sincera. No pienso dejarla a solas con ella, eso seguro.

Angus lo miró intensamente.

—Es cierto —dijo— que Raonaid tiene muy mal genio, pero no olvides que fue mi amante una vez, un año entero. No se lo diría a mi esposa, Lachlan, y si le dices una sola palabra te arranco la cabeza, pero no sé qué habría sido de mí si Raonaid no me hubiera llevado a su cama esa primera noche, cuando llegué a las Islas Occidentales después de que mi padre me repudiara. Tal vez me hubiera arrojado al Atlántico.

Lachlan miró a su primo con incredulidad.

—Pero ella te traicionó. Dio a tus enemigos información que les sirvió para atentar contra tu vida. Fuiste envenenado y colgado de las almenas, y ella intentó culpar a Gwendolen.

—Lo hizo porque se sentía abandonada.

Lachlan lo miró con consternación.

—¿Cómo puedes defenderla? Fue maliciosa y vengativa. Yo mismo fui víctima de su maldad, y ni siquiera fui yo quien la dejó en la estacada.

—Fuiste tú quien fue a su casa a buscarme.

Lachlan se volvió y vio a Catherine conversando con otras mujeres del clan. Era idéntica a Raonaid, pero cuando la miraba no veía a la bruja.

—¿Qué intentas decirme, Angus?

Su primo se acabó su cerveza y dejó la jarra sobre una mesa.

—Sé cuánto desprecias a Raonaid, pero puede que tu hermosa heredera no se ponga de tu parte si te enfrentas a su hermana. Tenlo en cuenta, Lachlan. Y ten también presente que es posible que su familia no te acepte. Preferirían verte con la soga al cuello a tenerte como yerno.

—¿Quién ha dicho nada de casarse? —preguntó Lachlan.

Angus estudió su mirada.

—He visto cómo la mirabas en la cena. —Hizo una pausa—. Ten cuidado, Lachlan. Esa maldición tuya... tiene más poder sobre ti de lo que crees.

—No hace falta que te preocupes por mí —contestó—. Hasta ahora he sobrevivido, ¿no?

—No eres tú quien me preocupa, sino ella. Y puesto que me he comprometido por mi honor a protegerla, voy a hacer que una guardia armada os acompañe a Edimburgo. Varios de mis mejores hombres, caballos de refresco, provisiones y un cocinero.

—No es necesario —le dijo Lachlan.

—Yo decidiré lo que es o no es necesario, pues al traer a la heredera de Drumloch me has involucrado en su desaparición. No sólo en la de ahora, sino en la de hace cinco años. Así pues, no voy a escatimar gastos para asegurarme de que vuelva sana y salva con su familia.

Comenzó a sonar una animada giga y algunos miembros del clan se levantaron para bailar.

—Cuando lleguéis a la población de Killin —prosiguió Angus—, alquilad un carruaje y un cochero de fiar. Deteneos tantas veces como desee y, cuando hayáis acabado en Edimburgo, llévala a Drumloch en carruaje. Compra uno si es preciso, pero asegúrate de que llegue a casa lujosamente. Y si Raonaid levanta la maldición, por Dios, Lachlan, desfoga tu lujuria contenida con otra mujer, no con lady Catherine. Ella no es para ti.

Angus dio media vuelta y lo dejó solo. A Lachlan le inquietaba la idea de no poseer la disciplina necesaria para cumplir todas las órdenes de su jefe.

La música pareció sonar más alta y más vivaz, y los danzantes se movieron más aprisa, haciendo resonar sus tacones en el suelo.

Lachlan se pellizcó el puente de la nariz, hizo una mueca y, entre el ruido y el caos del salón, sus ojos buscaron sólo a Catherine.

Capítulo 18

Catherine bailó una giga en el gran salón del castillo y, como por milagro, se acordó de todos los pasos sin tener que pensar en ello. A pesar de que no recordaba nada sobre su vida, sabía bailar, montar a caballo y recitar perfectamente el Padre Nuestro.

Cuando acabó la danza, tenía las mejillas sofocadas por el calor y se abanicó con la mano. Seguía riendo cuando, al darse la vuelta, vio a Lachlan al otro lado de la estancia, en pie bajo un arco de piedra, mirándola con intensidad apasionada.

Se miraron a los ojos y una chispa de excitación se encendió en su vientre. Al resplandor de las velas, Lachlan apoyó un hombro contra la pared de piedra. Su cuerpo y su postura irradiaban una masculinidad arrebatadora, sin comparación posible con el resto de los hombres del salón. Sus facciones finas y cinceladas y sus ojos oscuros y penetrantes aumentaban su atractivo. Ningún otro montañés podía rivalizar con él, tan extraordinaria era su belleza.

La música de los violines animó su espíritu al tiempo que se apoderaba de ella una oleada de ardiente emoción, demasiado arrolladora para su mente y su corazón. Se vio obligada a apartar la mirada de su imagen cautivadora y se acercó a la mesa en busca de algo que comer.

Cogió una manzana roja y mordió su carne jugosa mientras se recordaba que Lachlan no deseaba sus atenciones. Se lo había dejado muy claro esa tarde, cuando estaba tendido en su cama. No quería que lo tocara. Y sin embargo llevaba unos minutos, desde que había dejado de bailar, sin apartar la vista de ella. Tal vez hubiera estado observándola todo el tiempo.

Lo miró de nuevo, girando la cabeza. Seguía con los ojos fijos en ella. Un pálpito de emoción recorrió su cuerpo.

¿Lo sabía él? ¿Era consciente del efecto que causaba sobre ella? ¿Percibía su deseo?

En ese instante arrebatador, Lachlan se apartó del arco de piedra y comenzó a abrirse paso entre la multitud, sin dejar de mirarla ni un instante.

Mientras avanzaba, envuelto en una aureola de atractivo erótico, Catherine se preguntó si todas las mujeres de la estancia se estarían derritiendo de deseo igual que ella. ¿O era ella la única que lo sentía?

Pero no importaba. No le interesaba lo más mínimo que así fuera, y no estaba dispuesta a dejar de mirarlo para comprobarlo.

Lachlan llegó por fin junto a ella y le tendió la mano.

—Acompáñame.

El grave timbre de su voz hizo que una oleada de ardor recorriera la sangre de Catherine al darle la mano. Él la condujo a través del salón lleno de gente.

—¿Adónde vamos? —Aunque poco importaba. Lo habría seguido a cualquier parte.

—No muy lejos.

La condujo a través de un arco más ancho y abrió unas puertas de roble que chirriaron y gruñeron al girar sobre sus enormes bisagras.

Fuera, en el patio de armas, la noche estaba iluminada por una radiante luna creciente que proyectaba largas sombras sobre el suelo. Una brisa fresca y recia rozó las mejillas de Catherine.

—Veo mi aliento —dijo, parándose para echar la cabeza hacia atrás y cerrar los ojos.

Lachlan seguía cogiendo su mano, y cuando volvió a abrir los ojos la estaba mirando con curiosidad.

—Hay algo en ti —dijo— que hace que me sienta... distinto.

—¿Cómo es eso?

Sus ojos oscuros la escrutaron.

—No sé muy bien cómo describirlo, pero esta noche he vuelto a sentirme joven. A veces haces que olvide ciertas cosas que han ensombrecido mi vida.

—Puede que mi desmemoria sea contagiosa —comentó ella esbozando una sonrisa.

Él la miró con ternura.

—No lamentaría olvidar algunas cosas del pasado y poder empezar de nuevo —repuso—. Creo que sería una forma muy agradable de vivir.

—¿Qué querrías olvidar? —preguntó ella, deseosa de conocerlo mejor. Ansiaba conocer cada detalle de su vida, por insignificante que fuese.

—Olvidaría la muerte de mi mujer y todo el sufrimiento que la siguió.

Catherine se echó hacia atrás, sorprendida.

—¿Estuviste casado?

—Sí.

Ella no podía creerlo. Lachlan MacDonald, el seductor, el donjuán, ¿había tomado esposa?

—Fue hace más de diez años —explicó—. Ella murió al dar a luz a nuestro primer hijo.

Todas las emociones de Catherine emergieron de golpe, y ansió de nuevo con desesperación tocar a Lachlan. Alargó la mano y lo agarró del brazo.

—Lo siento muchísimo, Lachlan. No lo sabía.

Catherine se esforzó por despejar las telarañas de confusión que invadían su cabeza. Había creído a Lachlan incapaz de relacionarse íntimamente o de comprometerse, pero al parecer había amado a una mujer lo suficiente para casarse con ella y después de perderla no había vuelto a amar a ninguna otra. Desde hacía más de diez años sólo tenía aventuras pasajeras, de ahí su reputación legendaria de rompecorazones.

De pronto se acordó de la maldición y arrugó el ceño.

—¿Mi hermana sabía lo de tu esposa? —Sintió un regusto amargo al pensar que fuera posible.

—Sí, por eso escogió esa maldición en concreto. Sabía qué era lo que más daño me haría, y me maldijo en el décimo aniversario de la muerte de mi esposa.

Catherine procuró refrenar su espanto. Le parecía inconcebible que alguien pudiera ser tan cruel con otro ser humano.

—Has dicho muchas veces que mi hermana tiene un lado vengativo, pero eso es espantoso. No es simple malicia, es algo más. —Inclinó la cabeza—. Ahora casi me da miedo conocerla. Todos parecéis empeñados en que me prepare para conocer a una arpía desalmada capaz de lanzar sobre mí un sortilegio mortal si monta en cólera. Puede que sea cierto. Parece no tener conciencia. Quizá no debería ir a Edimburgo.

—Raonaid no tiene conciencia —repuso Lachlan—. Por lo menos, que yo sepa. —Su mirada se suavizó lentamente. Respiró hondo y sus hombros subieron y bajaron—. Pero esta noche Angus me ha recordado que fueron amantes y que él la quiso sinceramente. No entiendo por qué, pero si es tu hermana ha de quedar en ella algún rastro de decencia. Intentaré recordarlo cuando vuelva a verla. Te lo debo, muchacha. Quiero que lo sepas y creo que es preciso que encuentres esa pieza que falta en tu vida.

Catherine lo miró a la luz de la luna y se sintió como si cayera desde un lugar muy alto.

Lachlan desvió la mirada hacia la puerta principal y bajó la voz.

—Estás preciosa esta noche. Te he estado viendo bailar, y sólo pensaba en buscar un lugar donde estar a solas contigo.

—Y aquí estamos —contestó ella espontáneamente con un ronroneo seductor—. Juntos y solos.

Los ojos oscuros de Lachlan se clavaron en los suyos y Catherine sintió que le faltaba la respiración, atenazada por el súbito ardor de su mirada.

—Necesito tocarte —susurró él.

Un leve gemido escapó involuntariamente de los labios de Catherine cuando se acercó a ella. La tomó de la mano, cruzó el patio de armas y entró en el establo, donde el olor del heno y los caballos impregnaba el aire. Un mozo que estaba vertiendo agua en un abrevadero levantó la vista sobresaltado y Lachlan le indicó la puerta.

—Déjanos —ordenó hoscamente.

El mozo dejó caer el cubo de madera, que resonó al chocar contra el suelo cubierto de paja, y salió a toda prisa. Lachlan empujó suavemente a Catherine contra la pared.

—Llevo toda la noche refrenando las ganas de besarte —dijo— y de estrecharte entre mis brazos.

—Por favor, no te refrenes más. No es más que un beso. No puede entrañar ningún peligro, seguro.

—Pero podría conducirnos a algo peligroso.

Ella se humedeció los labios, temblando de emoción, mientras Lachlan la mantenía clavada a la pared y recorría su rostro con la mirada.

Su voz tembló de deseo cuando dijo:

—Hoy has dicho que hacía una eternidad que no permitías que te tocara una mujer. ¿Por qué no dejas que lo haga yo? No voy a pedirte que me hagas el amor, y confío en que no lo intentarás.

Los ojos de Lachlan brillaron enigmáticamente. No necesitó más ruegos: en un arrebato de ardor, se apoderó de su boca y la besó con extrema sensualidad al tiempo que deslizaba sus grandes manos por la parte delantera de su vestido.

Ah, por fin, por fin... Su cuerpo pareció estallar de dicha y placer.

Lachlan la atrajo hacia sí y apretó la pelvis contra la de ella. Catherine se quedó sin respiración. Llena de un deseo cegador, con manos temblorosas, lo tomó de los hombros y se aferró a su gruesa camisa de hilo, tirando de él.

La húmeda presión de su boca abierta hizo que una nueva oleada de deseo inundara las entrañas de Catherine, y levantó una rodilla para frotar su muslo contra el de Lachlan.

Él tomó su cara entre las manos, apartó los labios de los suyos y dijo junto a su mejilla:

—Si no fuera por esta odiosa maldición, ya estaría dentro de ti.

Volvió a besarla con una pasión insoportable. Insoportable, porque no podía haber más: Lachlan podía besarla y acariciarla con sus bellas y hábiles manos, pero no podía ir más allá. Con maldición o sin ella, Catherine no era una tabernera casquivana. Algún día habría ofertas y negociaciones para conseguir su mano en matrimonio, y aquel instante de pasión contra la pared del establo con un bárbaro montañés sólo podía dañar su ya maltrecha reputación.

—Deseo tanto hacerte mía —murmuró al tiempo que iba dejando un húmedo rastro de besos por su cuello—. Quiero pasar mis manos por tu dulce piel desnuda y saborear todo tu cuerpo.

—Puedes hacerlo —contestó ella, y aunque sabía que era arriesgado añadió en un susurro—: Quiero que lo hagas.

Lachlan acarició levemente su piel justo por encima del escote y siguió el rastro dejado por sus dedos con una serie de besos suaves y tiernos. Sacó la lengua e indagó con ella bajo el borde de su amplio escote.

—No, no puedo... —Al sentir su aliento caliente entre los pechos, otra oleada de deseo la recorrió por entero, de la cabeza a los pies—. Te deseo demasiado, muchacha. No podría refrenarme, tendría que tomarte por completo, y no quiero hacerte daño.

Besó su clavícula y ella se estremeció, sacudida por un placer dulce y embriagador.

—No vas a hacerme daño sólo por besarme —repuso Catherine mientras pasaba los dedos por su densa cabellera—. Es tan delicioso, Lachlan... —Cerró los ojos y echó la cabeza hacia atrás, apoyándola contra la pared.

—Sí, lo es. Demasiado. Es peligroso.

Tomó de nuevo su cara entre las manos, la agarró de la mandíbula y pasó las yemas de los pulgares por su barbilla; después se apoderó otra vez de su boca abierta y la besó profunda y apasionadamente.

Catherine se derritió entre sus brazos. Lachlan seguía hablando de peligro, pero ella no tenía miedo. Se sentía llena de dicha y éxtasis.

Él pasó las manos por su corpiño y Catherine deseó poder librarse de aquella prenda que la oprimía y sentir sus manos desnudas sobre sus pechos.

—Tenemos que encontrar a tu hermana —gruñó él sin dejar de besar su cuello—. Tiene que levantar la maldición. No puedo seguir así.

Catherine se aferró a sus hombros y lo abrazó con fuerza.

—Si la encontramos y levanta la maldición, ¿me harás el amor?

Lachlan se tensó y, cerrando los ojos, descansó la cabeza sobre su hombro.

—Dios mío, muchacha —masculló—. No deberías decir esas cosas. Es una tortura de la peor especie.

Ella le levantó la cara para que tuviera que mirarla a los ojos.

—Para mí, no. A mí me excita.

Él sacudió la cabeza.

—No es tan sencillo. Aunque no hubiera maldición, no podría poseerte. Eres la heredera de Drumloch, y una mujer como tú no se entrega a un hombre como yo.

—Una mujer como yo... Hablas como si fuera igual que cualquier otra dama, pero tú y yo sabemos que no es así, y el resto del mundo lo sabe también. Estuve desaparecida cinco años y al final me dieron por muerta. Ya estoy deshonrada por el escándalo. Pero sigo siendo una de las mujeres más ricas de Escocia, y lo bastante joven como para tener hijos, así que algún día, muy pronto, algún caballero noble y probablemente arruinado negociará con mi primo para hacerme su esposa, y le importará muy poco que esté o no intacta. Se casará conmigo por mi dinero.

Los ojos de Lachlan se ensombrecieron. Su tono se hizo más serio.

—¿No estás intacta?

Era una pregunta audaz, y un atrevimiento escandaloso plantear tal cosa.

Catherine bajó la mirada. Nunca se había avergonzado de su situación, que escapaba a su control. Pero aquel asunto, la pérdida de su virginidad, era distinto.

Por fin levantó los ojos y sacudió la cabeza.

—No, no soy virgen, pero no sé por qué, ni cómo, ni con quién perdí mi virginidad. Lo único que sé es lo que me dijo el médico. Así que ya ves, no te llevarías nada de mucho valor si me hicieras el amor. Nadie se enteraría, porque ya me desfloró otro y mi familia lo sabe.

Él dio un paso atrás y su súbita distancia despojó a Catherine de todo su calor.

—No hables así —dijo Lachlan—. Nunca he deseado a una mujer como te deseo a ti en este momento, así que para mí sería un mundo. Pero nada de eso importa porque entre nosotros no puede pasar nada. Estás bajo mi protección, no lo olvides. Me he comprometido a escoltarte sana y salva hasta tu casa, y eso es lo que pienso hacer.

Catherine tragó saliva, incómoda, y se dio cuenta de que respiraba agitadamente. Su pecho subía y bajaba, tensando su vestido, y la cabeza le daba vueltas. Deseaba a Lachlan desesperadamente, pero él no estaba en situación de darle lo que tanto ansiaba.

Y ella tampoco estaba del todo segura de que lo que deseaba le conviniera. Tal y como afirmaba Lachlan, procedían de mundos distintos.

Lo cierto era, sin embargo, que eso no le importaba. Habría sido perfectamente feliz viviendo allí, en las Tierras Altas, siendo su esposa, vistiendo una tosca falda tejida en casa, recogiendo huevos y ordeñando vacas, si ello hubiera sido posible. Tal vez la Catherine de antes no habría sentido así, pero esa persona ya no existía: había desaparecido. Desde el momento en que su abuela había ido a buscarla al convento, se había sentido como una impostora, como si no perteneciera a aquel mundo... hasta que había llegado Lachlan.

—Deberíamos regresar al salón —dijo él, mirando con impaciencia por encima del hombro al tiempo que le tendía la mano.

Catherine dejó que la llevara fuera del establo y a través del patio de armas iluminado por la luna. El sonido lejano de los violines y las canciones alegres traspasaba el silencio de la noche y parecía contradecir el pesar que sentía dentro del pecho.

—¿Estás enfadado conmigo? —preguntó cuando llegaron al salón, pues Lachlan no había dicho ni una palabra por el camino.

—No —respondió él—. Tú no has hecho nada malo. Sólo necesito que me dejes un poco de espacio cuando te lo pido.

Sin perder tiempo la llevó junto a Gwendolen, que estaba sentada con Angus en la mesa principal.

—Partimos hacia Edimburgo por la mañana —les dijo.

—¿Tan pronto? —preguntó Gwendolen.

Lachlan fijó en Catherine una mirada ardiente y soltó su mano.

—Sí. Lady Catherine ha de conocer a su hermana gemela. Necesita respuestas a sus preguntas, y luego debe regresar con su familia.

Nadie osó sugerir que él también tenía motivos para salir de nuevo en busca de Raonaid.

—Buenas noches, lady Catherine —dijo Lachlan inclinándose ante ella—. La dejo al cuidado de nuestros anfitriones.

Sin más, se alejó y la dejó allí, temblorosa y desorientada, hasta que sintió la mano de Gwendolen en el brazo.

—Únase a nosotros, se lo ruego. Van a traer pastelillos calientes.

—No, gracias —contestó, trémula—. Es usted muy amable, pero he de retirarme. Debo descansar para el viaje de mañana.

Vio a Lachlan salir del gran salón y se disponía a imitarlo cuando Angus dijo:

—¿Qué hay de la carta a su familia? Han de saber que está usted a salvo.

Ella tragó saliva, nerviosa.

—Sí, desde luego. Esta misma noche escribiré a mi abuela diciéndole que voy camino de Edimburgo. Si puede usted ocuparse de enviar la carta...

—Por supuesto —contestó el León—. Que duerma bien, lady Catherine.

—Lo mismo le deseo, señor. No olvidaré su generosidad.

Capítulo 19

Señorío de Drumloch

J﬚ ohn Montgomery dejó su caballo y su fusta en manos de un mozo de cuadras y regresó a la casa con paso decidido. Acababa de llegar de la oficina del juez del pueblo, donde le habían informado de que se había abandonado la búsqueda de Catherine. Sólo había una pista respecto a su paradero: su posible estancia en una posada la primera noche de su secuestro. Fuera de eso, parecía haberse esfumado en medio de la niebla, según había dado a entender el magistrado, lo cual era muy extraño teniendo en cuenta que iba acompañada de un montañés. El juez le había sugerido que contratara a un par de hombres aguerridos que conocieran bien el Norte.

Parecía creer que la magia había tenido algo que ver en aquel asunto, lo cual era ridículo. John sabía bien que no era así. El montañés que había secuestrado a Catherine sabía algo: o bien tenía información acerca de dónde había estado su prima esos últimos cinco años, o bien sabía algo sobre la familia. Quizá lo que su tía abuela se negaba a revelarle.

John se quitó los guantes y se golpeó el muslo con ellos mientras subía la escalinata. La puerta se abrió unos segundos antes de que llegara a ella, y John se descubrió parado bajo el ancho pórtico, mirando a su mayordomo como si lo viera por vez primera. Observó su alta y enjuta figura y su cabello cano peinado con esmero.

—¿Cuánto tiempo lleva en Drumloch, Smythe? —preguntó al entrar y quitarse el sombrero—. Se diría que una eternidad.

—No tanto, señor. Empecé en el ochenta y seis.

—Bastante, entonces. Treinta y cinco años.

—En efecto, señor.

John lo miró fijamente.

—Entonces, acompáñeme. Quiero hacerle unas preguntas.

John lo condujo a la biblioteca.

—Cierre la puerta, Smythe. Muy bien. Ahora dígame, ¿qué secretos conoce usted acerca de esta casa, y más concretamente acerca de lady Catherine y de su desaparición hace cinco años? Mi prima está a punto de cumplir veinticinco años y de recibir su herencia, pero si fallece antes de cumplir esa edad, su fortuna irá a parar a la causa jacobita, y eso no podemos permitirlo. —Escrutó al mayordomo con recelo—. Tengo entendido que era usted muy leal a mi tío, el anterior conde. —Hizo una pausa—. También sé que el conde era un partidario acérrimo del rey Jacobo y de sus aspiraciones al trono, pero esos tiempos ya pasaron, Smythe. Usted debe saberlo. Es una causa perdida y no desearía que la fortuna de esta familia se despilfarrara en ella. Este señorío es ahora hanoveriano, y todos somos leales al rey Jorge. Así que dígame lo que sepa. Ha de haber habladurías entre el servicio. Siempre las hay. ¿Dónde está lady Catherine? ¿Dónde puede haber ido y qué demonios me está ocultando mi tía?

El mayordomo se puso blanco como una sábana, pero recobró rápidamente la compostura y contestó con indiferencia:

—Lamento decir que no sé nada, señor. La desaparición de lady Catherine hace cinco años sigue siendo un misterio para todos nosotros, y si la condesa viuda le está ocultando algo... Me atrevería a decir que siempre ha sido muy discreta con los asuntos familiares. Entre el servicio no se ha hablado nunca de secretos de ninguna clase, ni hay habladuría alguna. Con todo el respeto, señor, yo no permito tales indiscreciones.

A John no le cabía duda de que Smythe gobernaba al servicio con mano de hierro y de que era muy improbable que la tía Eleanor le hiciera confidencias. Dudaba de que se las hiciera a nadie.

—El ama de llaves —añadió impulsivamente—, ¿cuánto tiempo lleva sirviendo aquí la señora Silver?

—Más que yo, señor. Empezó en la cocina, pero era muy joven cuando se estableció en la casa y ha ido ascendiendo, como es lógico.

—Se ganó la confianza de todos, ¿no es cierto? —John rodeó su escritorio y se sentó. Se inclinó hacia delante y se quitó los anteojos—. Dígale que deseo verla de inmediato y adviértale que su puesto peligra si no se gana mi confianza. Adelante, vaya. No quiero que me hagan esperar. Hay una gran fortuna en juego, eso por no hablar del bienestar de mi querida prima Catherine. Debemos recuperarla. Ya ha sufrido bastante. Necesita nuestra protección.

—Muy bien, señor. —Smythe dio media vuelta y salió de la biblioteca.

¡Zas! El ruido de la bofetada que la condesa viuda propinó a la señora Silver hizo que los dos perrillos, adormilados delante del fuego, levantaran la cabeza.

—Me ha traicionado, desgraciada —afirmó Eleanor—. Su comportamiento es intolerable. Le pegaría un tiro si pudiera, pero tendré que conformarme con despedirla, y le doy mi palabra de que ninguna otra familia decente la aceptará a su servicio después de esto. Dentro de poco se encontrará en la miseria, o fregando cazuelas en alguna tabernucha de pueblo. Eso, si tiene suerte.

La señora Silver levantó la barbilla y miró con una expresión entre indiferente y sarcástica a los perrillos, que habían empezado a gruñir.

—Me temo que no, señora —contestó—. El conde me ha prometido trabajo indefinido en esta casa y me ha recompensado con un aumento sustancial de mi salario.

La condesa viuda le dirigió una mirada burlona.

—De modo que ha vendido su lealtad al mejor postor, ¿es eso, señora Silver?

—Sí, señora. El conde ha sido muy amable, y estaba muy preocupado por la suerte de lady Catherine. La ha secuestrado un montañés. Mi conciencia no me permitía hurtarle información que tal vez conduzca a su rescate.

La viuda agitó su bastón como un látigo y volcó un jarrón lleno de flores frescas.

—¡Lo que le preocupa es su dinero, estúpida! La suerte que corra le importa un comino. Mi nieta ya está deshonrada en todos los sentidos. ¿Qué sentido tiene salvarla ahora, como no sea para no perder su herencia? Y en cuanto a que esté preocupado... —Se quedó callada un momento y apretó los labios—. Yo también estuve preocupada. Viajé hasta Italia para traerla a casa y ella ha vuelto a decepcionarme. Es una muchacha desleal y desagradecida. Es la segunda vez que se escapa, y estoy harta de ella. Y de usted también, señora Silver. Quítese de mi vista inmediatamente.

La viuda silbó y los perrillos la siguieron a su tocador, donde esperó a que la puerta se cerrara al salir el ama de llaves traidora. Permaneció sentada en silencio largo rato.

Aunque la habitación estaba en silencio, el latido de su corazón atronaba sus oídos. No podía soportarlo más. Cayó de rodillas y cedió a un arrebato de desesperación.

—¡Maldita sea! —gritó—. ¡Maldita sea esa descarriada! ¡Cómo ha podido dejarnos así!

Capítulo 20

*D*ime lo que deba saber sobre Murdoch y Raonaid —le dijo Lachlan a Angus mientras colocaba las alforjas llenas a lomos del caballo de Catherine—. ¿Dónde viven? ¿Creerá él que busco venganza por que invadiera este castillo hace tres años?

—Murdoch vive a las afueras de Edimburgo —contestó Angus—. Justo al sur del castillo, en una casona de piedra llamada Blue Waters que ha arrendado a un marino. Hablará contigo si le dices que vas de parte de su hermana. Hemos acordado una tregua, ya que no podemos obviar que somos hermanos políticos.

—¿Cuáles son los términos de esa tregua? —preguntó Lachlan.

Angus apoyó un codo contra un lado de la caballeriza.

—Murdoch ha accedido a no acercarse a Kinloch en un radio de diez millas.

—¿Y a qué has accedido tú? —insistió Lachlan mientras abrochaba las alforjas.

—A no perseguirlo y matarlo como el perro astroso que es. En mi opinión, salgo perdiendo yo.

Lachlan lo miró fijamente.

—Bueno, supongo que uno ha de hacer sacrificios. Estás casado con su hermana, a fin de cuentas, y dudo que a ella le hiciera mucha gracia que apuñalaras a su hermano. Aunque se lo merezca.

—Sí, y el placer de mi esposa ha sido siempre la primera de mis preocupaciones.

Lachlan asintió con una sonrisa.

—Sí, lo recuerdo. Pero ¿estás seguro de que no quieres que me encargue yo de él? Podría hacer que parezca un accidente.

Angus esbozó una levísima sonrisa.

—Tu oferta es muy tentadora, Lachlan, pero soy un hombre de palabra y voy a respetar la tregua.

—Lo mismo haré yo, entonces —repuso él—, a no ser que lance una estocada o intente dispararme, en cuyo caso consideraré anulados los términos de vuestro acuerdo. ¿Algo más que deba saber?

—Sí. Está el asunto del interés de Murdoch en alentar una nueva rebelión. Puede que te cause algún problema.

—¿Y eso por qué?

Angus miró hacia atrás para asegurarse de que no había nadie cerca.

—Puede que el padre de Catherine fuera un fiel jacobita, pero su primo, el conde, es un hanoveriano convencido que no siente ningún aprecio por los montañeses.

—Eso no hace falta que me lo jures. Me disparó en el brazo.

—¿No me digas? Pues más vale que no se lo digas a nadie. Sólo prueba que Catherine podría ser una enemiga. No cabe duda de que si ella muriera los jacobitas recibirían un buen montón de dinero. Todos sabemos qué pasará con su herencia si no vive lo suficiente para cumplir veinticinco años.

—Conforme a las últimas voluntades y el testamento de su padre, su fortuna pasaría a los rebeldes.

—Sí, y la situación es especialmente precaria en estos momentos, después del intento de asesinato del joven príncipe. Muchos escoceses claman justicia y ven un asesino en cada hanoveriano. El hecho de que Catherine apareciera en Italia no la beneficia, puesto que la corte de los Estuardo se ha instalado en Roma.

Lachlan se detuvo y miró a su primo con el ceño fruncido.

—¿De qué estás hablando? ¿Te refieres a Carlos, el hijo del rey Jacobo? Es un crío; todavía está en la cuna. ¿Me estás diciendo que alguien ha intentado asesinar al hijo recién nacido del rey Jacobo?

Angus lo miró con incredulidad.

—Es cierto que has estado obsesionado con tu maldición, Lachlan. No te has enterado de nada de lo que sucedía a tu alrededor.

Molesto, Lachlan se giró y tiró de las alforjas para asegurarse de que estaban bien sujetas.

—Bueno, falta poco para que eso cambie.

No podía seguir viviendo únicamente para la venganza. Si Murdoch y Raonaid conseguían organizar otro levantamiento, habría otra matanza de montañeses.

¿Y quién demonios había intentado asesinar al pequeño príncipe Carlos?

—¿Qué quieres que haga? —preguntó con énfasis, mirando de nuevo a Angus—. Podría intentar convencer a Murdoch, hacerle ver el error de emprender una nueva rebelión.

Angus se acercó para acariciar el cuello de *Theodore*.

—No será necesario. Mi buen amigo el conde de Moncrieffe, Duncan MacLean, conoce a las personas adecuadas y planea viajar a Edimburgo en los próximos días. Él se ocupará de eso. No aprecia a Murdoch, pero tú... —Entornó sus ojos azules—. Tú encárgate de que no le pase nada a lady Catherine. Utiliza nombres falsos en todo momento. No os quedéis mucho tiempo en Edimburgo, y mantened vuestra presencia en secreto. Después de ver a Raonaid, lleva a Catherine a Drumloch lo antes que puedas para que se haga cargo de su herencia. En cuanto le pertenezca, dejará de ser una tentación para los jacobitas.

—No será fácil mantener en secreto nuestra presencia una vez que veamos a Raonaid.

Angus asintió con un gesto.

—Entiendo tu preocupación, pero conozco a Raonaid. No traicionará a su hermana gemela.

Lachlan lo miró inquisitivamente.

—¿Y si te equivocas?

—Entonces haz lo que debas para acallarla. Lo que sea preciso.

En ese momento entraron cuatro hombres en el establo y Lachlan se volvió hacia ellos.

—Buenos días —dijo, intentando concentrarse en la tarea que lo aguardaba: conducir a aquellos hombres a las Tierras Bajas y entregar a Catherine sana y salva a su familia—. ¿Habéis hecho el equipaje? ¿Estáis listos para partir?

—Así es, señor —contestó Roderick—. ¿Se acuerda de mi hermano Rodney?

Lachlan conocía a aquellos hombres desde hacía muchos años. Uno era alto, moreno y larguirucho; el otro, bajo, ancho y rubio. Sus diferencias se debían a que tenían la misma madre, pero distinto padre.

—Sí, me alegro de volver a verte —contestó Lachlan mientras se estrechaban las manos.

—Éste es Gawyn MacLean —dijo Roderick—. Va a ser nuestro cocinero.

—Es uno de los hombres de Duncan MacLean —comentó Angus—. Luchamos juntos en Sherrifmuir y después seguimos haciendo de las nuestras unos cuantos años. Es un espadachín experto y muy rápido de pies.

Gawyn era un montañés alto, provisto de una agreste mata de pelo rojo y una barba a juego. Una cicatriz cruzaba su cara pecosa. Dio un paso adelante para estrechar la mano de Lachlan.

—Y éste es Alexander MacEwen —prosiguió Roderick—. Conoce cada lago, cada cañada y cada pantano de aquí a los confines de la frontera escocesa. Él evitará que nos perdamos, ¿verdad, Alex?

MacEwen también se acercó a estrechar la mano de Lachlan. Era un joven apuesto, de cabello castaño y ojos grises.

—¿Eres nuevo en Kinloch? —preguntó Lachlan—. No recuerdo tu cara.

—Sí, señor —contestó Alex cortésmente—. Soy primo segundo de la esposa del jefe. Vine de Glasgow hace seis meses, me gustó esto y ya no me fui.

Angus señaló a Alexander meneando su cabeza rubia.

—Es un buen hombre. Yo le confiaría mi vida. Gwendolen y él se criaron juntos. Es un jinete veloz y maneja bien la espada.

—Ah —contestó Lachlan.

Una sombra cruzó la puerta abierta del establo en ese momento y Catherine se dejó ver. Llevaba el manto raído que él le había comprado a Abigail y, bajo él, una modesta falda azul con adornos de tartán verde, camisa blanca y corpiño verde. Se había recogido el pelo en un moño flojo y descuidado.

Era todo parte de su disfraz para no parecer una rica heredera, pero Lachlan no estaba seguro de que fuera a servir de algo. Su belleza seguía siendo arrebatadora. Todos los hombres, incluido el León, se quedaron sin habla un momento al verla en el umbral.

Lachlan se acercó a ella.

—Buenos días, lady Catherine. —Le ofreció el brazo caballerosamente.

El semblante de Catherine se relajó al ver al mismo alazán que Lachlan había comprado para ella en la posada donde habían pasado la primera noche.

Acariciando el hocico de *Theodore*, musitó:

—Otra vez nos vemos. —Pasó su mano enguantada por el cuello terso y musculoso del animal—. Veo que te han cuidado bien. —Acarició su lustrosa crin y el caballo respondió frotando el hocico contra su oreja.

Un mozo de cuadras se acercó a toda prisa para sujetar a *Theodore* mientras ella montaba y acomodaba su lindo trasero en la silla.

—Bien, caballeros, estoy lista para partir. ¿Nos vamos?

Lachlan alzó la mirada hacia ella. Sentada altivamente en la silla, los miraba alegremente, con un entusiasmo encantador que parecía chisporrotear en torno a él como fuegos de artificio.

Después de una década seduciendo a un sinfín de mujeres sin nombre que sólo querían revolcarse un rato con él en el heno (y de ninguna de las cuales se había prendado), el sentimiento que agitaba sus entrañas lo atormentaba. Catherine le inspiraba un deseo insaciable, un deseo que podía distraerlo peligrosamente.

Pero de algún modo tenía que aceptar que no podía hacerla suya. No podía hacerle el amor, y no creía que pudiera hacer nada más sin que, al final, llegaran a eso. Lo cual planteaba un problema. Porque, aunque era un renombrado guerrero escocés que en el campo de batalla se enfrentaba a la muerte sin vacilar, ignoraba si era lo bastante fuerte, o lo bastante valiente, para resistirse al atractivo tentador de lady Catherine Montgomery.

Evidentemente, ella era el mayor reto de su vida.

Y la deseaba más que nunca.

Capítulo 21

*E*l primer día de viaje pasó rápidamente: sus instantes fueron entretejiéndose hasta formar un magnífico tapiz de paisajes cambiantes, tan bellos y conmovedores para Catherine como una gran ópera o una obra de arte de incalculable valor.

A primera hora de la mañana, cuando la fresca niebla de las Tierras Altas pendía aún a ras de suelo sobre la hierba húmeda de los prados, habían cruzado al trote el puente del castillo y habían echado a galopar hacia el este buscando cautelosamente la protección del bosque, donde las hojas otoñales se desprendían de las copas de los árboles a su alrededor y caían al suelo flotando, livianas.

Alexander, el miembro más joven de su escolta y el más cercano a Catherine en edad, se había adelantado para asegurarse de que el camino estaba despejado y había vuelto al cabo de una hora para debatir el mejor itinerario con Lachlan, que cabalgaba varios metros por delante de Catherine.

Los otros tres escoceses avanzaban tras ella, y aunque no tenía nadie con quien hablar, Catherine no podía quejarse de aburrimiento (al menos aún), pues el camino mismo era distracción suficiente para mantener ocupada su mente.

Por la tarde, a última hora, se vieron obligados a cruzar un río de fuerte corriente y Catherine tuvo que azuzar a *Theodore* para que bajara por el resbaladizo talud que llevaba al agua. Resbalaron al llegar abajo y se adentraron juntos en el agua helada con un fuerte chapoteo. Catherine ahogó un grito.

Theodore no perdió pie al pisar las piedras resbaladizas del fondo del río mientras el agua fría giraba a su alrededor y calaba las faldas de Catherine hasta lo alto de sus muslos. Pero al menos el fragor del agua ahogaba los relinchos angustiados de *Theodore*.

Cuando llegaron al otro lado y subieron por la ribera, Catherine pasó la mano por el cuello castaño del animal para tranquilizarlo.

—Bien hecho —le dijo. Su corazón latía atropelladamente, y se sentía aliviada por haber conseguido cruzar.

Al levantar la mirada, descubrió a Lachlan observándola intensamente.

—¿Estás bien? —preguntó él mientras la esperaba un poco más adelante, en una pequeña arboleda de enebros.

—Sí, estamos bien. —Puso a *Theodore* al trote y pasó junto a Lachlan, adelantándose. Él la alcanzó enseguida y siguió trotando a su lado.

—¿Sabes por qué camino debemos ir, muchacha? —preguntó.

—No tengo ni la menor idea —confesó ella—, pero confío en que me detengas si tomo el equivocado.

Lachlan miró hacia atrás para ver por dónde estaban los demás. Los habían perdido de vista, pero Catherine los oyó gritar al cruzar el río.

—No deberíamos cabalgar juntos —dijo él—. Los otros nos estarán observando y enseguida sospecharán algo. Verán lo evidente y sabrán que me he tomado contigo ciertas libertades a las que no tenía derecho. Hemos de preservar tu buen nombre de aquí en adelante.

Su repentina preocupación por el decoro hizo que Catherine se desanimara bruscamente.

—Anoche te dije que mi buen nombre ya está arruinado. No me importa lo que piense la gente.

—Pero yo no tengo derecho a tu cariño, muchacha. Entre nosotros no puede haber nada y tú lo sabes.

Ella montó en cólera súbitamente, pues llevaba mucho tiempo esperando para estar con él. Había confiado en poder coquetear en secreto durante el viaje, en escaparse quizá para estar solos. Había soñado con que la besara a la luz de la luna, como en el establo la noche anterior. Apenas había pensado en otra cosa desde que Lachlan la había dejado en el salón de banquetes. Ahora, en cambio, sus palabras la lastimaron. Quiso gritarle, pero logró dominar su voz:

—¿A qué viene eso? Tienes todo el derecho a mi cariño si es mi deseo dártelo.

—Pero ése no debería ser tu deseo. De eso se trata. Es una insensatez. —Bajó la voz y miró de nuevo hacia atrás—. No voy a mentirte, Catherine. Ya sabes que te deseo, pero Angus ha hecho bien haciendo venir a los otros. Así me mantendré en mi lugar.

—¿Es por la maldición? —preguntó ella—. Porque pronto veremos a Raonaid y haré todo lo posible por convencerla de que te libere de ella.

Lachlan sacudió la cabeza.

—No es sólo por eso. Es por todo. No debí besarte anoche. Ni ir a tu cama ayer. Todo eso es un error que sólo conseguirá empeorar las cosas.

Sus palabras cortaban como el hielo, y Catherine reaccionó con rabia a su rechazo:

—¿Qué cosas? Hablas como si todo dependiera de ti y de lo que tú decidas. ¿Acaso yo no tengo nada que decir al respecto?

Lachlan clavó en ella sus ojos oscuros.

—Puedes decir lo que quieras, muchacha, pero eso no cambiará el hecho de que no podemos ser... —Se detuvo—. No puedo ser nada para ti, más allá de escoltarte a Edimburgo y después a Drumloch.

—¿Y si no quiero volver? —preguntó atropelladamente, con un repentino estallido de ira.

Un destello feroz brilló en el semblante de Lachlan, como si en ese instante sintiera la tentación de raptarla para siempre, de sentarla a lomos de su caballo y galopar hacia una región desconocida.

Luego, sin embargo, su mirada se enfrió de nuevo y espoleó a su montura.

—Si así fuera, pensaría que eres una necia.

Se alejó al galope y un poco más adelante puso a su caballo al paso, dejándola atrás, sola.

Catherine respiró hondo e intentó sofocar la congoja que notaba en el pecho. No era justo. Nada de aquello era justo. No le importaba ser hija de un noble y tener una herencia considerable. No quería el dinero, ni las joyas, ni los vestidos, ni nada de lo que conllevaba su privilegiada posición social. Lo único que quería era ser una persona normal, recordar su vida y quizá conocer a la hermana de la que la habían separado al nacer. Quería amar a quien se le antojara. Y quería ayudar a Lachlan a librarse de la odiosa maldición que lo separaba de ella.

Tal vez su hermana gemela pudiera ayudarla a resolver algunas de aquellas cosas.

Se preguntó inquieta cómo reaccionaría Raonaid al ver a su doble por primera vez.

¿Sabía siquiera que tenía una hermana? ¿La recibiría con los brazos abiertos?

—¿Quiere que paremos a pernoctar, lady Catherine?

Se sobresaltó al ver aparecer a Alexander MacEwen. El joven explorador se había acercado a ella al trote cuando corría peligro de dormirse y caerse del caballo al páramo cubierto de hierba. Llevaban muchas horas a caballo y le dolían todos los músculos. Notaba todo el cuerpo pegajoso.

Se espabiló y procuró sonreír.

—Disculpe, Alex, no le he oído acercarse. Supongo que eso significa que necesito un descanso. Puede que sea prudente parar. Estoy segura de que a los caballos también les vendrá bien descansar.

—Voy a adelantarme para hablar con Lachlan —contestó el joven.

Catherine se removió incómoda en la silla mientras él se alejaba al galope. Alexander habló con Lachlan un momento; luego hizo volver grupas a su caballo y regresó a su lado.

—Conozco una cueva no muy lejos de aquí —explicó al refrenar a su montura para ponerse a su paso—. Lachlan también la conoce. Pararemos allí a pasar la noche y Gawyn nos hará una comida caliente.

—Eso es maravilloso. —Estaba ansiosa por estirar las piernas y por echarse algo al estómago.

Cabalgaron en silencio unos minutos a través del extenso páramo flanqueado a ambos lados por montañas cubiertas de hierba. Un lobo aulló a lo lejos.

—¿Cómo es que conoce tan bien esta región? —preguntó ella.

—Antes cazaba mucho con mi padre, y durante el levantamiento hice labores de explorador. Aprendí rápidamente a esquivar a los casacas rojas y a llegar de un sitio a otro sin ser visto. Descubrí los mejores sitios para esconderse para pasar una o dos noches.

Catherine observó su perfil a la luz del anochecer. Era un joven guapo, esbelto, de rostro despejado y manos fuertes. A diferencia de los demás miembros del clan, que lucían barbas agrestes y melenas desgreñadas, MacEwen tenía el pelo muy corto, castaño y lustroso.

—Ya entiendo por qué le hizo venir Angus —comentó ella—. Parece usted muy capaz.

Él observó el páramo con expresión juiciosa.

—Haría cualquier cosa por el gran León Escocés. Es un buen marido para mi prima y un jefe justo para los MacEwen.

—¿Y Lachlan? —preguntó ella osadamente—. ¿Qué sabe de él?

Alexander desvió la mirada al decir:

—Me temo que no sé mucho de él, señora, aparte de las habladurías que he oído.

El corazón de Catherine se aceleró.

—¿Y qué ha oído exactamente?

—Que es un soldado extremadamente hábil y valeroso —se apresuró a contestar Alex—. Pero también tiene cierta reputación con las mujeres. Me han dicho que todas se desmayan cuando entra en un salón. También he oído contar que hay una maldición que le impide tomar esposa. —Carraspeó, azorado, y se encogió de hombros—. Pero ¿qué sé yo de eso? Lo he conocido esta mañana. Parece un hombre bastante decente. Angus le es muy leal, y eso me basta. —La miró con curiosidad—. ¿Y usted, lady Catherine? Tengo entendido que no guarda ningún recuerdo de su vida. Ha de ser duro vivir así. Con razón está aquí, buscando.

—Buscando. —Ella respiró hondo y miró el cielo oscurecido—. Sí, eso es justamente lo que estoy haciendo, buscar. Sigo teniendo esperanzas de que suceda algo que avive un recuerdo. Sin memoria alguna de las cosas que he visto o hecho, mi vida parece desprovista de sentido.

—Estoy seguro de que recuperará la memoria, señora —repuso Alex con una ternura que la conmovió—. A mí se me olvidan cosas a menudo —añadió— y luego, un día, como por arte de magia, las recuerdo. Sólo tiene que tranquilizarse y no intentar forzar las cosas.

Se giró en la silla y silbó a los montañeses que los seguían a corta distancia. Todos apretaron el paso.

—Voy a adelantarme con Gawyn —le dijo a Catherine— para montar el campamento. Los demás la llevarán hasta allí sana y salva.

—Gracias, Alex.

El joven partió al galope, pero Catherine no lo vio alejarse. Entornando los párpados, contempló el rosado atardecer y se preguntó si Lachlan compartiría un momento de intimidad con ella después, como acababa de hacer Alex.

Cenaron en una pequeña cueva, bajo un saliente rocoso, sentados alrededor del fuego, en esteras de pieles extendidas sobre la tierra fría que más tarde servirían de mullido lecho para que durmiera lady Catherine.

Lachlan anunció que los hombres dormirían fuera, guardando la entrada, pero al decirlo sintió una punzada de amargura por que Catherine tuviera que dormir sola en aquel frío agujero en la montaña mientras él dormía fuera, también solo.

Bueno, solo no exactamente. Con los demás. Pero para él eran invisibles. Todo y todos eran invisibles cuando Catherine estaba cerca.

Odiaba que hubieran discutido. Odiaba que estuviera tan encantadora a la luz del fuego y que lo mirara con frecuencia, y también que mirara hacia otro lado cada vez que sus ojos se encontraban.

Sabía que lo estaba castigando por cómo la había rechazado después de cruzar el río. Pero ¿qué otra cosa podía hacer? ¿Tratarla como trataba a otras mujeres? ¿Sonreír, coquetear, halagarla?

Santo cielo, ni siquiera podía mirarla sin sentir deseos de abrazarla.

Se sentaron todos a cenar, y se alegró al menos de que Gawyn MacLean hubiera preparado un sabroso estofado que había hervido en un puchero de hierro sobre el fuego y servido con pan de centeno y un vino fuerte y aromático en finas copas de estaño.

Tendría que dar las gracias a Angus por haber enviado a un hombre tan capaz.

No le daría las gracias, en cambio, por haber enviado a Alexander, pues el muchacho se había abierto sitio en el corro para sentarse junto a Catherine sobre las pieles y ahora estaban cenando juntos, riendo y charlando mientras los demás se limitaban a mirar y a escuchar.

Alexander le había detallado minuciosamente sus estudios en Glasgow y ahora le estaba haciendo preguntas sobre su infancia, intentando ayudarla a recordar cosas.

Era demasiado galante. Y servicial. Y apuesto.

A Lachlan no le gustaba ni pizca.

Catherine, en cambio, parecía haberle tomado simpatía. Esa tarde, mientras cruzaban el páramo, habían cabalgado juntos casi un cuarto de hora.

¡Ah! Lachlan arrojó su plato a un lado. De pronto había perdido el apetito. Esa tarde se había esforzado noblemente por hacer lo correcto y poner cierta distancia entre ellos, y al instante aquel advenedizo con cara de niño se había colocado junto a ella y se había desvivido por ganarse su simpatía e impresionarla.

Aquel muchacho le recordaba a sí mismo de joven, y eso le revolvía el estómago.

Apuró su vino de un solo trago, lanzó la copa a un cubo y se levantó.

—¡Alex! Te necesito fuera para ayudar con los caballos antes de que oscurezca demasiado.

El joven montañés lo miró sorprendido, se levantó de un salto y tropezó con el borde de la estera de piel al dejar su plato en el cubo lleno de agua.

—Sí, señor. —Salió de la cueva con paso decidido.

Catherine miró a Lachlan con el ceño fruncido.

—¿No podía dejarse para después? —preguntó—. El pobre Alex no había acabado de cenar.

—A mí me ha parecido que sí.

Se miraron un instante, llenos de tensión, mientras los demás seguían comiendo más aprisa. De pronto parecían hambrientos.

Catherine sacudió la cabeza como si lo reprendiera y él ardió en deseos de preguntarle qué tenía Alex MacEwen de especial para que no soportara separarse de él. Pero eso habría evidenciado sus celos, habría dejado claro ante los demás que aquella mujer le había llegado muy hondo. Así pues, se limitó a salir de la cueva.

Después de cenar, Catherine se reclinó en la suave alfombra de pieles con otra copa de vino y miró hacia la entrada de la cueva. Alex y Lachlan no habían vuelto desde que habían salido para atender a los caballos, y empezaba a preocuparle que Lachlan hubiera enviado al muchacho a alguna misión absurda en la oscuridad, como escalar y explorar las cimas de las montañas del otro lado del páramo o medir la profundidad del siguiente río de aguas turbulentas que tuvieran que cruzar.

Se levantó y se excusó ante los demás. Fuera, lejos del calor del fuego, un aire frío y húmedo rozó sus mejillas. Olía a invierno.

El frío traspasó la tela de su vestido. Ciñéndose el chal alrededor de los hombros, escudriñó la oscuridad, pero no vio nada entre la neblina cambiante que pendía en medio de un tétrico silencio sobre el páramo. De no ser por el ruido que hacían los caballos que pastaban allí cerca, habría pensado que estaba sola y que la niebla se había tragado todo lo demás, incluidas las montañas.

—Debería volver a entrar —dijo una voz ronca y baja y, ¡ay!, tan familiar.

Se giró y vio a Lachlan recostado en la pared exterior de la cueva, envuelto en sombras. Se había echado el tartán sobre la cabeza y se había envuelto con él los hombros, como un manto.

—¿Dónde está Alexander? —preguntó ella, algo preocupada por el muchacho, que había sido muy amable con ella y sólo intentaba ayudarla a pasar el rato conversando.

—Estoy aquí, mi señora —contestó él con presteza desde un saliente rocoso.

Catherine levantó la vista. Las piernas de Alexander se balanceaban, colgando del borde de un saliente rocoso.

—Ah, estás ahí. —De pronto se sintió una necia.

Lachlan se bajó la capucha.

—¿Necesita algo, lady Catherine?

A pesar de la oscuridad, ella sintió el calor que se desprendía de su mutua atracción. La cadencia sedosa de su voz la hizo estremecerse de anhelo. Revelaba un deseo imposible de ocultar. Al menos, para ella.

Lachlan quería mantenerla a raya, desde luego. Lo había dejado bien claro. Quería comportarse decorosamente ante los demás, pero Catherine notaba en las entrañas su descontento.

—Sí, necesito una cosa —contestó—. Desearía hablar con usted en privado, Lachlan. Alex, ¿nos disculpas?

Era una petición audaz. Lachlan probablemente rechinaría los dientes al comprobar que desobedecía su orden de ocultar lo que había entre ellos, pero le importaba muy poco que se enteraran los demás. No sentía necesidad alguna de esconder la verdad. ¿Por qué iba a sentirla?

De pronto cayó en la cuenta de que, al perder la memoria, había perdido también todos los escrúpulos que habría sentido si hubiera tenido una vida real y una reputación de la que preocuparse. Pero no las tenía. En lo que a ella respectaba, nada de lo sucedido hasta hacía seis meses existía y, por tanto, su personalidad anterior carecía por completo de valor para ella. De ahí que fuera quizá un poco temeraria.

Alex se bajó de un salto del saliente rocoso.

—Me voy con los otros, junto al fuego.

En cuanto se hubo ido, Catherine dijo en voz baja y furiosa:

—No hacía falta que lo trataras así.

—¿Cómo? No he dicho ni una palabra.

—Le das miedo.

Lachlan se limitó a encogerse de hombros.

—No es más que un crío, eso es todo.

—¿Y cuántos años tienes tú? Nunca me lo has dicho.

Él levantó los ojos un instante, como si la pregunta lo sorprendiera.

—Treinta y tres.

Catherine calculó para sus adentros. Si hacía tres años que estaba maldito y la maldición había comenzado en el décimo aniversario de la muerte de su esposa, tenía que haberse casado con menos de veinte años.

—¿Damos un paseo? —preguntó—. Quiero hablar contigo y no quiero que nos oigan los demás.

—Está oscuro —contestó Lachlan—. El páramo es muy pedregoso. Te caerás y te harás daño.

—O puede que te caigas tú.

Él soltó un suspiro exasperado y se apartó de la pared.

—No te das por vencida, ¿eh, muchacha? Recógete las faldas. No vamos a apartarnos de la ladera de la colina, y sólo nos alejaremos lo justo para que no nos oigan. ¿Será suficiente?

—Supongo que tendrá que serlo.

Lachlan la cogió de la mano y la llevó más allá de los caballos, lejos de la entrada de la cueva. Se sentó en una roca de gran tamaño y se pasó los dedos por el pelo.

—¿Tanto te cuesta hablar conmigo? —preguntó ella, y deseó no sentirse tan dolida por su frialdad, pero así era.

Él levantó la vista.

—Sí. No te imaginas cuánto. Ya sabes lo que siento, Catherine. Sabes todo lo que quiero hacer contigo, pero esta maldición me impide hacer nada, así que sólo deseo que me dejes en paz y que lleguemos a Edimburgo sin que me pongas las cosas más difíciles de lo que ya son.

Ah.

Catherine dejó escapar el aliento. Había estado tan absorta en su deseo de estar cerca de él, de sentirse como se había sentido la víspera cuando la había besado contra la pared del establo, que no se había dado cuenta de que en realidad no la había rechazado. Más bien al contrario, de hecho. Lo entendía racionalmente, suponía, pero su corazón solamente sentía una cosa: el dolor de estar separados.

Se sentó.

—Esto es muy difícil —dijo—. Para serte sincera, desearía que no hubieran venido los demás. Habríamos estado muy bien solos, como antes, y me habría sentido mucho más feliz por no tener que ocultar lo que siento de veras.

—No digas nada más —masculló él—. Para mí ha sido un infierno todo el día. Quiero tocarte y abrazarte, pero no puedo. Y esta noche ese joven MacEwen... —Agitó una mano en el aire—. Me han dado ganas de agarrarlo de la oreja y sacarlo de la cueva, subirlo a su caballo, darle una palmada en el anca al animal y mandarlo de vuelta a Kinloch a galope tendido... y eso solamente por hablar contigo.

No era un juramento de amor eterno, pero bastó para hacerla sonreír, pues Lachlan acababa de confesar que estaba celoso.

—No me des la espalda —le imploró, intentando dejar atrás todo aquello—. Eres la única persona con la que siento que puedo ser yo misma. Aunque no nos besemos y nos toquemos como amantes, sigo necesitándote. Por favor, cabalga a mi lado mañana. Es lo único que te pido. Estoy sola, me siento sola, y hoy has estado muy hiriente.

Lamentaba no poder ver su expresión, pero la penumbra neblinosa de la noche envolvía su rostro en sombras.

—No era mi intención hacerte daño, muchacha —dijo con suavidad, y de pronto volvió a introducirse en su corazón y un calor brumoso y sensual ardió entre ellos—. Es lo último que deseaba, pero los dos debemos olvidar algunas cosas que hemos hecho. No tienen ningún futuro.

—Yo no me arrepiento de nada —repuso ella—. Nunca me arrepentiré.

Él bajó la cabeza y estuvo callado largo rato. Cuando por fin habló de nuevo, su voz sonó firme y resuelta:

—He de decirte algo, muchacha, y confío en que te lo tomes en serio. —La miró fijamente—. Creo que el único motivo por el que enciendo tu pasión es porque no recuerdas a nadie más a quien hayas podido amar en el pasado. Tú misma lo has dicho. Estás sola y te sientes sola. Así que no des demasiada importancia a lo que ha pasado entre nosotros.

—Lo mismo podría decirte yo a ti —contestó Catherine—. Que sólo me deseas porque hace tres años que no estás con una mujer y estás perpetuamente... excitado.

Lachlan inclinó la cabeza como dando a entender que era peligroso recordárselo.

De pronto alargó el brazo y la atrajo hacia sí. Se apretó contra ella y la rodeó con los brazos, protegiéndola del frío al mismo tiempo que sus labios rozaban suavemente su mejilla.

—Tienes razón —susurró en tono seductor—, estoy excitado desde el momento en que te conocí, pero hacía muchísimo tiempo que no me sentía así. Porque cuando pasas mucho tiempo de abstinencia, empiezas a olvidar lo que se siente al desearlo.

—Yo no sé nada de eso —contestó ella, trémula, mientras intentaba refrenar la pasión arrolladora que la hacía temblar—. No recuerdo lo que sentí mi primera vez. Me angustia enormemente pensar que he perdido esa parte de mi vida.

Él frotó la nariz contra su oreja y Catherine comprendió en lo más profundo de su alma que entendía lo que quería decir.

—No tienes que hablar de eso, muchacha.

—Puede que algún día quiera hacerlo.

—Si así es, te escucharé.

Catherine se arrebujó contra él, resguardándose al calor de su cuerpo, de la suave lana de su tartán, y al olor límpido y almizcleño de su piel. Ningún otro lugar sobre la faz de la Tierra le pareció más deseable en ese instante que aquella roca. Allí, a su lado, se sentía a salvo, segura y amada, a pesar de que Lachlan le había dicho que debían mantener las distancias.

Levantó la cara para mirarlo.

—¿Montarás a mi lado mañana? —preguntó—. No hay razón para que no lo hagas. Iremos a caballo. No nos tocaremos.

Lachlan bajó la cabeza y ella sintió la curva de su sonrisa cuando dijo:

—Lo dices mientras acaricias mi pecho y tu dulce aliento roza mi cuello.

—No puedo evitarlo —contestó ella, riendo—. Tengo frío y estás tan calentito... Necesito tu calor.

Lachlan la estrechó entre sus brazos afianzando bien los pies sobre la roca para no resbalar y sostuvo sus piernas sobre el regazo.

—¿Mejor así?

—Sí. Sólo desearía que pudiéramos estar así para siempre.

Siguieron sentados, juntos, en medio de la bruma ondulante mientras su aliento despedía vaho y Catherine disfrutaba sintiendo cómo jugueteaba él con los mechones de su frente o acariciaba su mejilla.

—Deberíamos volver —dijo Lachlan al cabo de un rato, dándole un suave beso en la frente.

—Todavía no. Por favor, sólo unos minutos más. Es tan agradable...

—No deberías decir esas cosas, Catherine.

No lo planeó, ni lo pensó conscientemente, pero deslizó la mano por su pecho, hacia abajo, y la pasó por su duro vientre, por un lado de su cadera y más abajo aún, por la parte delantera de su falda.

Estaba completamente excitado, y ella escondió la cara contra su hombro. Lo único que quería era sentir su forma, conocer los contornos de su cuerpo, pero Lachlan agarró rápidamente su muñeca.

—No es buena idea.

Catherine tragó saliva, enojada por el muro que se había alzado de pronto ante ella.

—No quería empezar nada.

Se miraron, tensos, en medio del frío invernal.

—Es hora de irse —dijo él hoscamente, poniéndose en pie—. Voy a llevarte de vuelta.

Catherine se deslizó de su regazo mientras su sangre corría violentamente por sus venas y una oleada de deseo insatisfecho inundaba su ser. Se sintió aturdida y desorientada. Fue un milagro que no se desmayara a sus pies.

—¿Estás enfadado conmigo?

Él sacudió la cabeza.

—Ha sido culpa mía.

—No, ha sido culpa mía.

De nuevo, como la noche anterior, Lachlan la escoltó para dejarla en compañía de otros. Era lo más caballeroso que podía hacer, desde luego, pero Catherine siguió deseando mucho más.

—¿Cabalgarás a mi lado mañana? —preguntó otra vez cuando llegaron a la entrada de la cueva.

Lachlan se inclinó hacia ella, hasta estar tan cerca que Catherine sintió el roce de sus patillas en la mejilla.

—Creo que no sabes lo que me estás pidiendo. —Silbó para hacer saber a los demás que era hora de que salieran de la cueva—. ¡Vamos, fuera! —gritó—. Lady Catherine necesita descansar.

Pero lo que necesitaba no era descanso, y justo antes de darse la vuelta, Lachlan le lanzó una mirada que dejaba claro que sabía perfectamente lo que le hacía falta.

Y que él necesitaba lo mismo, mucho más que ella.

Capítulo 22

*L*achlan no cabalgó a su lado al día siguiente, ni se sentó con ella cuando pararon a almorzar a mediodía, sino al otro lado de la hoguera, con Rodney y Roderick. Después practicaron algunas maniobras con sus espadas de doble filo mientras Gawyn recogía la comida y los cubiertos.

Por la tarde se detuvieron otra vez para dar de beber a los caballos en un arroyo y comer algo de pan y queso, pero Lachlan se fue solo mientras los demás se ocupaban de atender a Catherine.

No pasaba ni un solo instante sin que ansiara estar con él, pero Lachlan hacía todo lo posible por evitarla y mantener cierta distancia en todo momento. Sus ojos rara vez se encontraban; él parecía empeñado en no darse por enterado de su presencia, y Catherine tenía que hacer un supremo esfuerzo por no acercarse a él, darle un puñetazo en el pecho y exigirle que hablara con ella.

Al caer la noche estaba más enfadada que nunca y decidida a sofocar el deseo que sentía por él. No seguiría anhelando a un hombre que rechazaba su afecto. Pasaría página y se olvidaría de él. A fin de cuentas, tenía que conocer a su hermana gemela. Con eso sería suficiente.

Se estaba poniendo el sol cuando llegaron a la orilla pedregosa de un lago donde los esperaba Gawyn con el fuego encendido, un odre de vino y una sartén chisporroteante de la que se desprendía un suculento aroma a carne.

—Huele de maravilla, Gawyn —le dijo Catherine al desmontar y llevar a *Theodore* a la orilla, donde bebió con ansia.

Cansada y pegajosa, miró el agua que bañaba la orilla, a sus pies, y se preguntó si estaría muy fría. Ardía en deseos de darse un baño. Miró el cielo despejado de la tarde, sopló para ver si su aliento era visible (y lo era) y se preguntó cuándo llegaría a un pueblo donde pudieran descansar toda la noche en una posada cálida y acogedora, antes de llegar a su destino.

—Agradezco el cumplido, lady Catherine —contestó Gawyn alzando la voz—. Sólo espero que sepa tan bien como huele.

Ella meneó la cabeza y sonrió, dándole a entender que confiaba plenamente en sus habilidades culinarias; luego oyó pasos sobre los guijarros, a su espalda. Era Lachlan, que llevaba a su caballo a beber al lago. Se detuvo justo a su lado.

Sus ojos se encontraron en medio de la neblina rosada del atardecer y de pronto todas las preocupaciones del día se aquietaron dentro de la cabeza de Catherine. Casi podía oír el suave rumor de su propia sangre al correr por sus venas. Se sintió detenida en el tiempo, descansada y en paz. Lachlan era maravillosamente bello, y todo en él la hacía sentirse segura y eufórica. Procuró, sin embargo, conservar la cabeza. No le quedaba otro remedio.

Él la miró de soslayo, calibrando su humor, y Catherine decidió hablar con franqueza:

—Hoy has sido muy grosero —dijo.

—Era lo mejor, muchacha. Los dos lo sabemos.

—Sí, ya me he dado cuenta. No hace falta repetirlo.

Theodore, que había saciado su sed, levantó la cabeza. Catherine aprovechó la ocasión para dar media vuelta y llevar al animal al lindero del bosque, donde podía pastar entre la hierba crecida. Al llegar, Roderick salió a su encuentro.

—Yo me ocupo de él, lady Catherine. —Procedió a quitar la silla a *Theodore* y a llevarlo a cepillar.

Más lejos de la orilla, al cobijo de los árboles, Alex y Rodney estaban montando una tienda para que ella durmiera.

Catherine se acercó a Gawyn, que estaba meneando la sartén sobre el fuego.

—¿Falta mucho? —preguntó.

—Ya está listo, señora —contestó el cocinero.

Ella logró componer una sonrisa amable y, al mirar un momento hacia atrás, vio a Lachlan internarse en el bosque llevando a su caballo de la brida.

Poco después de medianoche, Catherine se despertó de otra pesadilla y sintió que una mano tapaba su boca.

Con los ojos muy abiertos y el corazón batiendo como un tambor, se dio cuenta de que era Lachlan. Estaba sirviéndose de su cuerpo para sujetarla mientras ella se retorcía furiosamente.

—Shhh, muchacha, cálmate —le susurró al oído—. Estabas soñando otra vez.

Catherine no parecía capaz de pensar con la suficiente claridad para articular palabra. Tal vez había gritado. Era probable. ¿Qué había ocurrido? Le faltaba la respiración y estaba sudando.

Él apartó la mano lentamente y Catherine se quedó muy quieta, mirándole, perpleja y desorientada, mientras el calor de su cuerpo ayudaba a calmar la angustia que se agitaba dentro de ella. Lachlan se relajó al mismo tiempo que ella y se retiró ligeramente.

—¿Estás mejor?

Catherine se esforzó por recuperar el aliento.

—Creo que sí. ¿He despertado a todo el mundo?

—No, sólo a mí. Por suerte, me tocaba montar guardia. Los otros están durmiendo en la orilla. El ruido del oleaje habrá sofocado el sonido de tu voz. —Le apartó de la cara el cabello húmedo—. ¿Ha sido igual que las otras veces?

—Sí, sólo que esta vez he visto a un niño pequeño. No es la primera vez que sueño con él.

Él frunció el ceño, preocupado.

—¿Qué has soñado exactamente?

—Me he visto a mí misma asfixiando a un bebé, o intentándolo. Eran mis manos las que apretaban la almohada, que es siempre la misma: azul, con un reborde blanco. No parecía capaz de parar, a pesar de que sabía que lo que hacía estaba mal.

Lachlan torció el gesto y se echó hacia atrás, apartándose de ella.

—¿Qué bebé era ése?

—No lo sé.

Dios mío. ¿Era su hijo? ¿Había tenido un bebé? ¿Había intentado matarlo?

La posibilidad de que hubiera cometido un acto tan atroz la llenó de horror y, apartándose de Lachlan, se levantó de un salto.

—Enciende la vela —susurró—. Date prisa, por favor. —No soportaba estar a oscuras.

Él se acercó a la mesa, buscó el pedernal y encendió la llama. Una luz dorada y trémula alumbró la pequeña tienda.

Estoy loca...

Aquella idea horrenda atravesó su cerebro como un grito punzante.

O soy una asesina. ¡Quizá debería huir!

Angustiada y llena de perplejidad, apartó las manos de su cara y las dejó caer. Sus ojos se dirigieron hacia la cortina que cubría la entrada de la tienda.

Lachlan levantó una mano como si ella fuera un animal asustado del bosque que podía huir en cualquier momento, despavorido.

—Sólo ha sido un sueño —dijo—. Puede que no sea nada. Tal vez sea una visión, algo que no tiene nada que ver contigo. Acuérdate de tu hermana.

—Raonaid... Sí. Ella ve el futuro.

—Sí, tiene ese don. Está claro que tú también tienes uno. Puede que lo que has visto sea otra cosa.

Catherine respiró hondo ansiosamente. Lachlan estaba sugiriendo que podía haber otras formas de explicar las imágenes perturbadoras que atormentaban su descanso. Sería un alivio creer que estaba en lo cierto, pero, ¡ay!, ella sospechaba que no era así.

—Creo que tal vez haya hecho algo horrible —dijo—. Tengo miedo de que me atrapen.

Él bajó la voz:

—Así fue como te encontraron, ¿no es cierto? En el establo de una granja, acurrucada y temblando en un rincón, loca de terror. No dejabas que nadie te tocara.

—Estaba huyendo de algo.

El tiempo pareció detenerse un momento. El aliento de ambos se adensaba en el aire. Hacía frío dentro de la tienda. Catherine se rodeó con los brazos y se estremeció.

Un instante después Lachlan la estrechó entre sus brazos y la apretó contra su cuerpo fuerte y cálido. Catherine sintió en el cuello la caricia húmeda y caliente de su aliento.

—Necesitas entrar en calor.

La condujo al lecho de pieles y apoyó una rodilla en tierra, pero ella se abrazó con fuerza a su cuello. Se agarró con una mano a su tartán de lana y con la otra a su camisa de hilo y lo atrajo hacia sí para que no se alejara.

—Quédate, por favor.

Todavía con una rodilla en tierra, Lachlan se inclinó sobre ella y miró hacia atrás.

—No quiero que los demás sepan que estoy aquí.

—Diles que he tenido una pesadilla, que me daba miedo estar sola. Es la verdad.

Él dudó y se llevó una mano a la frente.

—La verdad es que lo que me preocupa no es lo que piensen ellos, es lo que puede pasar entre nosotros.

Catherine se movió para dejarle sitio en el lecho improvisado.

—Confío en ti.

Lachlan se tendió por fin a su lado. La rodeó con un brazo y ella apoyó la cabeza sobre su hombro.

—Hay algo que debes saber sobre ese sueño —susurró él mientras frotaba la nariz contra su oreja—. Puede que te altere saberlo, pero no puedo ocultártelo. Necesitas saber lo que está pasando en el mundo. Si hay alguna relación entre tus sueños y esos hechos, tal vez consigas recuperar la memoria.

Ella se incorporó apoyándose en el codo.

—¿Qué hechos?

Él la miró fijamente.

—Antes de marcharnos de Kinloch, Angus me dijo algo sobre tu hermana, Raonaid. Se ha unido a su enemigo, Murdoch MacEwen, el hermano de Gwendolen que sitió el castillo hace tres años. Murdoch era ya en aquella época un jacobita apasionado, y sus ambiciones de devolver el trono a los Estuardo se han avivado desde entonces por algún motivo.

Catherine respiró hondo y se armó de valor.

—¿Por cuál? Dímelo.

—¿Sabes que la esposa del rey Jacobo dio a luz a un varón en diciembre pasado? Le pusieron el nombre de Carlos.

—Sí, lo sé.

—Es el heredero de la dinastía Estuardo —continuó diciendo

Lachlan—, pero poco después de su nacimiento hubo una conspiración para matarlo en su cuna, evidentemente con intención de eliminar futuras amenazas contra el reinado de los Hanover.

Catherine arrugó el ceño.

—¿Qué insinúas?

Él posó una mano en su mejilla.

—El niño nació en Roma, donde la familia real está exiliada. Allí es donde se descubrió y se atajó la conspiración.

—¿No descubrieron al culpable?

—No.

—Y a mí me encontraron en Italia, no muy lejos de Roma. —Se llevó las manos al pecho y lo miró a los ojos—. ¿Crees que estuve implicada en el complot para matar al príncipe?

—Yo no he dicho eso.

—Pero lo estabas pensando, igual que yo. ¿Y si es cierto? ¿Y si era una espía y, sirviéndome de la reputación de mi padre y de su amistad con el rey Jacobo, conseguí entrar en la corte con intención de matar a su hijo? —Se sentó bruscamente—. No puede ser verdad. Yo jamás intentaría matar a un niño, y si hubiera formado parte de la corte jacobita en el extranjero, mi abuela lo habría sabido. Sin embargo, afirma no saber nada de mi paradero durante los últimos cinco años.

—¿Estás segura de que es de fiar? No te dijo lo de Raonaid.

Catherine se quedó pensando.

—Puede que no sepa nada de ella.

Lachlan se sentó.

—¿Qué hay de tu primo John? Es un firme partidario de los Hanover.

—Sí, pero nunca me ha hablado de sus ideas políticas. Desde mi regreso siempre ha evitado cuidadosamente el tema dinástico, y yo di por sentado que era porque no quería que nos enzarzáramos en una discusión, dado que yo había sido una jacobita convencida. Al menos eso es lo que me dijeron. Pero ¿qué jacobita querría asesinar al heredero de los Estuardo?

Una ráfaga de viento sacudió el techo de la tienda y la lona se agitó ruidosamente. Lachlan cogió la gruesa manta de lana que ella había apartado a patadas mientras soñaba. Estaba amontonada a sus pies. La sacudió y se la echó sobre los hombros.

—¿Mejor así? —preguntó al sentarse a su lado, mientras frotaba las frías manos de Catherine entre las suyas y las calentaba con su aliento.

—Sí.

La besó en la frente y se tumbó de nuevo junto a ella. Las pieles eran suaves y cálidas, y la presencia de Lachlan en medio de la gélida noche era un bálsamo que calmaba su angustia.

—¿Qué haría yo sin ti? —se preguntó—. Has acudido en mi auxilio más de una vez, y me has cuidado tan bien...

—También podría decirse lo contrario. Te saqué de Drumloch, donde estabas a salvo, y fíjate ahora: teniendo pesadillas en los páramos de Escocia y durmiendo al raso junto a un montañés maldito que podría ser más peligroso para ti que cualquier cosa que puedas ver en sueños.

Catherine se acurrucó a su lado y rezó por que no decidiera marcharse durante los siguientes minutos. Quería que se quedara. Era su salvavidas para salir del vacío de su existencia, donde su pasado era simple pasto para la especulación. Era un ancla que la unía con la verdadera vida humana.

—Es horrible pensar que haya podido tomar parte en esa odiosa conspiración, pero ¿y si no es eso? ¿Y si sencillamente tuve un hijo e intenté hacerle daño? —Se le revolvió el estómago al pensarlo.

—No creo que seas capaz de algo así —repuso él—. Bajo ninguna circunstancia.

—¿Cómo puedes estar seguro?

—Tú no eres así, muchacha.

Catherine se preguntó cómo podía hablar con tanta convicción de su carácter cuando ninguno de los dos sabía cómo había actuado en el pasado, antes de que su abuela la encontrara en Italia.

Miró a Lachlan, tendido a su lado. Su agreste belleza le recordaba constantemente la frustración que le producía no ser libre de amarlo. ¿Cómo iba a hacerlo si no sabía quién era?

—Conviene que no hables con nadie de tu sueño —dijo él—. Tu hermana está metida hasta el cuello en la rebelión que se está preparando, y si Murdoch sospecha que puedes ser una espía y que tal vez hayas participado en la conspiración para matar al príncipe Estuardo, tal vez no... —Hizo una pausa—. Tal vez no nos reciban con los brazos abiertos.

—Si soy culpable de semejante crimen contra Escocia —dijo ella, cada vez más inquieta—, ¿no te sentirías en la obligación de entregarme?

Lachlan volvió la cabeza en la almohada para mirarla.

—Mi única obligación es protegerte.

Ella escogió con cuidado sus palabras.

—Pero si intenté matar a un bebé, no merezco tu protección.

—No lo intentaste —dijo él—. Y nada podrá convencerme de lo contrario.

Capítulo 23

*D*urmieron a pierna suelta unas horas en la tienda, hasta que Lachlan comenzó a rebullirse poco antes de que amaneciera. Medio dormido aún, cobró conciencia del cálido cuerpo de Catherine acurrucado junto al suyo en la oscuridad. Aspiró la fragancia embriagadora de su pelo y se entregó al placer prohibido de una erección matutina. Era delicioso sentir junto a él a Catherine, cuyo cuerpo suave y tentador se amoldaba perfectamente al suyo. Suspiró de placer, arrimando aún más sus caderas a ella.

Soñoliento todavía, deslizó la mano suavemente para explorar los provocativos contornos de su muslo y la subió luego hasta la curva seductora de su esbelta cintura. Acarició con el pulgar las suaves ondulaciones de su costado y esperó sin prisas a que se despertara mientras intentaba resistirse a la tentación de cubrir uno de sus pechos con la palma de la mano.

Ella abrió sus ojos azules y lo miró parpadeando, soñolienta, sin decir palabra.

—Debería irme ya —susurró él. La deseaba con una urgencia que atronaba su mente de manera intolerable. Hizo amago de incorporarse, pero ella lo detuvo.

Entornó los ojos pues sintió refluir la marea de su dominio de sí mismo al tiempo que el deseo ahogaba la parte más racional de su cerebro, aquélla que le advertía que no debía quedarse, ni dejarse llevar.

—Por favor, no te vayas todavía —le suplicó ella con una voz aterciopelada que pareció acariciarlo en la penumbra—. ¿Por qué no dejas que te ayude? Sin duda puedo darte placer de alguna forma sin desencadenar la maldición. Dime sólo cómo tocarte. Dime lo que te gusta.

Lachlan no controlaba su erección, que acogió muy favorablemente su ofrecimiento mientras el resto de su cuerpo se llenaba de inquietud.

A pesar de la turbia penumbra del amanecer, la belleza de Catherine lo empujaba hacia el abismo. Era dolorosamente consciente de que sus labios carnosos y húmedos le suplicaban que los besara.

—No sería prudente —susurró con voz trémula.

—¿Por qué no?

Él tragó saliva. Un torrente de pasión se agitaba en sus entrañas.

—Porque lo digo yo. Me ha costado mucho tiempo aprender a no sentir ciertas cosas, y prefiero mantener mi disciplina.

—Pero ¿por qué has de sufrir así si estoy dispuesta a darte placer sin pedir nada más? Lo único que tienes que hacer es tumbarte y decirme lo que te gusta.

Sus palabras provocativas avivaron el deseo de Lachlan, que se removió, incómodo. Ella rozó su rodilla con una caricia suave y ligera y se arrimó un poco a él para poner a prueba su determinación. El corazón de Lachlan latió violentamente, lleno de deseo. Apretó los dientes y procuró resistirse a la arrolladora oleada de placer físico que lo asaltó cuando Catherine deslizó su cálida mano bajo su falda de tartán y comenzó a acariciar la cara interna de su recio muslo.

Un arrebato de desesperación se apoderó de pronto de él, pues aquello representaba cuanto no podía tener: intimidad física con una mujer a la que deseaba con ansia.

Y Catherine no era cualquier mujer. Era una mujer a la que deseaba con un frenesí que le hacía temblar. Contuvo el aliento.

—Relájate —musitó ella al tiempo que subía la mano para tocar por fin su palpitante miembro viril.

En aquel instante, en medio de una espiral de placer, Lachlan estuvo tentado de cogerla de la muñeca y sacarla de debajo de su falda, pero se resistió a aquel impulso y puso los ojos en blanco.

El placer recorrió su cuerpo, potente y penetrante, mientras ella acariciaba sus pesados testículos.

Atento a su más leve gesto, escuchó el ruido que hacía su boca cuando se lamió los labios, y dejó escapar un gemido de deseo. Tuvo que hacer un esfuerzo sobrehumano para no levantarse, tomar el control y tumbarla de espaldas.

Catherine se incorporó en ese instante y, pasando una pierna por encima de él, se sentó a horcajadas sobre sus rodillas y le levantó la falda para dejar al descubierto su erección. Sus ojos se encontraron. Lachlan tenía ganas de ella. La deseaba con una intensidad que lo quemaba por dentro como una bola de fuego, sin control alguno. Sabía que debía parar, pero no podía rehusar lo que ella le ofrecía. Quería aceptarlo. Lo aceptaría por completo.

Catherine desabrochó con cuidado su broche y le quitó lentamente el tartán del hombro. Luego le sacó la holgada camisa de debajo del cinturón. Lachlan levantó los brazos y ella le quitó la camisa por la cabeza y procedió a continuación a despojarlo de la falda. Lo hizo todo con gesto comedido y firme. No se apresuró, y poco después se quedó completamente desnudo. El aire fresco inflamó su pasión al rozar su cuerpo, y de nuevo tuvo que hacer un esfuerzo para mantenerse tumbado. En realidad, quería levantarse y tomar el mando de la situación, ser él quien la desnudara a ella, quien la tocara.

Sentada todavía a horcajadas sobre él, Catherine se inclinó hacia delante para besar y lamer los músculos temblorosos de su vientre. Hundió con insistencia la lengua en su ombligo y los músculos de las piernas de Lachlan comenzaron a temblar. Él le apartó el pelo a un lado para que no estorbara y se apoyó sobre un codo para mirarla en la penumbra.

Ver a una mujer con la cabeza inclinada de aquella forma, tan cerca del núcleo de su placer, bastaba para hacerle estallar antes incluso de que lo tocara.

¡Aah! Quiso tumbarla de espaldas inmediatamente y hundirse en su sexo caliente, suave y húmedo, pero sofocó aquel impulso y se recordó que, si había tenido fuerza de voluntad suficiente para resistirse a cualquier tipo de placer sexual durante tres años, podía refrenarse para no hacerle el amor a aquella mujer.

Ella buscó su boca y lo besó apasionadamente, con lujuria, suspirando de placer al sentir el húmedo ardor de sus lenguas entrelazadas.

Lachlan cogió su cara entre las manos y echó las caderas hacia delante, consciente de que no había peligro de que la penetrara, pues estaba a gatas sobre él, a una distancia prudencial de sus genitales.

—Dime qué hacer —susurró ella.

Su ansia lo excitó más aún, y tembló de deseo.

—Haz lo que te salga de manera natural, muchacha. Pero recuerda que no puedo estar bajo tu camisón cuando me llegue el placer.

Ella asintió y su cabello lustroso y abundante cayó sobre su cara. Lachlan se lo apartó para poder verle los ojos. Catherine se inclinó de nuevo para besarlo. Tenía los labios húmedos e hinchados por el deseo, y cuando sus lenguas se encontraron, Lachlan comprendió que ambos corrían peligro y que sin embargo no podía resistirse a la fuerza cegadora de su deseo. La deseaba con una pasión que nunca antes había experimentado. Durante los tres años anteriores había demostrado su formidable resistencia, pero aquello era distinto.

Catherine apartó su boca de la suya y se echó hacia atrás, todavía a gatas, para besar su cuello y acariciar su torso desnudo.

Mientras besaba y lamía sus pezones con sedosas pasadas de su lengua, deslizó de nuevo las manos hasta sus muslos. Después lo besó con ardor, dejándolo sin respiración. Lachlan levantó una rodilla y tocó con ella el dulce valle de entre sus piernas, el lugar que ansiaba en vano acariciar y penetrar.

Un momento después, ella se lamió la palma de la mano y, con ella mojada, rodeó su verga. Lachlan sofocó un gemido y se tensó bajo la diestra caricia de su mano. Hacía tanto tiempo que no lo tocaban... No sabía si podría sobrevivir al placer.

Catherine lo acarició con firmeza, apretando suavemente su miembro. Después, comenzó a mover la mano deprisa, con fuerza. Lachlan no pudo soportarlo. Se sintió como un adolescente sin experiencia. Algo se apoderó de sus sentidos. Perdió el control por completo, olvidó quién era y dónde estaba y un orgasmo arrebatador comenzó a sacudir su cuerpo. Intentó agarrar la mano de Catherine para frenarla, para retener la arrolladora oleada del placer. Era demasiado pronto, todo había sucedido demasiado deprisa, y él nunca se había rendido al clímax tan rápidamente. Pero casi de inmediato se descubrió retorciéndose sobre el lecho de pieles, rechinando los dientes y apretando la mandíbula, abandonado al placer.

De pronto se incorporó; luego volvió a tumbarse de espaldas y arrojó su semen sobre su vientre en una explosión de lujuria que casi lo levantó del suelo.

Abrió los ojos de golpe y miró a Catherine para asegurarse de que no estaba en una postura en la que corriera peligro.

Por suerte no lo estaba. En algún momento se había apartado de él y estaba tendida a su lado.

—Ahí lo tienes, ¿lo ves? —dijo con voz burlona y seductora—. Hay cosas que sí podemos hacer.

—Sí, cariño —contestó él, agotado, dejando caer la cabeza hacia atrás. Se sentía aturdido y delirante, sacudido aún por el placer—. Y las has hecho muy bien. No me había corrido tan rápidamente en toda mi vida. Si esto se supiera...

Ella sonrió.

—Te prometo que será nuestro secreto.

Lachlan admiró su belleza deslumbrante a la luz de la mañana y ansió sentir de nuevo el placer que acababa de acompañar a su rendición, pero temía hacerse adicto a él.

Ella cogió una toalla de la bolsa de los enseres.

—Tengo que bajar al lago a nadar un rato —dijo Lachlan observando su cara mientras ella limpiaba con esmero su vientre.

—Pero hace mucho frío.

—Soy montañés —repuso él—, estoy acostumbrado.

Y la impresión del frío le sentaría bien.

Ella arrojó la toalla a la palangana; después apoyó de nuevo la cabeza sobre su hombro.

Pasaron largo rato abrazados en medio del silencio del amanecer. Cuando clareó la mañana, Lachlan se levantó a regañadientes. Se asomó fuera para asegurarse de que no había nadie cerca de la tienda y recogió su camisa. Se puso el tartán y se abrochó el cinturón, mirando a menudo a Catherine para cerciorarse de que no se tomaba como una ofensa su partida precipitada.

No parecía ofendida. De hecho, parecía muy satisfecha de sí misma.

—Eres el hombre más guapo que he visto nunca —dijo—. No puedo dejar de mirarte. Me encanta verte.

Lachlan sintió una mezcla de alegría e inquietud al oírla, pues sentía lo mismo por ella, pero no estaba acostumbrado a sentimientos tan intensos y no sabía qué hacer al respecto. En el pasado, si una mujer le decía cosas así, se limitaba a besarla en la mejilla, le daba las gracias por sus palabras encantadoras y le devolvía el cumplido antes de salir de la habitación con una sonrisa provocativa.

Ahora estaba a punto de marcharse, pero no se sentía capaz de pronunciar halagos tan superficiales. Miró a Catherine con expresión seria y sincera.

—A mí también me encanta mirarte —contestó—. Me encantas tú.

Ella se levantó, se acercó a él despacio y le rodeó el cuello con los brazos. La ternura de su abrazo conmovió a Lachlan, que tuvo que refrenar el deseo irresistible de cambiar de idea y llevarla de nuevo al lecho de pieles.

—¿Cuándo llegaremos a Edimburgo? —preguntó ella, apoyando por completo los pies en el suelo, pues estaba de puntillas—. Deseo más que nada en el mundo conocer a mi hermana, y te prometo que cuando lo haga le exigiré que te libere. Si eso no funciona, me pondré de rodillas y se lo suplicaré. Haré lo que sea necesario.

Él tocó su mejilla.

—Te agradezco el ofrecimiento, muchacha —dijo—, pero con Raonaid me basto yo solo.

—Quiero ayudarte.

Él sacudió la cabeza.

—Pensaba que iba a ser tu adalid, que iba a llevarte sana y salva a casa, pero da la impresión de que eres tú quien quiere ser mi defensora.

—Sí, quiero serlo todo para ti. Quiero librarte de tu sufrimiento. Ojalá me dejaras.

Pero ¿podía permitírselo? Durante más de diez años había vivido en soledad, coqueteando superficialmente con mujeres sin entregar su corazón a ninguna. Se había mantenido fiel a su promesa de amar sólo a Glenna, pero de eso parecía hacer una eternidad. Era como si perteneciera a otra vida. Habían cambiado tantas cosas... Había estado con muchas mujeres y se acordaba de muy pocas, pero a lady Catherine Montgomery jamás podría olvidarla.

En ese momento no quería dejarla marchar. Tendría que hacerlo, desde luego, pues seguía maldito y todo lo que había entre ellos amenazaba con sumirlos en el caos.

—¿Volverás esta noche? —preguntó ella sin apartar las manos de sus hombros.

—Esta noche llegaremos a Killin y tomaremos una habitación. Estarás más cómoda.

—Pero ¿vendrás a dormir conmigo? —insistió ella—. No me importa lo que piensen los otros. ¿No puedes ordenarles que guarden el secreto? O tal vez puedas entrar por la ventana.

De pronto Lachlan se sintió de nuevo eufórico y audaz como un adolescente.

—Eres muy atrevida, ¿verdad? ¿Siempre has sido tan aventurera?

—No tengo ni idea —contestó ella—. Soy un misterio hasta para mí misma.

Lachlan le puso un mechón de pelo detrás de la oreja.

—Y crees que conocer a Raonaid lo resolverá todo.

Él no estaba tan seguro, debido tal vez a su hastío vital.

—Eso espero.

Lachlan no pudo refrenarse. Inclinó la cabeza despacio y besó sus labios. No fue un beso para satisfacer su lujuria, sin embargo. Fue una muestra de ternura, y el deseo que sintió de zozobrar en la serenidad de Catherine lo golpeó como un mazazo.

Dio un paso atrás y la apartó de sí.

—Treparé por las paredes si es preciso —dijo, refiriéndose a su estancia en la posada, y la rapidez con que le hizo aquella promesa fue de nuevo una sorpresa para él—. Pero ahora he de irme. Duerme un poco más. —Salió de espaldas de la tienda y sintió el frescor del amanecer en el cuerpo.

Le sentó bien. Lo necesitaba.

Pasándose una mano por la cara, recordó fugazmente su orgasmo y deseó devolverle el favor a Catherine. Había muchas cosas que quería hacer por ella, y algunas, al menos, las haría esa noche.

Se volvió hacia el lago y echó a correr con decisión.

Capítulo 24

Edimburgo

Raonaid se cubrió la cabeza con la capucha del manto al salir del carruaje de Murdoch y sentir el embate del viento lluvioso, cuyas rachas agitaron sus faldas y tironearon del cesto vacío que llevaba. Las calles de Edimburgo solían ser un hervidero a esa hora del día, pero el mal tiempo había empujado a los más sensatos a quedarse en casa, al amor del fuego.

Raonaid, en cambio, quería algo, y cuando ella quería una cosa en particular nada podía detenerla. Esa mañana quería bacalao del mercado de pescado y azúcar para la tarta que pensaba servir esa noche en la casona, donde Murdoch planeaba reunir en privado a unos cuantos hombres escogidos.

La niebla y la lluvia sacudían la calle adoquinada. Raonaid se inclinó al caminar y soltó un exabrupto cuando un cubo de madera que rodaba estrepitosamente por los adoquines le golpeó el tobillo.

De pronto, el cubo se enredó en sus faldas. Cayó de bruces. Se mordió el labio y una punzada de dolor la recorrió de la cabeza a los pies.

Rehaciéndose a duras penas, se puso a gatas y miró los adoquines, que relucían empapados. El viento y la lluvia azotaban su cara. Se tocó el labio herido con un dedo y vio caer la sangre a la calle.

De inmediato, los adoquines comenzaron a moverse como olas en el océano y una sensación de mareo inundó su cerebro.

Conocedora de aquella sensación a pesar de que nunca le había sucedido con adoquines, enfocó la mirada y parpadeó varias veces, intentando que la visión se hiciera más nítida mientras veía el movimiento de su sangre, que, mezclada con el agua reluciente, corría en zigzag por las hendiduras y los recovecos del empedrado.

Las sombras cobraron vida y los adoquines giraron y se retorcieron. La visión se desplegó ante sus ojos, y lo que vio la mantuvo paralizada, clavada al suelo. Después, desapareció tan rápidamente como había surgido, disipándose en medio de la calle.

Raonaid levantó la vista. Murdoch se alzaba sobre ella. La levantó sin contemplaciones.

—Has visto algo, ¿verdad? ¿Qué era? Dímelo. ¿Volverán a reinar los Estuardo? ¿Contarán conmigo? ¿Cuánto falta? ¡Dímelo!

Débil y mareada, Raonaid se tambaleó.

—No es eso lo que he visto.

Murdoch la zarandeó violentamente. Después se detuvo y, antes de estrecharla entre sus brazos, sus ojos centellaron de impaciencia.

—Tómate tu tiempo, cariño —dijo—. Luego cuéntame todo lo que has visto.

Ella cerró los ojos para defenderse del viento y la lluvia y apoyó la cabeza en su hombro.

Una sensación de calma se apoderó de su cuerpo, y dio un paso atrás. Murdoch la miró con enfado.

—He visto a Lachlan MacDonald —le dijo ella por fin, asombrada todavía por la claridad de la visión.

Murdoch arrugó el ceño.

—¿El primo de Angus MacDonald? ¿El capitán de las tropas de Kinloch? ¿Al que maldijiste en Kilmartin Glen?

Raonaid asintió.

—Sí, pero no puedo decirte lo que he visto.

Apartándose de él, se ciñó la capucha alrededor de la cara para protegerse los ojos del vendaval.

—¿Por qué? —preguntó Murdoch mientras cruzaba la calle tras ella.

Mojada y temblorosa, alterada por la visión, Raonaid echó a correr hacia el carruaje.

—¡No te concierne, Murdoch! ¡Déjame en paz, por el amor de Dios, o también te maldeciré a ti!

Por fin llegó al carruaje y comenzó a aporrear la portezuela.

Murdoch se acercó a ella y la abrió de un tirón. La portezuela giró sobre sus goznes y golpeó contra la pared del coche.

Raonaid arrojó el cesto vacío al interior del carruaje, se agarró a la barandilla y, tomando impulso, subió. Dentro, el carruaje se había mantenido seco y allí pudo al fin protegerse del viento. Se sentó y se enjugó el agua de las mejillas mientras Murdoch montaba y se acomodaba frente a ella.

Se miraron, crispados. Los ojos oscuros de él la observaron con desagrado, pero Raonaid se negó a confesarle lo que había visto. Jamás podría decirle la verdad: que había visto a Lachlan MacDonald, su común enemigo, haciéndole el amor mientras ella gritaba con infinito placer.

Catherine se despertó al oír cómo caía el agua sobre el techo de la tienda. Echándose la manta de lana sobre los hombros, se levantó y se acercó a la cortina de la puerta para asomarse fuera con la esperanza de que el mal tiempo no retrasara su avance, pues estaba impaciente por llegar a Edimburgo y conocer a su hermana.

Desató los lazos de la cortina y escudriñó la lluvia de la mañana. Una ligera niebla se deslizaba suavemente sobre el suelo musgoso del claro. Todo relucía, mojado, pero por suerte no llovía torrencialmente. Al menos aún. Caía una débil llovizna que no la haría desistir de seguir adelante.

Un ruido de voces y pasos rompió la tranquilidad. Eran Lachlan y el cocinero, Gawyn. Llevaban los tartanes echados sobre la cabeza para no mojarse.

—Ah, vaya —dijo Gawyn alegremente—. Su excelencia se ha levantado. ¿Ha dormido usted bien?

Lachlan y Catherine se miraron fugazmente mientras él acercaba su caballo a la tienda y lo amarraba a una rama cercana. En ese instante, sin embargo, Catherine vio en sus ojos un deseo secreto y su corazón se agitó, lleno de expectación.

—¿Vamos a seguir a pesar de la lluvia? —preguntó, haciendo un esfuerzo por aparentar indiferencia. En realidad, sentía un deseo impetuoso de llevar a Lachlan a la tienda y repetir cada deliciosa caricia que habían compartido esa noche.

—Sí —contestó él sin mirarla—. Así que más vale que se prepare, señora, o muy pronto tendrá encima los postes de la tienda.

Gawyn levantó las cejas, sorprendido.

—Sólo está bromeando, lady Catherine. Él no sería capaz de una cosa así, ¿verdad, Lachlan?

Lachlan se encogió de hombros como diciendo, *No estés tan seguro.*

Catherine tomándolo muy en serio, entró en la tienda y se vistió para encarar el día.

Menos de una hora después se alejaron al trote de la orilla del lago y comenzaron a cruzar el bosque, donde los altos abetos les protegían un poco de la lluvia. Lachlan y Roderick abrían la comitiva, seguidos por Gawyn, Rodney y Alex, que cabalgaban detrás de Catherine en fila india.

Cabalgaron en silencio casi toda la mañana, avanzando a ritmo lento, hasta que se alzó el viento y Catherine comenzó a sentir que un frío húmedo calaba la gruesa lana de su manto.

Poco después, Alex se acercó a ella.

—¿Tiene frío, lady Catherine? —preguntó preocupado.

El viento aullaba entre las copas de los árboles y agitaba el manto sobre su regazo.

—Estoy bien, Alex. No propongas que paremos por mí, porque estoy deseando llegar al pueblo y disfrutar de comida y cama calientes esta noche. Será un lujo delicioso, no hay duda.

Siguió un tenso silencio mientras el joven miraba hacia atrás, a los otros.

—¿Ocurre algo? —preguntó ella.

Alex se puso colorado, pero no de frío.

—Temo que no me corresponda hablar de tales cosas, señora, pero la tengo en gran estima y por esa razón no puedo refrenar mi lengua.

—¿De qué estás hablando, Alex?

Él titubeó; luego se aclaró la garganta.

—Sé que Lachlan estuvo con usted anoche, lady Catherine. Lo vi salir de su tienda antes de que amaneciera.

Catherine se esforzó por refrenar su ira.

—En una cosa tienes razón, Alex: no te corresponde hablar de esas cosas.

El joven palideció de pronto.

—Le pido disculpas, señora. No era mi intención ofenderla, pero usted me pidió que hablara libremente.

Ella lo miró un momento con recelo, intentando adivinar sus intenciones.

—En efecto —reconoció—. ¿Viste u oíste algo más?

Alex volvió a sonrojarse.

—Le oí decir que esta noche volvería a visitarla en su habitación, cuando lleguemos a la posada. Y que treparía por las paredes.

Catherine hizo un esfuerzo por conservar la compostura mientras otra parte de su ser montaba en cólera.

—Me veo en la obligación de repetírtelo, Alex: nada de eso es de tu incumbencia. Es un asunto privado entre Lachlan y yo.

—Lo sé, señora —repuso él—, y lo lamento profundamente, pero he de decir lo que pienso. No es mi intención entrometerme en sus asuntos privados, pero me creo en el deber de advertirle que Lachlan MacDonald no es hombre al que pueda confiársele el corazón. Tiene fama de seducir a jóvenes como usted. Hace que pierdan la cabeza, y además pesa sobre él una maldición. No quiero que le haga daño.

Catherine apretó las riendas de cuero con sus manos enguantadas.

—Yo no soy una de esas estúpidas jovencitas.

Pero ¿lo creía de veras? Lo que sentía por Lachlan era totalmente irracional. Cada vez que la tocaba, se volvía ciega a cualquier pensamiento sensato, perdía de vista toda precaución. La noche anterior, habría hecho cualquier cosa para conseguir que se quedara con ella. Cualquier cosa.

—Agradezco tu preocupación —dijo de todos modos—, pero te aseguro que sé valerme sola. Por favor, no vuelvas a hablar de esto.

Espoleó a su caballo y se alejó al galope.

Capítulo 25

Alcanzaron la aldea de Killin antes de lo previsto y llegaron a la posada poco después de que arreciara la tormenta y las rachas de viento y lluvia comenzaran a azotar los campos y las calles embarradas.

Entraron en el patio de las cuadras y Lachlan ayudó a Catherine a apearse del caballo y a llegar hasta la puerta en medio del fuerte chaparrón. Pidió la habitación más cara para ella, en la tercera planta, y acordó con el posadero que sus acompañantes y él se alojarían en la planta baja.

—Agradecería poder tomar un baño caliente —le dijo Catherine al posadero, que chasqueó los dedos para mandar a una joven criada a la trastienda a hacer los preparativos.

Luego Lachlan acompañó a Catherine escaleras arriba.

La habitación era espaciosa y cálida. Junto al hogar había un montón de leños esperando a ser encendidos, y una estera trenzada cubría el suelo de tablones.

Catherine entró hasta el fondo de la habitación y miró a su alrededor.

—Será una delicia dormir aquí esta noche —dijo, volviéndose para mirar a Lachlan, que seguía en el umbral de la puerta. Se acercó a él lentamente—. No me decepcionarás, ¿verdad? ¿Vendrás?

El tono seductor de sus palabras hizo que a Lachlan se le acelerara la sangre en las venas, y tuvo que hacer un esfuerzo por refrenar el impulso de tomarla en sus brazos, llevarla a la cama y poseerla de inmediato, como un salvaje.

—Sí —dijo, tajante—. Me aseguraré de que los demás coman y beban en abundancia. Luego les diré que voy a montar guardia hasta mañana. —Sintió un escalofrío de impaciencia febril—. Pero en cuanto estemos solos, muchacha —añadió—, necesito que me ayudes a refrenarme. No debes tentarme para que haga ciertas cosas que no puedo hacer.

—Desde luego —contestó ella, alargando el brazo para enderezar el tartán sobre su hombro.

Lachlan se preguntó de repente si debía correr aquel riesgo, pues se sentía abrumado por la intensidad de sus deseos. Cuanto más se acercaban a Edimburgo y al final de su calvario, más ansioso se sentía, y desear tan intensamente a Catherine le producía un profundo desasosiego.

Ella frunció sus labios rojos y carnosos y Lachlan se perdió. Se inclinó para besarla, pero de pronto vio otra cosa en sus ojos. Una especie de temor.

Se retiró.

—¿Qué ocurre?

—Nada —respondió ella con demasiada precipitación—. Ha sido un día muy largo, eso es todo, y no he parado de pensar en ti.

—Lo mismo me ha ocurrido a mí —confesó él—. Pero ¿estás segura de que no quieres decirme nada más?

Catherine se humedeció los labios un momento; después se arrimó a él y deslizó las manos por su pecho.

—Sólo que no descansaré hasta que vuelvas conmigo.

Le sacó la camisa de debajo de la falda y besó la piel sensible de su costado; luego estimuló sus pezones con la lengua.

Lachlan sintió que la sangre corría violentamente por sus venas. Su cuerpo de guerrero palpitaba, lleno de deseo. Al pasar la mano por su nuca, mientras jugueteaba con los mechones sueltos de su pelo, dijo:

—Pensaba que ibas a ayudarme a refrenarme, muchacha, pero cuando haces estas cosas me preocupa que olvidemos lo que nos conviene.

Ella levantó su mirada ardiente y le sonrió.

—Para mí es ya demasiado tarde —le dijo—. Ya lo he olvidado todo.

Con una leve sonrisa, Lachlan se apartó de ella.

—Eres un peligro para mi cordura, ¿lo sabías? —Volvió a reme-

terse la camisa—. He de estar loco de atar por acceder a venir a retozar esta noche con una muchacha tan lujuriosa. ¿Cómo sé que no
vas a aprovecharte de mí cuando esté más vulnerable?

Ella lo siguió hasta la puerta.

—Supongo que tendrás que confiar en mí.

Lachlan se detuvo y la miró.

—Hablo en serio, muchacha.

El semblante de Catherine se ensombreció.

—Lo sé, pero no va a pasar nada —le aseguró—. Te prometo
que me portaré bien. Pero, por favor, no cambies de idea.

Él miró sus labios húmedos, la piel suave y blanca de su pecho y
sus seductores ojos azules, turbulentos como el mar en invierno, y
deseó zozobrar en ellos y en el resto de su cuerpo y darle lo que ella
le había ofrecido la noche anterior.

—No lo haré —contestó a regañadientes antes de desasirse por
fin de sus manos ávidas, intentando refrenar su pasión irracional. Al
menos, hasta medianoche.

Lachlan no volvió a ver a Catherine esa tarde, pues ella se bañó a
solas en su habitación y tomó una cena ligera que le llevaron en una
bandeja mientras Alex vigilaba su puerta.

Él procuró mantenerse ocupado y distraído buscando un carruaje y un cochero para hacer el resto del viaje hasta Edimburgo.
Antes de llegar a Killin había sido imposible usar un vehículo con
ruedas, pues en el Norte había pocas carreteras por las que pudieran transitar. Pero ya estaban en las Tierras Bajas, y allí todo era
diferente.

Cenó con sus hombres en la taberna de enfrente de la posada
mientras esperaba a que el reloj diera las doce. Cuando por fin mar-
có la hora crítica, miró atentamente a su alrededor y decidió que era
hora de empezar la guardia nocturna.

Al salir de la taberna y cruzar la calle enlodada, una brisa ligera
agitó su falda y el mundo le pareció distinto. Se sentía rejuvenecido.
Lleno de esperanza. Esa noche compartiría la cama con una mujer
por la que sentía cariño y deseo, y no le daba miedo hacerlo porque
sabía que ella entendía dónde estaban sus límites. Catherine conocía

su alma, y al día siguiente partirían hacia Edimburgo para encontrarse con Raonaid, su hermana, quien tal vez pusiera fin a su sufrimiento después de tanto tiempo.

Había alguna esperanza, se dijo, y durante las horas siguientes se permitiría gozar de esa ilusión mientras hacía todo lo posible por complacer a Catherine. La sola idea hizo que se le acelerara el corazón y que el deseo que sentía por ella se redoblara.

Mientras subía las escaleras, se concentró en dominar su cuerpo, decidido a satisfacerla antes de alcanzar el orgasmo, y por Dios que haría que durara mucho más que la noche anterior. Hasta el amanecer, si ella estaba dispuesta.

Pero cuando llegó a lo alto de la escalera se detuvo al ver al joven Alex, que se había ofrecido a montar guardia hasta que llegara. Estaba sentado en el suelo, delante de la puerta, con las piernas estiradas y el mosquete firmemente agarrado contra el pecho.

El escalón de arriba crujió bajo el peso de Lachlan. Alex se levantó de un salto y le apuntó con el mosquete. La llama del candelero de la pared vaciló de manera alarmante.

—No puedo permitirle entrar ahí, señor —dijo—. Angus el León me mandó para proteger a lady Catherine, y esta noche tengo el deber de defenderla de usted.

Lachlan sintió que fruncía el ceño, consternado.

—Protegerla es mi deber, Alex, no el tuyo. Tú eres mi explorador. No necesito nada más de ti por hoy.

El joven sacudió la cabeza.

—Puede que usted no, señor, pero lady Catherine sí. Verá, lo vi anoche. Sé que fue a su tienda y no puedo permitir que vuelva a aprovecharse de ella de esa manera.

Lachlan subió lentamente el escalón y levantó una mano. Tenía que tranquilizar al muchacho.

—No voy a aprovecharme de nadie, Alex. Soy el guardián de lady Catherine y ella quiere que esté aquí. Ella me invitó. —Para que no hubiera ninguna duda, añadió—: Está esperándome.

—Pero es inocente y vulnerable —repuso Alex, tembloroso—, y no recuerda nada de su vida anterior. Anoche la sedujo usted, no me cabe ninguna duda. Conozco su mala reputación. He oído que se las ingenia para que las mujeres se desmayen y hagan todo lo que les pide. Pero lady Catherine es distinta y no voy a permitir que ocurra tal... tal indecencia. Con ella, no.

Lachlan inclinó la cabeza, curioso.

—¿Te pidió tu prima Gwendolen que me vigilaras?

—No, señor. Me basto yo sólo para ver y oír, y como le decía, anoche lo vi. Sé lo que está pasando. Sé lo que planea hacer aquí y no puedo permitirlo.

Ladeó la cabeza y, cerrando un ojo, miró a Lachlan a lo largo del cañón del arma.

—Te doy mi palabra —dijo Lachlan con calma— que estoy aquí para protegerla, Alex.

Era mentira, y lo sabía. Estaba allí para perpetrar indecencias de la peor especie, y de pronto se preguntaba si el joven Alex MacEwen no estaría mejor pertrechado que él para defender a Catherine.

—No le creo —dijo el muchacho—. Dispararé si intenta pasar. Vuelva abajo. —Amartilló el mosquete.

Lachlan empezaba a impacientarse.

—Baja el arma, Alex. No quiero hacerte daño.

La puerta de la habitación se abrió de repente y Catherine salió al pasillo en camisón, con un chal de lana sobre los hombros. Los miró a ambos con furia.

—¿Qué está pasando aquí?

Lachlan señaló a Alex.

—Adelante, contesta.

El joven se aclaró la garganta.

—Es mi deber protegerla, lady Catherine. No puedo, en conciencia, permitir que este hombre cruce el umbral de su puerta. Usted ya conoce mis razones.

Lachlan la miró con los párpados entornados, a la suave luz de las velas.

—¿Ya has hablado de esto con él?

—Sí —confesó ella, dejando caer los hombros, desanimada—. Está bien. Ya que has de saberlo, hoy me ha dicho que anoche te vio salir de mi tienda. Siento no habértelo dicho. Temía que influyera en tu decisión y que no vinieras. —Fijó en Alex su mirada ardiente—. Pero le aseguré que era muy capaz de decidir por mí misma. ¿No es así?

—Sí, lady Catherine.

—¿He de repetírtelo? —preguntó ella.

—No, señora.

Catherine no dejó de mirarlo altivamente, como una gran señora.

—Para que lo sepas —añadió—, le he pedido a Lachlan que guarde mi cama esta noche, y deseo que se quede. Si no te gusta, tendrás que apuntarme a mí con el mosquete, Alex, porque no pienso cambiar de parecer.

En ese instante de tensión, Lachlan comprendió que estaba irremediablemente enamorado de ella, y su mente se nubló, llena de preocupación por el futuro.

—Pero lady Catherine —arguyó Alex—, es... No sé cómo decirlo sin ofenderla, pero...

—Habla sin rodeos, Alex —ordenó ella, impaciente.

El joven tragó saliva.

—Es un seductor, un libertino.

—¿Cómo dices? —repuso ella.

Era cierto. Lachlan no podía negarlo, pero no estaba dispuesto a interrumpir. Miró al joven para justificarse.

—Pero no se trata sólo de eso —agregó Alex—. Está maldito, señora. Es peligroso que se quede a solas con él. Usted no sabe ni la mitad.

Catherine fijó su mirada en Lachlan y dijo con firmeza:

—Sí lo sé, Alex. Lo sé todo, y sé también que Lachlan jamás haría nada que pudiera ponerme en peligro. Está aquí porque yo se lo he pedido, para protegerme. —Volvió a mirar a Alex—. ¿Le has dicho a alguien más lo que viste anoche?

Alex soltó el martillo del arma y la bajó lentamente.

—No. Jamás diría nada que dañara su reputación.

Ella se ciñó el chal alrededor de los hombros.

—Eso, al menos, te lo agradezco. Y si de veras quieres protegerme, seguirás guardando en secreto lo que viste.

Lachlan resolvió que era hora de pasar junto al joven para evitar una pelea, porque, si seguía interponiéndose en su camino un minuto más, acabaría por aplastarlo. Entró en la habitación y esperó junto al fuego.

—Agradezco lo que has intentado hacer —le dijo ella en voz baja a Alex, que seguía en el pasillo—. Has sido muy valiente.

—Supongo que sí, señora, porque no siento en absoluto las piernas. La verdad es que estoy un poco mareado.

—¿Por qué no cruzas la calle y te reúnes con los demás? —sugirió ella—. Y si le dices algo a alguno, Alex, te prometo que no te dejaré vivir para lamentarlo.

Cerró la puerta con firmeza, giró la llave en la cerradura y miró a Lachlan de frente.

Bastó que la mirara un instante, vestida con su camisón, para que Lachlan se sintiera palpitar de deseo. En ese momento comprendió que, si no tenía cuidado, el placer que estaba a punto de dar y recibir podía convertirse en el mayor error de su vida.

Y de la de ella. Porque la deseaba tanto que no podía refrenarse.

Capítulo 26

*T*ienes cara de estar a punto de cambiar de idea —dijo Catherine bajando la voz.

—Sí, me lo estoy pensando.

Le preocupaba la intensidad de sus sentimientos, no sólo del deseo, sino de la adoración que sentía por ella, y el completo olvido de la cautela que practicaba desde hacía mucho tiempo para evitar cualquier tipo de relación íntima con una mujer.

¿Qué le había hecho Catherine?

Se acercó a él.

—No voy a permitirlo. Llevo todo el día y toda la noche esperándote, y quiero que te quedes.

—¿Siempre consigues lo que quieres? —preguntó Lachlan—. Porque yo no.

Ella dejó el chal en el respaldo de una silla y comenzó a desabrochar el broche de su hombro.

—Pues esta noche te prometo que tendrás todo lo que quieras. Al menos hasta cierto punto.

Dejó el pesado broche sobre la mesa y deslizó hábilmente el tartán por su brazo mientras él la miraba fijamente. Se le ocurrían mil y una razones por las que debía poner fin a aquello.

Al final, sin embargo, levantó los brazos para que ella pudiera quitarle la camisa y, cuando Catherine la arrojó a la silla, sobre su chal, sintió el calor ardiente de su mirada.

Catherine desabrochó lentamente su cinturón y la funda de su espada mientras lo miraba con una expresión juguetona que excitó más aún a Lachlan. Después, lo dejó todo sobre la mesa y le quitó la falda.

—¿Lo ves? —susurró con una sonrisa astuta—. Te he quitado todas tus armas. No podrás resistirte.

—Nunca he tenido intención de hacerlo, muchacha. Lo único que quiero es amarte.

Ella levantó los ojos y durante un instante guardaron los dos silencio. Dejó caer lentamente su tartán al suelo.

Lachlan se quedó muy quieto, desnudo al calor del fuego, mientras la sangre que palpitaba en sus venas excitaba sus emociones y sofocaba el impulso de marcharse. Deseaba a aquella mujer con un ímpetu imposible de resistir. Ya no había marcha atrás. Su belleza lo impelió a acercarse y a tomarla en sus brazos.

Mientras la llevaba a la cama, besó su boca con una pasión rayana en la violencia. La depositó sobre el suave colchón y se cernió sobre ella al tiempo que acariciaba su cuerpo con ansia, disfrutando de poder tocarla a su antojo por encima de la fina tela del camisón.

Pasó las manos por sus pechos turgentes, rozó sus pezones duros con la yema de los pulgares y bajó después las manos hasta sus caderas bellamente torneadas y sus muslos, donde, agarrando el camisón de hilo blanco, comenzó a subirlo por sus piernas.

—Esta noche voy a hacerte gozar —dijo—. Voy a hacerte gritar de placer.

—Si esto te hace gozar —ronroneó ella, retorciéndose lujuriosamente en la cama.

—Ah, sí.

Catherine levantó las caderas y se incorporó un poco para que él pudiera sacarle el camisón por la cabeza. Luego, Lachlan se tumbó en la cama, junto a su dulce y voluptuosa figura.

Quería resistirse al impulso de penetrarla, a pesar de que su miembro, duro como una roca y enorme, palpitaba contra la cadera de Catherine. Gozaría de su cuerpo de otras maneras. No perdería el control.

Apoyándose en un codo, pasó lentamente un dedo por el delicado contorno de su mandíbula y luego por un lado de su garganta. Con una caricia leve como una pluma, comenzó a trazar pequeños círculos alrededor de sus pezones sin tocar sus puntas endurecidas.

Catherine contuvo el aliento, temblorosa de deseo. Lachlan levantó la mirada y le sonrió. Después escribió su nombre sobre el vientre de ella, acariciándola con el dedo.

—Esta noche me perteneces.

—Te pertenezco todas las noches —musitó ella—. He sido tuya desde el momento en que te conocí.

Él inclinó la cabeza para besar su piel tersa y suave como la porcelana y lamer el interior de su ombligo. Catherine se derritió en la cama, retorciéndose de placer mientras dejaba escapar leves gemidos de excitación. Cuando alargó la mano para tocar su pecho, Lachlan rodeó sus dedos con los suyos, besó la yema de cada uno y sacudió la cabeza.

—No, muchacha —dijo—. No debes tocarme. Hoy es mi turno de tocarte.

Ella dejó caer el brazo sobre la cama.

—Si ése es tu deseo...

Lachlan la miró con ternura y se tumbó sobre ella, con los brazos apoyados a ambos lados de sus caderas, de modo que su cara quedara a la altura de sus pechos y no hubiera peligro de que su verga tocara accidentalmente la dulce, suave y tentadora humedad de entre sus muslos.

Cerrando los ojos, se inclinó para meterse en la boca uno de sus hermosos pechos y lamer y chupar sus pezones deliciosos. Catherine suspiró y pasó los dedos por su pelo mientras él pasaba la lengua por su otro pecho, haciéndola gozar con enorme sensibilidad y diligencia.

Ella abrió más las piernas y él comenzó a frotar su verga enhiesta contra la cama. Deseaba poder levantarse y penetrarla (no había duda de que estaba lista para recibirlo), pero en lugar de hacerlo se deslizó más abajo y comenzó a besar con la boca abierta su vientre, hasta llegar a la satinada dulzura de su entrepierna.

Catherine agarró sus hombros y se arqueó hacia atrás, gimiendo, embargada por una oleada de placer.

—Por favor, Lachlan —le suplicó—. Haz todo lo que puedas.

—Descuida, muchacha. Pienso hacerlo.

Besó la cara interna de sus rodillas y fue deslizándose hacia arriba por sus muslos. Allí se detuvo un momento para admirar la suculenta tentación que se abría ante él. Una pasión irrefrenable inundó su cuerpo. Presa de un deseo que llevaba demasiado tiempo refrenado, ávido de ella en todos los sentidos, acercó ligeramente los labios a su sexo hinchado y luego se lanzó a él con un ansia avariciosa que lo consumió por completo, apoderándose de él como un sueño.

Catherine agarró su cabeza, empujándola hacia ella mientras gemía de placer. Sus piernas temblaron y cayeron abiertas sobre la cama.

—No pares, Lachlan —jadeó—. No pares...

Ansioso de satisfacer todos sus deseos, él deslizó un dedo dentro de su canal húmedo y palpitante al tiempo que seguía excitando con la lengua la lustrosa perla alojada entre los pliegues de su sexo. La acarició y la saboreó en medio de un éxtasis interminable, naufragando en el esplendor inconcebible de su sexo, hasta que al fin ella empezó a temblar. Sus entrañas se contrajeron alrededor del dedo de Lachlan al tiempo que levantaba las caderas hacia el techo y, atrayéndolo hacia sí, apretaba los muslos en torno a su cabeza.

—¡Ah, sí! —susurró mientras un clímax profundo y arrebatador se apoderaba de ella.

Cuando por fin se relajó su cuerpo, rendido por completo, Lachlan se puso a gatas sobre ella y miró su cara deliciosamente sofocada y sudorosa. Catherine lo miró parpadeando, aturdida y ebria por el placer satisfecho.

—Qué no daría yo por hacerte el amor en este momento —dijo él suavemente, pero la quería demasiado. No podía arriesgarse.

—Deja que ahora sea mi turno. —Se sentó y posó las manos abiertas sobre su pecho. Lo tumbó de espaldas y comenzó a acariciar su miembro al tiempo que besaba con la boca abierta el centro de su abdomen—. Quiero hacerte lo que me has hecho a mí.

Lachlan cerró los ojos y dejó escapar un gruñido cuando Catherine deslizó la boca por su grueso glande. El tiempo se detuvo durante unos instantes mientras sopesaba el inmenso placer que le estaba dando Catherine. Las sensaciones que inundaban su cuerpo eran arrebatadoras, penetrantes, salvajes. Hundió profundamente la verga en su boca, imaginándose que estaba haciéndole el amor en una playa iluminada por la luna, dándoselo todo sin límites ni restricciones.

Siguieron así; ella, acariciándolo sin pausa, vigorosamente, con la lengua y la boca, y él deseando estar siempre a su lado.

El clímax, cuando llegó, bombardeó sus sentidos con una violenta explosión de placer y el mundo entero pareció desaparecer durante unos instantes cegadores e infinitos. Sólo sentía un ansia dolorosa de poseer a Catherine de todas las formas posibles.

Cuando abrió los ojos estaba sobre ella, usando la mano para derramar su semen sobre el vientre de Catherine.

El pánico lo asaltó de pronto. Había perdido la conciencia por un instante. Menos mal que no se había entregado a aquel sueño.

Mientras se estremecía y se convulsionaba sobre ella, maldijo a Raonaid por aquella tortura cruel. Quiso asfixiarla con sus propias manos. Su violento instinto de guerrero estalló en aquel orgasmo feroz e irrefrenable. No podía soportarlo más.

Se desplomó sobre la cama, junto a Catherine, y se echó a llorar.

Un segundo después, se levantó, se pasó una mano por la cara húmeda y procuró recuperar la compostura. Odiaba que Catherine lo viera así. Lo odiaba con toda su alma.

Se acercó a la palangana y se limpió con un paño. No podía mirarla. La vergüenza se había apoderado de él.

La cama crujió y sintió que ella cruzaba con cautela la habitación.

Catherine puso una mano cálida sobre su hombro.

—Dentro de dos días —dijo—, llegaremos a Edimburgo y haré todo lo que pueda para librarte de esta maldición. Puede que ni siquiera sea real. Quizá no lo haya sido nunca.

Lachlan lanzó el paño a la palangana y la miró.

—Es lo bastante real como para impedir que te ame como es debido, Catherine. Lo bastante real como para hacerme llorar delante de ti como un infeliz.

De pronto se llenó de ira. Quiso empuñar su espada y descargarla sobre cualquier cosa.

—Vuelve a la cama —susurró ella suavemente, tomándolo de las manos—. Entiendo que estés enfadado. Déjame ayudarte. Quédate conmigo esta noche y abrázame. Lo único que quiero es estar cerca de ti.

Lachlan se sentía muy cansado de repente.

Catherine lo llevó a la cama y retiró las mantas. Se tumbaron juntos. Él la estrechó entre sus brazos, pegándose a su espalda, y permanecieron largo rato tumbados apaciblemente a la luz mortecina del fuego.

—Lo que me has hecho esta noche... —dijo ella en voz baja—. Ha sido como subir flotando hasta el cielo.

Lachlan pasó el pulgar por su hombro y la besó con ternura entre los omóplatos.

—Me alegro.

Pero no era suficiente. Necesitaba más. La quería por entero, en cuerpo y alma.

Estaba seguro de haber cometido un error al bajar la guardia. Que el cielo se apiadara de él: nunca antes había llorado delante de una mujer. Con Catherine, todo se le escapaba de las manos.

Horas después, justo antes de que amaneciera, comprobó que estaba en lo cierto cuando, al despertarse y sentir la cálida tentación de las nalgas de Catherine apretadas contra su pelvis, lo embargó una oleada de pasión irrefrenable.

Capítulo 27

*L*achlan aspiró el olor a lavanda de la piel de Catherine y comenzó a depositar suaves besos sobre su nuca y sus hombros. Ella se despertó con un suspiro y, volviéndose para mirarlo, respondió con besos ardientes a su deseo embriagador.

—Ah, Lachlan —musitó—, te deseo tanto...

—Yo también a ti, muchacha.

Se colocó sobre ella, pero tuvo cuidado, como siempre, de no acercarse demasiado, a pesar de que ansiaba apretarla contra sí, rendirle culto con las manos y adoración con la boca.

Pegó a ella su piel caliente, empujó, acarició, besó. Estaban tan cerca, tan pegados el uno al otro, que los pechos de Catherine se aplastaban contra su torso. Su vientre suave temblaba pegado al suyo, y gemía y jadeaba, clavándole las uñas en los hombros y rodeando con sus largas piernas los tensos glúteos de Lachlan.

Él no parecía saciarse de ella. Acarició con las manos su espalda mientras besaba los suaves y cálidos tendones de su cuello. Lo embargó un arrebato de placer. El alcance de su deseo era inabarcable. Se apoderó de su boca y ella chupó su lengua al tiempo que levantaba las caderas y le apartaba el pelo de la cara. Lo miró a los ojos con amor, y el corazón de Lachlan se estremeció dolorosamente.

—Quiero estar más cerca de ti —gimió ella, apretándolo entre sus piernas mientras acariciaba sus riñones.

Él asintió con un gesto y la rodeó por completo con su cuerpo, gimiendo a la luz del alba, ávido de ella, con las emociones a flor de piel.

Luego, lentamente, sin pensarlo siquiera, se deslizó dentro del puerto cálido y acogedor de entre sus piernas. Su calor húmedo lo envolvió en una oleada de éxtasis, y la emoción lo embargó por completo.

Se quedaron absolutamente quietos, pues la había penetrado hasta el fondo y se mantenía allí presionando firmemente.

—Estás dentro de mí —susurró ella, y sus dientes rozaron el hombro de Lachlan.

—Lo sé. Por favor, no te muevas.

Ninguno de los dos dijo nada. A Lachlan le latía tan fuerte el corazón que apenas podía respirar.

—Es tan maravilloso... —Catherine ladeó la cabeza hacia la almohada.

—Sí, pero tengo que apartarme.

Sin embargo, no parecía capaz de hacerlo.

La sangre corría frenética por sus venas. Los segundos fueron pasando peligrosamente. Las dulces entrañas de Catherine lo envolvían en perfecta dicha, y pronto se descubrió retirándose sólo para volver a hundirse en ella.

—Sólo unos segundos más —imploró con voz ronca.

Ella asintió y lo atrajo hacia sí, saliendo al encuentro de su acometida con un fuerte empujón que colocó la punta de su verga contra lo más profundo de su vientre.

Lachlan respiraba agitadamente. No podía seguir así. Tenía que retirarse.

Prometió que lo haría, pero la penetró tres veces más, luego cuatro y después cinco. Pronto estuvo entrando y saliendo de ella con vigorosa urgencia, temerariamente, mientras ella agarraba sus nalgas y lo atraía hacia sí cada vez que él intentaba retirarse de su exquisito calor.

De pronto, un ardor abrasador invadió sus músculos y sus huesos. Reconociendo los prolegómenos del clímax, se estremeció incontrolablemente y, retirándose un segundo demasiado tarde, se colocó a gatas sobre ella y acabó de orgasmar sobre su vientre.

Cuando acabó, abrió los ojos.

Ella lo estaba mirando, asombrada.

—¿Qué hemos hecho? —preguntó él.

Catherine se sonrojó, alarmada. Se sentó en la cama, pero no supo qué responder.

Capítulo 28

Catherine miró con nerviosismo el ajetreo circundante mientras bajaba las escaleras de la posada y cruzaba la taberna en dirección a la puerta principal. Una gruesa criada se acercó corriendo y le puso en las manos una cesta cubierta con un paño, y Alex apareció de repente y, agarrándola por el codo, la acompañó fuera.

—Cualquiera diría que hay un incendio —comentó Catherine, esforzándose por aparentar indiferencia cuando en realidad estaba paralizada por el miedo.

Se había permitido el lujo de hacer el amor con Lachlan un rato antes, después de prometer y asegurar docenas de veces que no lo harían, y Lachlan estaba más alterado que nunca. No volvería a confiar en ella, pasara lo que pasase.

Lo demás (el hecho de que pudiera caer víctima de la maldición de su hermana nueve meses después) no merecía consideración. No había duda de que era absurdo, se decía mientras Alex abría la puerta delante de ella. Aquellas brujerías y encantamientos no tenían validez alguna, y sin embargo no podía desprenderse del todo del temor de que fuera cierto. Lachlan, desde luego, parecía creerlo.

Tampoco podía desprenderse del recuerdo de sus caricias y de las sensaciones que había experimentado cuando por fin la había penetrado y le había hecho el amor. Seguía aturdida y desbordada por completo.

Alex la condujo fuera, donde el aire gélido de la mañana rozó sus mejillas. Un reluciente carruaje negro les esperaba al otro lado de la callejuela.

El lujoso vehículo, tirado por cuatro hermosos caballos grises, tenía franjas amarillas a los lados. Persianas adornadas con borlas cubrían las ventanas empañadas por una gruesa capa de escarcha. Delante iba sentado un cochero con librea y peluca castaña rizada bajo el tricornio, que se levantó ligeramente al acercarse ella.

—No sé por qué tenía Lachlan tanta prisa esta mañana —dijo Alex mientras cruzaban la calle—. Estaba de un humor de perros cuando se puso a aporrear la puerta para despertarnos. Dice que no volveremos a parar hasta que lleguemos a Edimburgo, como no sea para cambiar de caballos. Creo que vamos a estar en marcha hasta bien entrada la madrugada.

Alex tenía curiosidad, como era lógico, y seguramente le preocupaba aquella urgencia repentina por llegar a su destino. Pero bajo ningún concepto iba a revelarle Catherine lo sucedido en su aposento esa mañana. Si se corría la voz de que habían hecho el amor, Alex y los demás sin duda pondrían a Lachlan una pistola en la cabeza.

Alex abrió la portezuela del carruaje y la ayudó a subir mientras los caballos bufaban, lanzando grandes vaharadas por las fosas nasales. Catherine se sentó en el asiento tapizado en piel y tachonado con botones y recorrió con la mirada el acogedor reducto del carruaje, fijándose en las dos gruesas mantas dobladas y colocadas en el asiento de enfrente, así como en el cojín de seda a rayas verdes y blancas, con reborde de oro, que parecía recién sacado de un salón privado.

—¿De dónde ha salido todo esto? —le preguntó a Alex, que estaba apoyado en la puerta, mirando en derredor.

—Lachlan se lo ha comprado a un banquero. Dice que le ha costado el doble de lo que vale, pero que ésas fueron las órdenes de Angus.

—Entiendo.

Alex señaló el suelo.

—Ahí hay ladrillos calientes para sus pies, señora, y en la cesta debería haber comida suficiente para que le dure hasta la noche.

—Pero pararemos antes, ¿no?

—Sí, descuide. Pararemos un par de veces para cambiar de caballos. Podrá salir a estirar las piernas.

Catherine, preocupada aún, echó la cabeza hacia atrás y cerró los ojos.

—Ya han cargado todo el equipaje en el techo —le dijo Alex como si notara su desasosiego y confiara en distraerla conversando de trivialidades—. Gawyn, Roderick y Rodney nos seguirán de cerca, y yo me adelantaré para explorar la ruta.

—¿Dónde está Lachlan? —preguntó ella. Necesitaba saber si iba a verlo antes de que partieran.

Alex miró a un lado y otro de la calle.

—Por ahí, en alguna parte, pero no le recomiendo que hable con él. Como le decía, esta mañana está de un humor de perros. Quiere que nos pongamos en marcha enseguida. ¿Puedo traerle algo antes de cerrar?

—No, Alex. Eso es todo.

El joven cerró la portezuela y gritó al cochero, que a su vez gritó a los caballos. Casi de inmediato, el aparatoso carruaje se puso en marcha y comenzó a traquetear calle abajo, hacia un destino muy incierto.

Las horas siguientes no trajeron paz a Catherine, que no había podido ver a Lachlan ni hablar con él desde que había salido de su aposento esa mañana. Se había vestido precipitadamente y había salido de la habitación hecho una furia, diciendo únicamente:

—Vístete. Tenemos que llegar a Edimburgo.

Ahora, mientras el carruaje avanzaba zarandeándose por las carreteras heladas y cubiertas de surcos de las Tierras Bajas, a través de valles abiertos y solitarios y de sombríos bosques de árboles desnudos y esqueléticos, le costaba no sentirse completamente abatida cuando pensaba en el estado en que se hallaba su vida.

Ansiaba decirle a Lachlan que lo sentía, que no había sido su intención tentarlo para que hiciera lo que no deseaba. Pero también quería decirle que le había encantado cada instante de aquella noche y que anhelaba hacerlo de nuevo. Que había sido la experiencia más hermosa y conmovedora de su vida. Al menos, de lo que recordaba de ella. Sin embargo, no lo había visto ni una sola vez desde que habían salido del pueblo.

De pronto se le ocurrió que tal vez se hubiera adelantado con intención de llegar antes que ellos a Edimburgo y enfrentarse a solas con Raonaid. La idea bastó para que se le revolviera el estómago.

Más tarde se comió el queso y las galletas de la cesta, apuró la pequeña cantidad de vino que le habían dado y levantó los pies de los ladrillos. Se rebullía incómoda en el asiento, pues necesitaba ir al retrete, y rezaba por que llegaran cuanto antes a otro pueblo.

Guardó su almuerzo y se puso a mirar por la ventana, inmune ya a la infinita monotonía del bosque por el que pasaban, intentando ver lo que tenían delante. Seguía sin haber rastro de Lachlan, ni de Alex.

Cada vez más impaciente, se levantó y tocó con fuerza en el techo del carruaje.

—¡Pare!

El carruaje se detuvo de pronto y ella salió inmediatamente disparada hacia el asiento de enfrente.

—Gracias a Dios —gruñó al abrir la portezuela y saltar a la carretera, entorpecida por sus voluminosas faldas y sus enaguas. Miró al cochero, que se apresuró a bajar del pescante.

—¿Puedo servirla en algo, señora?

—No. Sólo necesito un poco de intimidad. —Se volvió hacia los árboles para considerar sus alternativas.

En ese momento un ruido de cascos rompió el silencio del bosque. Lachlan dobló un recodo del camino y se dirigió hacia ellos al galope. Al detener a su caballo, dijo con impaciencia:

—¿Por qué hemos parado?

—La señora tiene que... —El cochero señaló discretamente hacia los árboles con la cabeza.

Lachlan la miró desde lo alto del lomo de *Goliat*. La brisa invernal agitó su cabello oscuro mientras su enorme montura piafaba, inquieta, delante del tiro del carruaje.

—¿Necesitas ayuda?

—No, por supuesto que no —le aseguró ella—. Sólo será un momento.

Se recogió las faldas, se adentró entre los frondosos helechos que bordeaban el camino y fue detrás de un arbusto.

Aliviada tras haber solucionado aquella urgencia, dejó caer sus faldas y regresó al carruaje. Lachlan desmontó y llevó su caballo hasta el pescante de la parte de atrás.

—¿Qué haces? —preguntó Catherine.

—Voy a acompañarte un rato. —La miró fijamente a los ojos mientras ataba el caballo al pasamanos trasero.

Desconcertada, Catherine regresó junto a la portezuela y dejó que el cochero la ayudara a subir.

Unos segundos después la corpulenta figura de Lachlan, enfundado en su tartán, apareció en el vano de la portezuela, tapando la luz. Agarrándose al asa, se encaramó al carruaje. Su cabello largo se agitó a su alrededor cuando cerró la puerta a su espalda. Su límpido olor a campo, mezclado con el olor a cuero y a caballo, inundó el interior del coche. Se acomodó en el asiento de enfrente.

Se miraron en silencio mientras el carruaje se agitaba al subir el cochero al pescante. Un instante después volvieron a ponerse en marcha, con menos prisa esta vez.

—Me sorprende que estés aquí —comentó Catherine—. Creía que no querrías volver a verme después de lo que ha pasado, y mucho menos estar a solas conmigo.

Él se ajustó el cinturón de la espada y tardó un momento en contestar. Cuando por fin respondió, tenía la frente fruncida por la preocupación.

—Tienes razón —dijo—. No quería verte. He estado evitándolo porque no soporto pensar en lo que te he hecho esta mañana. Nunca me lo perdonaré.

—No es sólo responsabilidad tuya —insistió ella—. También es culpa mía. Me moví de cierta manera y de pronto estabas justo ahí y... Te deslizaste dentro de mí tan fácilmente... Y yo te deseaba. No podía parar.

Lachlan se resistió a mirarla.

—Debí pararme yo. Mucho antes. No me explico por qué no pude.

—Yo tampoco podía, por si te sirve de algo saberlo. Sabía que era un error, pero no pude resistirme. No podía separarme de ti.

Su corazón acelerado la impulsó a sentarse junto a él al otro lado del carruaje.

—Lo siento, Lachlan. No quería que pasara esto.

—¿Me estás pidiendo perdón tú a mí? —dijo él prácticamente gritando—. Eres tú quien peor parada puede salir de todo esto. Y, además, no ha sido culpa tuya. —Frunció el ceño casi ferozmente—. La responsable es tu hermana, y te juro que voy a hacérselo pagar aunque me cueste mi último aliento. No descansaré hasta que levante la maldición. La mataré si es preciso.

Catherine sacudió la cabeza.

—No digas eso. Es mi hermana.

Un músculo vibró en la mandíbula de Lachlan.

—Es una bruja —gruñó hoscamente—, y esta maldición procede directamente de las llamas del infierno. No olvides que mi esposa murió al dar a luz. Gritó y suplicó a Dios que no se la llevara de este mundo. Luego le rogó que dejara vivir al pequeño... —Se detuvo un momento para dominar su voz—. Yo la quería, pero tuve que enterrarla, y también a mi hijo. No permitiré que eso te pase a ti.

—Pero tú no puedes controlar cuándo y cómo muere la gente —repuso ella—. No tienes ese poder. Aunque no haya ninguna maldición, cabe la posibilidad de que muera al dar a luz a tu hijo. Todas las mujeres corremos ese riesgo. Pero la vida es arriesgada. Día a día, para todos nosotros.

Lachlan la miró con vehemencia.

—Raonaid tampoco debería tener el poder de decidir cuándo alguien debe morir.

Desvió la mirada hacia la ventanilla. El carruaje estaba pasando por un tramo de carretera lleno de baches, y el constante zarandeo y la tensión de aquel instante habían dado dolor de cabeza a Catherine.

Lachlan fijó en ella sus ojos abrasadores, inyectados en sangre.

—Cásate conmigo —dijo.

A ella le dio un vuelco el corazón.

—¿Cómo dices?

—Ya me has oído, muchacha. Esta mañana hemos hecho el amor. Podrías estar embarazada. Sé que no soy lo bastante bueno para una dama de alcurnia como tú, soy un montañés sin título ni propiedades, pero hemos yacido juntos. He de casarme contigo.

Ella se quedó callada un momento mientras la sangre se helaba lentamente en sus venas.

—Sólo me lo estás pidiendo por la maldición —dijo—. Crees que voy a morir y te sientes responsable. ¿Es eso?

—No digas eso —respondió él torvamente—. No vas a morir. Esta noche llegaremos a Edimburgo.

—Pero es la verdad —prosiguió ella de todo modos—. Si no, no me estarías pidiendo matrimonio, y no pienso aceptar semejante oferta viniendo de ti. Te deseo, Lachlan, pero ¿cómo voy a casarme con un hombre que sólo espera nueve meses de matrimonio? ¿Y si no estoy embarazada? ¿Y si nos paramos a tiempo? ¿Lo has pensado?

Lachlan apoyó la cabeza en las manos y se negó a responder.

—Entiendo tu preocupación —dijo ella con más calma—, pero creo que al menos deberíamos esperar a ver si estoy encinta. Puede que no lo esté. Recuerda que no todo el placer te vino dentro de mí.

Él le clavó la mirada.

—¿Placer? ¿Acaso crees que disfruté? ¡Fue una tortura!

Catherine arrugó el ceño y se recostó contra los cojines.

—Qué romántico por tu parte. Y yo que pensaba que tenías fama de ser encantador.

—Entonces, ¿tu respuesta es no? —preguntó él con brusquedad.

—¡Claro que es no! ¡No tengo recuerdos! Ni siquiera sé quién soy, y mucho menos sé si estoy esperando un hijo por culpa de tu dichosa maldición. Además, ¿cómo voy a acceder a convertirme en tu esposa cuando estoy a punto de conocer a mi hermana gemela, a la que separaron de mí en el momento de nacer? ¡Una hermana a la que tú quieres matar!

—Estás en peligro por su culpa.

—Aun así es mi hermana, y no era su intención maldecirme a mí. Ni siquiera sabe que existo.

De pronto, una sonrisa amarga asomó al semblante de Lachlan.

—A veces, cuando te miro —dijo con voz ronca—, la veo a ella y me dan ganas de cerrar los ojos.

Catherine clavó en él una mirada llena de indignación al tiempo que un nudo de dolor retorcía su estómago.

—Entonces deberías dar gracias por que haya declinado tu oferta de matrimonio, o habrías sido muy infeliz estos próximos nueves meses.

Se miraron un momento el uno al otro. Luego, Lachlan aporreó el techo y, sin esperar a que el carruaje se detuviera del todo, abrió la puerta y se apeó de un salto.

Capítulo 29

*L*achlan se adelantó al galope, decidido a poner distancia entre Catherine y él.

Dios Todopoderoso. Había hecho el amor con ella. Sin proponérselo siquiera, se había deslizado en sus entrañas y se había quedado allí demasiado tiempo, incapaz de retirarse. Después había vuelto a penetrarla una y otra vez, hasta que el placer lo había despojado por completo de la lógica y el dominio de sí mismo. La había poseído impetuosamente, y aún deseaba poseerla otra vez.

Incluso en el carruaje, un momento antes, había deseado abrazarla, besar sus dulces labios y pasar las manos por su pelo. Sólo pensaba en yacer otra vez con ella, en hacerle el amor cada noche, libremente, sin restricciones, el resto de su vida.

O de la de ella, que tal vez no fuera muy larga.

Aquella idea lo llenó de amargura, y tuvo que cerrar los ojos para no imaginarse su muerte.

¡Santo cielo, le había pedido que se casara con él!

¡Y ella se había negado!

Y sí, era cierto, había pensado que el suyo podía ser un matrimonio muy breve, pero mejor eso que nada.

Habría dado cualquier cosa por saber que la maldición podía levantarse, que Catherine no corría peligro. Pero se habría casado con ella de todos modos, desde luego. Por eso su negativa lo había sacado de quicio.

¿Tan poca importancia le concedía ella a su encuentro amoroso? ¿Acaso no lo entendía? ¿No sentía lo mismo que él?

De pronto lo embargó una horrible angustia.

¡Dios mío! Él nunca había buscado aquello. No quería sentir aquel dolor.

Y lo que había dicho iba en serio. Mataría a Raonaid si tenía que hacerlo. Haría cualquier cosa por proteger a Catherine, aunque con ello se ganara su odio eterno.

La protegería a toda costa, aun a ese riesgo.

Porque la quería.

Era más de medianoche cuando el carruaje se detuvo por fin frente al hotel de Edimburgo. Catherine se levantó, aturdida, y se frotó los ojos. Se había quedado dormida en algún momento del camino y no sabía qué hora era.

Guiñó los ojos cuando se abrió la portezuela y la luz de una lámpara se derramó por el suelo del coche. Era Alex, que sujetaba en alto un farol.

—Siento molestarla, lady Catherine —dijo amablemente—, pero hemos llegado. Lachlan ya ha pedido una habitación para usted. Sólo tengo que llevarla arriba.

—Gracias —contestó ella.

Se deslizó por el asiento tapizado y cogió su mano. Unos minutos después se dejó caer en un suave lecho de plumas con sábanas recién lavadas y cerró los ojos cansados. El día había sido agotador. Habían cruzado las Tierras Bajas sin apenas parar, como no fuera para cambiar de caballos. Apenas podía moverse.

Cada legua del viaje interminable entre el Señorío de Drumloch y el Castillo de Kinloch, y luego de nuevo hacia el Sur, hasta Edimburgo, parecía haberse amalgamado con las demás hasta formar una agotadora y borrosa sucesión de paisajes y movimiento. Tenía el cuerpo dolorido por los zarandeos del carruaje y sólo quería dormir una eternidad.

Cuando abrió los ojos, la habitación estaba oscura como boca de lobo. Seguía vestida con la ropa del viaje, tumbada en la cama, encima de la colcha. Le dolían todos los músculos.

Se incorporó, soñolienta, y se llevó la mano a la frente.

—Por Dios, ¿qué hora es? —Descolgó las piernas por el borde de la cama para tocar el suelo.

—Las cuatro de la mañana —contestó alguien.

Lachlan.

Espabilada al instante, Catherine distinguió su sombra en una mecedora, junto a la ventana. Tenía un mosquete sobre el regazo.

—¿Puedes encender una lámpara? —preguntó, agarrándose al borde del colchón—. Necesito ver dónde estoy.

Él se levantó y encendió una vela. Un cálido resplandor dorado iluminó la habitación.

—¿Estamos en Edimburgo? —preguntó Catherine.

—Sí. Llegamos hace unas horas, pero ninguno de nosotros está en condiciones de enfrentarse a Raonaid o a Murdoch. Ha sido un día muy largo. Los otros están durmiendo. Saldremos hacia Blue Waters a primera hora de la mañana.

Ella se pasó la lengua por los labios secos.

—Tengo sed —dijo—. ¿Hay algo que beber?

—Voy a servirte un poco de vino.

Catherine esperó a que sus ideas cobraran forma mientras lo veía descorchar una botella y llenar una copita. Lachlan se acercó y se la dio.

—Gracias.

Soñolienta todavía, cogió la copa con las dos manos y bebió con ganas. El denso sabor despertó sus sentidos mientras paseaba la mirada por la espaciosa habitación. Era una estancia lujosa. Las paredes estaban recubiertas de paneles de roble y los sillones tapizados con brocado de flores.

—¿Cuánto tiempo llevas ahí sentado? —preguntó.

—Desde que llegamos.

—Pero tú también debes de estar exhausto —repuso ella, preocupada.

—Sí —reconoció Lachlan—. Y confieso que quizá me haya adormilado unos minutos estas últimas horas.

Catherine bebió otro sorbo de vino.

—Me sorprende que seas tú quien está montando guardia. Podrías haber dejado a Alex custodiando la puerta. Estoy segura de que lo habría hecho con gran diligencia.

—Es un buen chico —comentó Lachlan. Ahora vuelve a dormir, Catherine. Necesitas descansar. Mañana es un día importante.

Ella dejó el vaso sobre la mesita de noche.

—Tienes razón. Voy a conocer a mi hermana gemela, de la que me separaron al nacer. No sé qué voy a decirle.

—No te hagas ilusiones pensando que va a ser un reencuentro emocionante. La última vez que vi a Raonaid, estaba vaciándome encima un cubo lleno de huesos y embrujándome para que me fuera al infierno.

Catherine tragó saliva, nerviosa.

—Puede que haya cambiado.

Él negó con la cabeza.

—¿Cómo crees que reaccionará cuando me vea? —preguntó Catherine.

—Es difícil saberlo. Sé que tiene muy mal genio, así que iré yo primero para darle la noticia. Y también para asegurarme de que Murdoch no supone ningún peligro.

Catherine asintió con un gesto.

—Será lo mejor, supongo. Hay que ponerla sobre aviso. Sin duda le impresionará la noticia y necesitará tiempo para prepararse.

Todavía medio aturdida, apartó las mantas, se quitó los zapatos y se metió entre las sábanas. Se miraron uno al otro largo rato, y Catherine deseó que las cosas fueran distintas. Quería estar cerca de él, pero no se atrevía a invitarlo a que se tumbara con ella en la cama. Ya había hecho suficiente daño y no estaba segura de que Lachlan fuera a perdonarla.

—¿Sigues enfadado por lo que ha pasado hoy? —preguntó, incapaz de evitar el tema de su discusión en el carruaje.

—Duérmete, muchacha.

—Pero quiero hablar de esto. Por favor, Lachlan. Me has pedido que me case contigo.

La mecedora crujió al oscilar lentamente sobre la tarima del suelo.

—¿Piensas cambiar de idea?

Allí estaba de nuevo aquel deje seductor, la nota provocativa de su voz que siempre la excitaba y la atraía.

Catherine vaciló. Luego respondió, temblorosa:

—No.

—Entonces, ¿de qué hay que hablar?

Ella se aclaró la garganta.

—Sigues enfadado conmigo. Ojalá pudieras entender...

Lachlan dejó de mecerse.

—¿Qué esperas, muchacha? Cuando uno hace el amor con una mujer y le pide que se case con él, es lógico suponer que están en juego sus sentimientos.

—¿Te ha dolido mi negativa? —preguntó ella, apoyándose en un codo.

—No estoy dolido —respondió él—. Estoy enfadado. Todo esto me pone rabioso porque estás en peligro y eso no puedo soportarlo.

Catherine se humedeció los labios mientras sopesaba cómo podía explicarle lo que sentía.

—Deseo casarme por amor, Lachlan —dijo por fin—, no para que alguien me proteja. Muy pronto seré dueña de una gran fortuna y no tendré que depender de nadie. Y bajo ninguna circunstancia voy a permitir que un hombre se case conmigo por rabia. Cuando me case, será por elección, no por la fuerza, ni por necesidad. Quiero amor. Un amor apasionado y total, sin reservas. Quiero tener hijos y nietos, y quiero vivir una vida larga y feliz con un marido que me haga el amor a pesar de los riesgos que implique.

Lachlan se quedó muy quieto, y Catherine deseó que se acercara, que cayera de rodillas y le dijera que sentía lo mismo. Que le confesara su amor imperecedero, que la besara y la abrazara y la convenciera de que se equivocaba respecto a él, que no le había pedido que se casara, por ella, por su sentido del deber, ni por su afán de protegerla. Quería oírle decir que no podía vivir sin ella. Muriera al día siguiente o siendo una anciana, quería que Lachlan diera gracias por la pasión que podían compartir si se permitía amarla.

Pero él no dijo nada. Comenzó a mecerse de nuevo y finalmente apartó la mirada.

Catherine respiró hondo y dejó escapar un leve suspiro.

—Bueno, ahora ya sabes por qué te he dicho que no —dijo, decidida a conservar la cabeza fría—. Ninguno de los dos está en situación de tomar decisiones sobre el resto de nuestras vidas. Yo he perdido la memoria y tú acabas de hacer el amor por primera vez en tres años. Es lógico que todo nos parezca más intenso de lo que es en realidad. Estoy segura de que, cuando todo esto acabe, me darás las gracias por haber rechazado tu oferta.

Lachlan se levantó rápidamente de la mecedora y se acercó a la puerta.

—Montaré guardia fuera —dijo hoscamente— y mañana iremos a ver a Raonaid. Entonces veremos las cosas mucho más claras, los dos.

Sin decir nada más, la dejó sola, y Catherine se preguntó si no sería ella quien debía recordar que aquella situación no era normal.

Es lógico que todo nos parezca más intenso de lo que es en realidad...

Quizá sólo sea eso, pensó. Quizá lo único que tenía que hacer era dominar mejor su corazón hasta que la vida volviera a la normalidad.

¡Ah, ojalá fuera así! Pero de algún modo sabía que era poco probable que su deseo se cumpliera.

Capítulo 30

Cómo se prepara una para ver por primera vez a su hermana gemela?, se preguntó Catherine con nerviosismo cuando, tras subir traqueteando por la larga y empinada cuesta que llevaba al caserón de Blue Waters, el carruaje se detuvo al final de la calle.

Lachlan y Gawyn se habían adelantado para anunciar su llegada y asegurarse de que no había peligro. Los demás se habían quedado atrás, custodiando el carruaje, y Catherine debía esperar a que la informaran de que estaba a salvo y sería bienvenida.

Mientras aguardaba, procuró no pensar en Lachlan y en la discusión que habían tenido la víspera, ni en el hecho de que no soportaba la idea de perderlo. Era muy probable, sin embargo, que de un modo u otro fuera a perderlo. Aunque Raonaid accediera a levantar la maldición, él pronto la escoltaría a Drumloch, con su familia.

Cada vez más angustiada, intentó olvidarse de ello y concentrarse en su primer encuentro con su hermana gemela. ¿Qué cosas le preguntaría? Se interesaría por su infancia, desde luego, pero también por sus facultades como oráculo y por su vida en las Hébridas.

Se preguntó con curiosidad si Raonaid sentía aversión por las cebollas, igual que ella, o si no podía dormir boca abajo. A fin de cuentas, eran gemelas. Puesto que eran idénticas, ¿tendrían en todo los mismos gustos? ¿Los mismos ademanes? Todos aquellos detalles triviales le parecían fascinantes, y cada segundo de espera parecía hacerse eterno mientras su corazón latía más y más deprisa. Su vida estaba a punto de cambiar irremediablemente. Iba a conocer a su hermana gemela, y nada volvería a ser igual.

Echándose hacia delante, miró por la ventanilla del carruaje, a través de la luz temprana de la mañana. ¿Qué estaba sucediendo en el caserón? ¿Lachlan le habría dado ya la noticia a Raonaid? ¿Le habría preguntado por la maldición?

Con su escudo colgando a la espalda y la mano apoyada en la empuñadura de su espada, Lachlan entró lentamente en el salón de Raonaid. Un ama de llaves le había dado la bienvenida en la puerta y le había informado de que Murdoch no estaba en casa y no volvería hasta la noche. La señora de la casa, en cambio, tardaría poco en bajar.

Bullendo de impaciencia, Lachlan recorrió con la mirada las marinas que colgaban de las paredes y los útiles de navegación que decoraban las mesas y la repisa de la chimenea.

Dios santo, iba a costarle un ímprobo esfuerzo dominar su ira.

El suelo de madera crujió en lo alto de la escalera y alguien empezó a bajar.

Su corazón resonó como un martillo al tiempo que recordaba aquella noche en el túmulo, cuando Raonaid le había cortado con el cuchillo y lo había dejado allí, drogado y aturdido, amarrado al suelo. Maldito de por vida.

¿Qué sentiría al ver a la gemela de Catherine? ¿Y si le hacía pensar en la mujer con la que había hecho el amor, en la mujer que había gritado de placer entre sus brazos?

La maga apareció por fin en la puerta y Lachlan la miró atentamente.

Parecía cambiada. Llevaba un elegante vestido de mañana y su cabello rojo relucía, limpio, recogido a los lados.

—Sabía que algún día me encontrarías —dijo con aquella voz dolorosamente familiar, tan parecida a la de Catherine.

En efecto, Lachlan se alarmó al ver la viva imagen de Catherine ante él, encarnada en una mujer a la que despreciaba.

A medida que fueron pasando los segundos, sin embargo, comenzó a ver hasta qué punto se había equivocado al encontrarse por primera vez con Catherine en el círculo de piedras. ¿Cómo era posible que no se hubiera dado cuenta? Raonaid no se parecía en nada a Catherine. En nada. Tenía una mirada que recordaba muy bien: había en sus ojos un brillo cruel, lleno de desprecio y resentimiento.

No. No habría más confusiones. Una vida de separación había dado como resultado dos mujeres muy distintas.

Pero ¿lo sabía ella?, se preguntó Lachlan, mirándola con los ojos entornados. Con todos sus poderes y facultades ultraterrenas, ¿había sospechado alguna vez que tenía una hermana?

—Nunca he dejado de buscarte —dijo mientras la veía entrar tranquilamente en el salón—. Llevo tres años maldito, tres años condenado a una vida de soledad. En todo ese tiempo no he yacido con una sola mujer, hasta ayer. Por eso estoy aquí. He venido por ella. Te estoy pidiendo que levantes la maldición. Que la hagas desaparecer.

Raonaid levantó las cejas, sorprendida.

—¿Me tomas el pelo? ¿Has guardado abstinencia tres años? ¿Tú, el gran amante de las Tierras Altas? No me lo creo.

El ama de llaves entró llevando una bandeja con té y galletas. La dejó sobre la mesa, junto al sofá, los miró a ambos y, notando la hostilidad que chisporroteaba en el aire, se apresuró a salir del salón.

Lachlan tomó aire para aplacar sus nervios y respondió con voz comedida:

—Pues créelo. He guardado abstinencia desde el día en que me maldijiste, y confío en que tu sed de venganza se dé por satisfecha con eso. Ha pasado tiempo suficiente. Levántala ahora y podremos seguir los dos con nuestras vidas.

Raonaid sonrió provocativamente, como si aquello fuera un juego para ella.

—¿Y si me niego? ¿Qué harás?

Él cerró los ojos y agarró con fuerza la empuñadura de su espada.

—No me pongas a prueba, Raonaid. Déjalo ya. Te lo ruego.

Ella lo miró con curiosidad, frunciendo el ceño como si no esperara aquella respuesta. Luego se acercó a la mesa del té.

—¿Te apetece una galleta?

—No quiero nada, sólo que levantes la maldición.

Raonaid cogió la tetera de porcelana fina, puso la yema del dedo índice sobre la tapa y sirvió dos tazas de té antes de sentarse.

—Ven, siéntate a mi lado. —Palmeó el cojín del asiento, junto a ella—. Háblame de esa amiga tuya. ¿Era virgen? ¿Se ha dejado seducir por tus encantos y se ha enamorado locamente de ti? ¿O era una vulgar ramera?

A Lachlan empezó a hervirle la sangre en las venas y tuvo que refrenar el impulso de volcar la mesa y agarrar a la hermana de Catherine por el gaznate.

—Ten cuidado con lo que dices —le advirtió—. Puede que más tarde te arrepientas.

—¿Por qué habría de arrepentirme? ¿Acaso vas a darme una paliza? ¿A obligarme a rendirme? Ése no es tu estilo, Lachlan. Esperaría algo así de Angus, pero no de ti. Tú siempre has tenido talento para la seducción. Así es como sueles salirte con la tuya, ¿no es cierto? ¿Por qué no pones a prueba tus capacidades conmigo? A ver qué consigues.

Él dio un paso adelante.

—Levanta la maldición inmediatamente, Raonaid, y luego te diré por qué estoy aquí.

Ella lo miró por encima del borde de la taza de té al llevársela a los labios.

—¿No es ése el motivo? Pensaba que sí.

—Hay algo más. Mucho más.

Raonaid dejó la taza y guardó silencio un momento, indecisa.

—¿Has venido por Murdoch? —preguntó—. ¿Qué has oído decir?

—He oído que quiere promover otra rebelión. Pero no, muchacha. Tampoco he venido por eso.

—Bueno, no me tengas en ascuas.

—Levanta la maldición y te lo explicaré.

Ella lo observó un rato a la luz de la mañana que entraba por las ventanas. Luego su semblante pareció relajarse. Lachlan había visto aquella expresión antes y sabía que se proponía jugar con él un poco más. Su paciencia, sin embargo, se estaba agotando.

Echándose hacia atrás, ella estiró un brazo sobre el respaldo del sofá y sacudió la cabeza.

—Ah, Lachlan, ¿de verdad has estado tan solo todo este tiempo? ¿No has disfrutado del amor de una sola mujer? ¿En absoluto?

—Yo no soy un asesino —repuso él.

Ella arrugó el entrecejo, sorprendida. Parecía casi fascinada por su respuesta.

—Pero no puedes hablar en serio. ¿De veras creías que era cierto? ¿Lo has creído durante tres años? ¿Desde esa noche?

Lachlan se quedó inmóvil, con el cuerpo en tensión, mirándola con furia.

—¿Qué estás diciendo?

—¿Tú qué crees?

Una profunda rabia comenzó a agitarse dentro de él.

—¿Me estás diciendo que fue una farsa? ¿Que nunca ha sido verdad?

—¡Claro que no es real! —respondió ella riendo—. Tengo visiones, Lachlan, pero eso no me convierte en una bruja, a pesar de lo que piense y diga la gente. Sólo estaba divirtiéndome un poco. Y tomándome la revancha.

Lachlan comenzó a respirar agitadamente.

—Entonces, ¿ella no está en peligro?

—¿Quién? ¿Tu encantadora amiguita? ¿La que ayer se abrió de piernas para ti? Eso sólo Dios lo sabe. Pero yo no tendré nada que ver con ello dentro de nueve meses. Será problema vuestro.

Lachlan no podía mirarla. Se dio la vuelta y apoyó una mano en la pared para calmarse.

No era real.

No estaba maldito.

Catherine no iba a morir.

—Eres una desalmada, un monstruo cruel —dijo—. ¡Cuánto me gustaría estrangularte con mis propias manos en este momento! Si no fuera por... —Se detuvo y luchó por dominar su ira.

—¿Por qué? —preguntó ella, levantándose—. ¿Qué es lo que aún no me has dicho?

—Ni siquiera mereces saberlo. —Se volvió para mirarla y se regodeó hasta cierto punto en aquel instante de venganza, por breve que fuera—. Es demasiado buena para ti. Si fuera por mí, no te acercarías a veinte leguas de ella. No permitiría que se acercara a tu alma pútrida y vil.

Vio con regocijo que una sombra de temor cruzaba el semblante de Raonaid.

—¿De qué estás hablando?

—De tu hermana —contestó al fin—. Tienes una gemela idéntica, Raonaid, y está esperando fuera para conocerte. Y cuando te conozca, espero que vea lo que veo yo y que no quiera volver a saber nada de ti.

Catherine se sobresaltó cuando el carruaje comenzó a avanzar por la calle hacia la casa. Evidentemente, les habían llamado.

Su corazón no dejó de latir atropelladamente durante el trayecto, mientras subían por la avenida flanqueada de árboles, ni cuando se detuvieron delante de la casa. Un timón adornaba la puerta principal y jardineras rebosantes de flores realzaban todas las ventanas.

La disposición de los cobertizos y el huerto le resultó extrañamente familiar. ¿Había estado allí antes?

Se abrió la portezuela del carruaje y Alex se acercó a saludarla.

—Permítame, lady Catherine.

Él también miró a su alrededor, vigilando los linderos del bosque al final del prado como si esperara que en cualquier momento apareciera un ejército de rebeldes y se la llevara para pedir rescate. La acompañó por el camino de grava hasta los escalones de piedra donde la esperaba Lachlan.

—Entra, Catherine —dijo él con extraña solemnidad.

—¿Está aquí? —preguntó ella, trémula.

—¿Sabía algo de mí?

—No, no sabía nada —respondió él—. Te está esperando en el salón, pero antes de que entres debo decirte algo.

Catherine fue vagamente consciente de que Alex la dejaba en manos de Lachlan, que se la llevó a un lado y esperó un instante a que el joven bajara la escalinata.

—Raonaid me ha dicho que la maldición nunca ha sido real —le dijo.

Catherine sacudió la cabeza, perpleja.

—¿Que nunca ha sido real? ¿Qué quieres decir? ¿Fue un truco, entonces? ¿Una especie de broma?

—Yo no lo llamaría así, porque no le veo la gracia. Fue su modo de vengarse de mí. Un modo retorcido y cruel. —Cogió las manos de Catherine y las miró mientras frotaba sus palmas con los pulgares—. Pero aun así es una buena noticia. No corres peligro, no hay ninguna magia negra que te amenace. No habría podido perdonármelo, si te hubiera pasado algo. —La miró a los ojos—. Pero tampoco puedo perdonarla a ella, muchacha, ni me siento mejor por lo que hemos hecho. Llevo tres años viviendo con esa maldición y todavía no puedo desprenderme de ella. Sé lo que puede pasarle a una mujer al dar a luz y sigo temiendo por ti. —Sus ojos se habían oscurecido de preocupación.

Ella levantó una mano y tocó su mejilla, alborozada.

—Deberías estar contento, Lachlan. Esto es lo que llevabas tres años esperando. Ahora eres libre. La maldición ha desaparecido.

Él frunció las cejas oscuras, indeciso.

—¿Sí?

Catherine no sabía qué decir. Sentía un torbellino de emociones. Acaba de descubrir que no estaba condenada a morir nueve meses después, lo cual era una noticia maravillosa, desde luego, pero no podía desprenderse del nerviosismo que le producía saber que su hermana gemela estaba esperándola dentro de la casa y que por fin iba a conocerla.

—Has de tener cuidado cuando entres —le advirtió Lachlan como si pudiera leerle el pensamiento—. Sé que es tu hermana, que es sangre de tu sangre, pero no se parece en nada a ti. Ha tenido una vida muy distinta. No es de fiar, y sospecho que intentará ponerte en mi contra.

—Te agradezco la advertencia —repuso Catherine—, pero te aseguro que sé pensar por mí misma. Nadie controla mis opiniones, más que yo.

Él asintió de mala gana; luego la condujo por el vestíbulo, hasta una habitación abarrotada de objetos náuticos, lo cual resultaba extrañamente adecuado dadas las circunstancias, pues Catherine se sentía como si una gran ola marina estuviera alzando el suelo bajo sus pies.

Luego, de pronto, se descubrió mirando su imagen en un espejo: otra versión de sí misma, idéntica en todos los sentidos, se hallaba de pie e inmóvil ante la chimenea.

Capítulo 31

*T*ú eres Raonaid —dijo Catherine, olvidando las reglas de la etiqueta. Aquélla, sin embargo, no era una situación normal.

—Sí —contestó su hermana gemela.

El timbre de su voz era muy parecido al suyo.

Se miraron con recelo. Aunque sabía que estaba mal mirarla tan fijamente, Catherine no pudo evitar examinar detenidamente la apariencia de su hermana: la forma sutil de su nariz respingona, la carnosidad de los labios, sus vívidos ojos azules, el tamaño y la forma de sus pechos y la curva de la cintura. Hasta sus manos eran iguales. ¿Cómo era posible tal milagro? Parecía cosa de magia.

—Por favor —dijo Raonaid, indicándole el sofá.

Catherine soltó la mano de Lachlan y se sentó junto a ella. Se miraron en silencio, pero sin incomodidad alguna. Catherine sabía perfectamente lo que estaba sintiendo Raonaid: lo mismo que ella. Fascinación. Incredulidad. Pero curiosamente, pese a lo que había sufrido Lachlan por culpa de aquella mujer, Catherine experimentó además un súbito arrebato de alegría.

—Lachlan me ha dicho que no sabías nada de mí —comentó—. Yo tampoco sabía que existías. Al menos, eso creo. ¿Te ha dicho también que no guardo ningún recuerdo de mi vida?

—Sí, me lo ha dicho. Y aunque no te conocía, siempre he sentido tu espíritu revolotear a mi alrededor, incluso de niña. No sabía quién eras, o lo que eras, pero ahora lo entiendo. El fantasma que sentía a mi espalda... Siempre eras tú.

Catherine sintió un nudo en la garganta y sus ojos se llenaron de lágrimas.

—A mí también me atormentaba el tuyo —dijo—, tanto en sueños como despierta, pero no tenía ni idea... —Miró inquieta a Lachlan, que estaba de pie en la puerta, observándolas con cierta preocupación.

Vio en sus ojos que seguía desconfiando de Raonaid, pero Catherine quería sacar sus propias conclusiones respecto a su hermana, pues aún tenía muchas cosas por descubrir.

—¿Quién te crió? —preguntó.

—Una mujer llamada Matthea. Me dijo que no era mi madre, pero nunca me contó cómo había acabado a su cargo. Murió cuando yo tenía once años.

—¿Qué hiciste entonces?

—Valerme sola.

Catherine sintió una profunda tristeza al pensar en la niñez de su hermana.

—Lo siento muchísimo.

—¿Por qué? Matthea me enseñó todo lo que necesitaba saber para sobrevivir. Tenía una casa caliente en la que vivir y sabía cuidar de los animales y hacerme la comida. No necesito tu piedad.

Catherine frunció el entrecejo.

—No era mi intención ofenderte. —Se quedó callada un momento—. ¿Cómo era tu casa? ¿Puedes describírmela? Me gustaría imaginarme tu vida.

—Era una casa de campo con el tejado de brezo, junto al mar —contestó Raonaid desapasionadamente—, a las afueras de la aldea de Gearrannan. También sabía pescar y tejer cestos. Algunos vecinos del pueblo eran amables. Y los que no lo eran, aprendieron a no cruzarse en mi camino. —Levantó la cabeza altivamente.

—Pensaban que eras una bruja.

—Sí, porque sabía de antemano qué tiempo haría y predije algunas muertes importantes en el pueblo, y en otros sitios. No me molestaban demasiado. Me temían, sobre todo.

—¿Te sentías sola?

La mirada de Raonaid se enfrió de golpe y Catherine se preguntó si sus propios ojos habrían tenido alguna vez aquella gélida expresión de desdén.

Entonces comprendió por vez primera lo que había intentado decirle Lachlan. Que eran hermanas, pero se habían criado separadas y no eran iguales.

—Sí, siempre —contestó Raonaid.

Catherine respiró hondo.

—Entonces, ¿nunca supiste que eras hija de un conde?

—Si lo hubiera sabido, querida hermana —contestó Raonaid, burlona—, habría ido a Drumloch hace años para reclamar lo que me pertenecía por derecho. Lo que me quitaron.

Catherine se miró las manos, que tenía sobre el regazo, y asintió con la cabeza. No podía reprocharle a Raonaid su rabia. Ella sentía lo mismo, pues aunque le hubieran dejado en herencia una fortuna, la habían despojado de una hermana, y siempre guardaría rencor a los responsables. Pero ella al menos había llevado una vida cómoda y había disfrutado de numerosos lujos. Había sabido siempre quiénes eran sus padres. Raonaid, en cambio, no había tenido nada de eso, y Catherine no alcanzaba a imaginar lo profunda que debía de ser su amargura.

—¿Qué puedes decirme de nuestra madre? —preguntó Raonaid, aparentemente más calmada.

Catherine levantó la mirada.

—Muy poco, me temo. Murió al darnos a luz, y no sé por qué nos separaron. Mi única esperanza es que, cuando regresemos a Drumloch, alguien conozca la respuesta a esa pregunta.

Lachlan se acercó.

—Catherine...

Ella lo miró y vio un brillo de advertencia en sus ojos. Estaba claro que no consideraba prudente llevar a Raonaid a Drumloch. Pero no era él quien debía decidirlo.

Catherine le contestó cortésmente, pero con firmeza:

—Si eres tan amable, Lachlan, me gustaría estar un rato a solas con mi hermana. ¿Puedes esperar fuera, por favor?

Él miró de nuevo a Raonaid, y Catherine vio que ella le respondía con una mirada triunfante.

—Si ése es tu deseo —contestó él a regañadientes—. Pero esperaré junto a la puerta, y mandaré a Gawyn a la parte de atrás para asegurarme de que no entra ni sale nadie.

Raonaid esbozó una sutil sonrisa de satisfacción.

En cuanto Lachlan se hubo ido, Catherine fijó sus ojos en ella y dijo en tono de reproche:

—Eso ha sido una falta de respeto.

Raonaid frunció el ceño.

—¿De veras te importa?

—Claro que me importa. Si no fuera por Lachlan, no estaría aquí. No ha hecho otra cosa que intentar ayudarme a recuperar la vida que he perdido.

—¿Y cómo lo ha conseguido? —preguntó Raonaid, echándose hacia delante y apoyando un codo en la rodilla—. ¿Haciéndote el amor? Es curioso. Tú y yo somos iguales como dos gotas de agua, pero a ti te falta cierta... —Se mordió el labio como si necesitara más tiempo para pensarlo.

—¿Cierta qué? —preguntó Catherine con aire retador, como desafiándola a decirle lo que estaba pensando.

—Cierta picardía. ¿Cómo has podido entregarte a él, Catherine? Es el peor libertino de toda Escocia, y te ha llevado a la cama creyendo que estaba maldito. ¿Lo sabías? ¿O te lo dijo después, cuando era ya demasiado tarde?

Catherine apretó los dientes.

—¿Te lo ha contado?

—Sí, es lo primero que me ha dicho. Que ayer se había acostado con una mujer y que por eso necesitaba que levantara la maldición. Está claro que quería utilizarte para obligarme. ¿Es que no lo ves?

El tono gélido de su hermana hizo que se le erizaran todos los pelos de la nuca.

—Se ha acostado contigo —prosiguió Raonaid— creyendo que estaba maldito. ¿Qué se deduce de su comportamiento?

—También fue culpa mía —dijo Catherine.

Raonaid se echó hacia atrás y la miró atentamente.

—Lo dudo mucho. Ese hombre tiene cierto poder sobre las mujeres, y lo sabe. Hay algo en él que hace que la mayoría se vuelvan locas de deseo. Lo he visto con mis propios ojos. Posee el poder de la seducción, por eso lo maldije, para evitar que rompiera unos cuantos corazones cuando se corriera la voz de su... situación. Así que no me mires así, como si fuera una especie de malhechora.

Raonaid no se equivocaba del todo respecto al poder que Lachlan ejercía sobre las mujeres. La propia Catherine lo había sentido, y lo había visto actuar sobre Abigail, la joven tabernera, la primera noche de su huida. Pero eso no justificaba los actos de Raonaid. Había lanzado sobre él un hechizo despiadado que recordaba la muerte de su esposa y lo obligaba a revivirla una y otra vez.

—¿Te crees con derecho a juzgar a los demás? —preguntó Catherine—. ¿A administrar castigos y a controlar sus vidas, como si fueras Dios?

Los ojos de Raonaid se ensombrecieron.

—¿Estás enamorada de él?

—Eso no es asunto tuyo.

Su hermana la miró con astucia.

—Sí, lo estás. Lo noto en tus ojos. ¿Lo sabe él?

Catherine no estaba segura. Nunca se lo había dicho en voz alta, y había rechazado su petición de matrimonio. Incluso le había dado a entender que lo que sentían el uno por el otro era ilusorio.

—No, no lo sabe —contestó por fin.

Raonaid respondió con acritud:

—Pues más vale que siga sin saberlo, muchacha. No es hombre con el que convenga hacerse ilusiones.

Fuera, Lachlan estaba caminando de un lado a otro bajo el ancho pórtico, preguntándose qué clase de infamias estaría contándole Raonaid a Catherine, cuando se acercó Alex y apoyó un pie en el escalón de abajo.

—No te preocupes, Lachlan —dijo el joven—. Lady Catherine estará perfectamente. Acabo de echar un vistazo por la ventana de atrás. Sólo están hablando.

—¿Parezco preocupado? —contestó Lachlan, mirándolo con un rencor que no pudo evitar.

—Sí, pareces a punto de entrar por esa puerta blandiendo tu espada.

Lachlan respiró hondo y miró hacia el horizonte.

—Es la mejor idea que he oído en todo el día.

Alex se sentó en el escalón. Lachlan decidió que necesitaba tranquilizarse y se sentó junto a él, sacó la daga que llevaba en la bota y estuvo largo rato dándole vueltas entre las manos y viendo cómo se reflejaba el sol en la hoja.

—Es evidente —comentó Alex con cautela— que sientes algo por lady Catherine. No te culpo, señor. Es un tesoro y ella también te quiere. Está claro como la luz del día. ¿Ya sabes qué vas a hacer al respecto?

Lachlan fijó sus ojos en el joven montañés, que lo sorprendía constantemente.

—No voy a hacer nada, Alex. Pertenecemos a mundos distintos. Ella es una escocesa de las Tierras Bajas bajo la tutela de un primo que detesta a los montañeses, y además una rica heredera. Además, las cosas no han ido precisamente... como la seda entre nosotros.

Y, por si eso fuera poco, él ya había perdido a una esposa. No podría soportar perder a otra.

—Bah —Alex agitó una mano desdeñosamente—. ¿Qué importa todo eso si os queréis? Ella tiene edad suficiente para decidir, ¿no es cierto?

Lachlan se quedó pensando.

—Sí, pero no es tonta. Sabe que no le convengo y me lo ha dejado muy claro. Igual que tú. Y ahora que Raonaid está ahí dentro llenándole la cabeza con toda clase de historias poco halagüeñas sobre mí...

Alex se encogió de hombros.

—Puede que lady Catherine se dé cuenta de la verdad y te prefiera a ti a su hermana.

Lachlan volvió a guardarse la daga en la bota.

—Lo dudo. Ya sabes lo que se dice sobre la sangre y el agua.

—Sí, que una es más espesa que la otra, pero ¿eso también sirve cuando la hermana es una bruja?

Lachlan inclinó la cabeza.

—No es una bruja, Alex. Es un oráculo.

—Eso es hilar demasiado fino. En cualquier caso, es mala. ¿Verdad? —Echó la cabeza hacia atrás para que el sol calentara su cara; luego abrió un ojo para mirar a Lachlan—. ¿O me equivoco?

Se abrió la puerta delantera y salió Catherine. Lachlan y Alex se levantaron rápidamente.

—He tomado una decisión —dijo ella—. He estado hablando de mi amnesia con Raonaid y me ha explicado que ella siempre ha tenido sus visiones más fuertes en el círculo de piedras de Callanais, no muy lejos de donde creció. Le he hablado de las rocas erguidas de Drumloch y de cómo me sentía atraída por ellas desde mi regreso. Queremos ir juntas allí. Confío en que tenga una visión y vea quizá los años de vida que he perdido.

Lachlan no pudo ocultar su recelo.

—¿Piensas presentársela a tu familia? —Eso crearía un escándalo sin parangón.

—Sí. Sé que no será fácil, sobre todo en el caso de mi abuela, pero las dos nos merecemos saber la verdad.

Lachlan bajó la voz y se acercó para hablarle al oído:

—Si eso es lo que has decidido, muchacha, te ayudaré, pero ¿estás segura de que puedes confiar en ella? ¿Y tu herencia?

—Es mi hermana, Lachlan —susurró ella—. Una Montgomery. Estoy dispuesta a compartir mi fortuna con ella cuando llegue el momento.

Él sacudió la cabeza, aunque en realidad deseaba zarandearla para hacerla entrar en razón.

—¿Estás segura de que es lo más sensato? Acabas de conocerla. ¿Se lo has dicho ya a ella?

—Todavía no.

—Pues no lo hagas —le imploró él sin alzar la voz—. Espera a que lleguemos a Drumloch. Tómate un tiempo para pensártelo. Es lo único que te pido.

Una sombra de preocupación cruzó el semblante de Catherine cuando lo miró bajo el pórtico.

—¿Temes que le entregue el dinero a Murdoch para apoyar la causa jacobita?

—Entre otras cosas —contestó él, pues había muchas cosas que le preocupaban. El solo hecho de llevarlas a Drumloch sin incidentes bastaba para inquietarlo.

Catherine miró hacia atrás.

—He de entrar. ¿Podemos irnos por la mañana? Raonaid necesitará tiempo para recoger sus cosas y despedirse de Murdoch.

—No —contestó Lachlan—. No puede decir nada a Murdoch. Sabe Dios qué tramarían juntos si él se entera de que la heredera de Drumloch es la hermana gemela de su amante. Dile que nos vamos inmediatamente. Si no, tendrá que encontrar otro modo de ir. No voy a poner en riesgo tu vida pasando otra noche aquí.

Catherine titubeó, pero acabó por acceder.

—Está bien, pero dale unos minutos para que se prepare.

Entró en la casa y estaba a punto de cerrar la puerta cuando Lachlan se lo impidió adelantando el pie.

—Necesito asegurarme de que no le deja una carta. Y dile que haga venir al ama de llaves. Quiero hablar también con ella sobre lo que ha visto esta mañana.

Catherine asintió y se apartó de él.

Capítulo 32

Señorío de Drumloch
Nueve horas después

Señorío de Drumloch
Nueve horas después

*L*achlan oyó el disparo antes de que el carruaje hubiera recorrido la mitad de la avenida.

—¿Qué demonios...? —Notó que algo se movía cerca de la casa y vio que John Montgomery, el devoto primo de Catherine, bajaba la escalinata apuntando con una pistola al cielo.

Sonó otro disparo y *Goliat* relinchó y se encabritó, agitando los cascos. Lachlan consiguió a duras penas mantenerse sobre la silla.

—¡So!

El carruaje se detuvo bruscamente. Se abrió la portezuela y Catherine se apeó de un salto y comenzó a gritar moviendo los brazos:

—¡Soy yo, John! ¡Soy Catherine! ¡No dispares!

Lachlan logró refrenar a su montura y se acercó a ella.

—¿Estás loca, muchacha? ¡Vuelve a entrar!

—¡No! ¡No voy a permitir que vuelva a dispararte!

Se recogió las faldas y comenzó a subir por la colina con paso decidido, dispuesta a poner en su sitio a su primo. Era como una bala, se dijo Lachlan, y la amó por ello. Que el cielo se apiadara de él: todo en ella le encantaba. Aquella mujer iba a ser su perdición.

—¡He vuelto a casa, John! —gritó Catherine—. ¡Me ha traído el montañés y, si vuelves a dispararle, te arranco la cabeza!

El conde bajó la pistola y gritó algo hacia la casa para informar a los sirvientes del regreso de Catherine. Luego bajó corriendo la escalinata.

Catherine también echó a correr mientras Lachlan ponía el caballo al paso, convencido ya de que ella estaba a salvo.

La vio arrojarse en brazos de su primo. El conde la levantó en volandas y giró con ella.

Lachlan ordenó al cochero que esperara en la avenida. Luego se acercó a caballo, dispuesto a enfrentarse a la ira del conde.

Drumloch se volvió hacia él. El desprecio hizo enrojecer sus mejillas de inmediato.

—Recibí la carta de lady Catherine hace tres días. Insiste en que no la raptaste, en que se fue voluntariamente, pero después de lo que intentaste hacerle no sé si creerlo. Todavía me dan ganas de colgarte por los talones.

—Lo que te decía en la carta es la verdad —afirmó Catherine—. Debes escucharme, John. Este hombre me ha ayudado a resolver muchos misterios sobre mi pasado, y se merece nuestro agradecimiento. Permíteme que os presente como es debido. Éste es Lachlan MacDonald, caudillo militar del Castillo de Kinloch. —Señaló a su primo—. El conde de Drumloch.

Lachlan inclinó la cabeza.

—Señor.

John lo miró, ceñudo.

—¿Qué misterios ha ayudado a resolver, señor, que hicieron necesario que se llevara a mi prima en plena noche, sin permiso de su familia?

—Eso debería preguntárselo a lady Catherine —respondió él—. Es un asunto de familia y no me corresponde a mí explicárselo. Estoy seguro de que ella le dirá todo lo que necesita saber. —*Goliat* comenzó a impacientarse y dio unos pasos atrás.

Catherine se acercó.

—Espera —dijo—. No irás a marcharte, ¿verdad? No, no puedes. Debes quedarte hasta que esto se aclare. O al menos el tiempo suficiente para recoger las provisiones que necesites antes de volver a Kinloch.

Allí estaba. La certeza, expresada en voz alta, de que él no formaría parte de su vida ahora que había vuelto a casa. Pero ¿por qué iba a formar parte de ella? Había cumplido con su deber al llevarla a Kinloch, donde Catherine había podido constatar que era de verdad lady Catherine Montgomery. Además, había conseguido que se reuniera con su hermana. Era hora de regresar a su hogar en las Tierras Altas. A la vida que llevaba antes de la maldición. Era hora de dejar atrás todo aquello.

Quizás algún día se alegraría de que hubiera rechazado su ofrecimiento de matrimonio, hecho a fin de cuentas en circunstancias extraordinarias. *Es lógico que las cosas nos parezcan más intensas de lo que son en realidad...*

Sintiendo súbitamente un nudo de angustia en el estómago, se volvió en la silla para mirar hacia el carruaje, que seguía esperando en la avenida. Le sorprendió que Raonaid no hubiera perdido los nervios. Nunca había sido paciente, ni dócil.

Catherine se volvió hacia su primo.

—He traído a una persona a la que quiero que conozcas.

El conde asintió con un gesto e hizo una seña al cochero para que se acercara.

—¿Es la persona de la que me hablabas en tu carta? —preguntó con cierta inquietud.

—Sí.

El carruaje, tirado por cuatro alazanes, avanzó por la avenida y se detuvo chirriando delante de ellos. Un lacayo bajó corriendo la escalinata para abrir la portezuela, y Lachlan contempló la escena con una terrible congoja en el corazón.

Catherine mantuvo los ojos fijos en su primo. Quería ver cómo reaccionaba. ¿Conocía aquel eslabón perdido de la familia? ¿Se lo había estado ocultando todo ese tiempo o se sorprendería tanto al saberlo como ella misma?

John se acercó al carruaje, ansioso por ver a su ocupante.

Primero apareció el pequeño pie de Raonaid. Luego, su mano enguantada se alargó para tomar la que le ofrecía el lacayo. Al fin se dejó ver. Salió por completo a la luz rosada del sol poniente y levantó la cara.

Catherine miró rápidamente a su primo. John había palidecido. Sus ojos se agrandaron, llenos de asombro.

—Por mi vida... —Se acercó para tomar la mano de Raonaid—. No salgo de mi asombro. Es tu vivo retrato.

Raonaid lo miró con recelo.

—¿Sabía algo de mí? —preguntó.

—Le aseguro que no, lady Raonaid. Al menos, hasta hace poco.

Era la primera vez que la trataban como a una dama, y la importancia de aquel momento no pasó desapercibida para ninguno de los presentes, y menos aún para Raonaid, que echó la cabeza hacia atrás, asombrada.

—Cuando Catherine desapareció por segunda vez —continuó diciendo John—, me decidí a hurgar en su pasado. Luego, hace un par de días, llegó esa carta y constaté lo que había podido descubrir por mis propios medios. —Se volvió hacia Catherine—. Tengo información para ambas —dijo—, concerniente a vuestro nacimiento. Si tenéis la bondad de acompañarme al salón...

Catherine sintió una oleada de ansiedad que la dejó casi aturdida, pues al fin estaba a punto de descubrir la verdad.

Se volvió hacia Lachlan.

—¿Vienes con nosotros? Me gustaría que estuvieras presente.

De hecho, nunca lo había necesitado más que en ese momento.

Él la miró como si sopesara su respuesta. Luego se limitó a desmontar y a dejar a *Goliat* en manos de un mozo de cuadras.

—¿Dónde está la abuela? —preguntó Catherine cuando la señora Silver, el ama de llaves, apareció en la puerta del salón y miró a Raonaid, pálida y nerviosa.

—No va a acompañarnos —dijo John—. Me temo que últimamente no sale mucho de su habitación.

—¿Por qué?

Su primo titubeó.

—Pronto lo entenderás.

Indicó a la señora Silver que entrara en el salón, la acompañó hasta una silla y fue a servirle una copa de coñac. Era poco apropiado que un conde sirviera a una criada, y Catherine se sintió temblar, pues la información que estaba a punto de darles la señora Silver podía ser tremendamente perturbadora.

John sirvió bebidas para todos, incluido él, y se sentó.

—La señora Silver ha demostrado ser una fuente de información inestimable —afirmó—. Lo que está a punto de revelaros será sin duda muy perturbador para ambas, pero es hora de que se sepa la verdad. Por favor, señora Silver, explique lo sucedido hace veinticinco años a lady Raonaid y lady Catherine, tal y como recuerda los hechos.

Catherine sintió que Raonaid se tensaba a su lado al oír que su primo volvía a referirse a ella con el tratamiento que le correspondía.

—Cuando se anunció que su madre estaba encinta —dijo tímidamente el ama de llaves—, todos esperaban que fuera un varón, como es lógico. Así el conde tendría un heredero. Pero poco antes de que la condesa se pusiera de parto, una mujer se presentó en la casa y aseguró con todo descaro que era una comadrona con dotes especiales. Me dijo que la condesa iba a dar a luz a un bebé con poderes del más allá, y que tenía que hacer un encantamiento para que el bebé se curara de su mal. Pensé que estaba loca, así que le dije que se marchara, pero cuando le hablé de ello a la condesa viuda, me ordenó que mandara a un lacayo a buscar a la mujer y que la trajera de vuelta.

—Pero la abuela no pudo creerse semejante cuento —dijo Catherine, incrédula.

—Pues se lo creyó, señora. Y justo al día siguiente su madre se puso de parto, dos semanas antes de lo previsto. Se derrumbó en el círculo de piedras con terribles dolores de tripa.

Catherine sintió que un escalofrío recorría su espalda al pensar en cómo se había comportado la noche en que caminó sonámbula hasta la roca erguida de la colina.

—¿Fue allí donde nacimos? —preguntó—. ¿En el Círculo de Drumloch?

—No, señora. Conseguimos traer a la condesa a casa, pero la viuda se empeñó en que la atendiera la comadrona que se había presentado en la puerta. Hizo salir de la habitación a todos los demás, a todos menos a mí, y pasaron muchas, muchas horas antes de que nacieran. Usted salió primero, lady Catherine, y luego salió su hermana. Su madre luchó con todas sus fuerzas. Se dio por entero, y creo que es importante que sepan que las tuvo en brazos una hora entera antes de morir.

Catherine tomó la mano de Raonaid y la agarró con fuerza

mientras una lágrima temblaba en su mejilla. Miró a Lachlan. Él la estaba mirando intensamente, con preocupación, y Catherine se alegró de que estuviera allí.

—¿Qué pasó luego? —preguntó Raonaid.

A la señora Silver le tembló la mano cuando tomó otro sorbo de coñac. Luego levantó los ojos y miró fijamente a Raonaid.

—En cuanto falleció la condesa, la viuda la cogió a usted, lady Raonaid, se la entregó a la comadrona y le dijo que la ahogara en el río.

—¡Santo Dios! —Catherine se levantó.

—Yo pensé que esa mujer había obedecido —prosiguió la señora Silver—, puesto que fue la última vez que supe de usted. A mí se me ordenó no hablar de este asunto con nadie, y menos aún con el conde. Su padre nunca supo que había tenido gemelas.

Siguió un silencio sobrecogedor, y Catherine se hundió en los cojines del sofá. Pasó un rato sin que nadie dijera nada.

—¿Por qué yo? —preguntó Raonaid bruscamente—. ¿Por qué no Catherine?

—Porque tenía usted una marca de nacimiento en el cuello —contestó la señora Silver— y la comadrona nos dijo que era la señal de sus poderes ultraterrenales.

Raonaid apartó la mano de la de Catherine y dijo con desprecio:

—¿Cómo se llamaba la comadrona?

—Se llamaba Matthea —contestó el ama de llaves—. Evidentemente, no la mató, como le ordenó la condesa viuda. Se la llevó consigo.

—Sí —dijo Raonaid con descaro—. Me llevó a las Hébridas y me crió como si fuera hija suya, y fue muy buena conmigo hasta el día de su muerte. —Lanzó a Catherine una mirada encendida—. No te envidio, hermana, si te crió la viuda. —Miró a John con expresión venenosa—. ¿Dónde está ahora? ¿Por qué no ha dado la cara? Sospecho que me teme más que a la muerte. ¿Cree acaso que voy a vengarme lanzándole un encantamiento? ¿A convertirla en una rana o en un ratón?

Catherine miró a Lachlan, inquieta. Su semblante adusto parecía paralizado.

Raonaid arrugó el ceño.

—Pues dile que no se preocupe. No perdería el tiempo con ella. Tendrá que vivir con lo que le hizo a su propia nieta. Dios la juzgará muy pronto. —Se levantó—. Quiero marcharme de aquí. Ahora mismo. Lachlan, ¿puedes llevarme a las Tierras Altas? No quiero volver a ver a esta gente. Quiero volver a casa. Por favor.

Al ver que él no respondía enseguida, su voz se volvió implorante.

—Siento lo que te hice. Te lo suplico, Lachlan, por favor, sácame de aquí.

—Eso no depende de mí —respondió él mirando a Catherine como si esperara una señal suya.

Ella cogió la mano de Raonaid y dijo en tono compasivo:

—No puedes marcharte así. Por favor, quédate y danos otra oportunidad. Nuestro primo John es un buen hombre. No tuvo nada que ver con todo eso. Ni siquiera sabía que existías hasta hace poco.

—En efecto, lady Raonaid. —John se puso en pie—. Deseo remediar esta situación. Es usted muy bienvenida en esta casa. Es su lugar de nacimiento y su hogar.

—¡No es mi hogar! —gritó ella—. ¡Nunca lo ha sido!

Catherine también se levantó y vio que su hermana estaba acalorada. Parecía a punto de huir.

—Pero podría serlo —le imploró, desesperada—. Soy tu hermana y quiero formar parte de tu vida. Mi herencia, la mitad, es tuya. Decidas lo que decidas. Estoy segura de que mi padre te habría dejado la mitad de su fortuna si hubiera sabido que existías. Por favor, no te vayas. Aquí tienes un hogar y una familia que quiere conocerte mejor.

Raonaid se llevó una mano al vientre y dijo con voz temblorosa:

—Lachlan, por favor, sácame de aquí. Llévame lejos de esta gente. No puedo respirar.

Catherine vio horrorizada que él se levantaba de su silla y le tendía la mano. Raonaid se apartó de ella y se acercó a él. Sin decir palabra, Lachlan la acompañó fuera de la habitación.

Catherine y John se miraron en medio de un tenso silencio. Después, Catherine se quitó los guantes y los arrojó a los cojines del sofá.

—¿Dónde está mi abuela? —preguntó, rebosante de furia—. Quiero hablar con ella. Inmediatamente. Y que Dios se apiade de ella cuando se enfrente a mi ira, John. ¡Que Dios se apiade de ella! —Dio media vuelta y salió del salón, pero en el último instante miró hacia atrás y añadió—: Asegúrate de que no se vayan. Lachlan y Raonaid deben quedarse aquí esta noche. No pienso perder a ninguno de los dos. Ya he perdido suficientes cosas.

Capítulo 33

*E*staba soñando? —preguntó Raonaid mientras se paseaba por el jardín de la mansión con los brazos en jarras—. ¿Tú también lo has oído, o acaso me he vuelto loca?

—Lo he oído —contestó Lachlan, mirándola con cierta preocupación. Había visto a aquella mujer destrozar una cocina y no quería ponerse en medio si esa tarde sentía de nuevo aquel impulso destructor. A fin de cuentas, estaba convencido de que aquella casa merecía que la asolaran.

—¡Mi propia abuela me entregó a una desconocida y le ordenó que me ahogara! ¿Qué locura es ésa? Me alegro de no haberme criado aquí. Compadezco a Catherine. No me extraña que desapareciera sin decir palabra. Seguramente salió huyendo de aquí y borró este lugar de su mente a propósito.

—Intenta tranquilizarte —le aconsejó Lachlan—. La situación no es tan mala. Ahora tienes una hermana y un primo que es un noble poderoso. Ninguno de ellos tuvo nada que ver con lo que ocurrió ese día, y los dos desean remediar lo sucedido, así que no puedes descargar contra ellos tu sed de venganza.

Raonaid se paró en seco.

—¿No te disparó el conde? Catherine me ha contado cómo os conocisteis en el círculo de piedras y cómo te mandaron con el juez para que te matara. No sé por qué los defiendes.

—No puedo reprocharles que reaccionaran así —respondió—. Yo habría hecho lo mismo. Me abalancé sobre Catherine como un salvaje, creyendo que eras tú.

—Ah, y eso lo justifica todo, ¿no es así? —preguntó ella, burlona—. Conmigo la gente puede hacer lo que quiera porque soy mala y despreciable. No merezco respeto. En opinión de cierta condesa viuda, ¡ni siquiera merezco vivir!

—Lo que hizo estuvo muy mal —convino Lachlan, procurando mantener un tono de voz firme y calmado—. Eso lo sabemos todos, así que no puedes responsabilizar a todo el mundo. Y la condesa es una anciana. Sin duda siente remordimientos por lo que hizo. En ese sentido, lo peor está aún por llegar, ahora que lo sabe Catherine. Tu hermana se ha sentido tan horrorizada como tú al enterarse de lo que ocurrió. Y la conozco. No dejará pasar el asunto.

Raonaid le lanzó una mirada gélida y comenzó a pasearse de nuevo.

—¿Qué voy a hacer? Les odio. A todos.

—A Catherine, no —contestó él—. A ella no puedes odiarla. Sé que no la odias.

Ella lo miró entornando los ojos.

—No vas a sacarme de aquí, ¿verdad?

Lachlan negó con la cabeza.

—Todavía no. Necesitas resolver todo esto y asimilar quién eres en realidad. Si no, seguirás sembrando el caos por el mundo el resto de tu vida. Además, Catherine necesita tu ayuda. Tiene que recuperar la memoria, y en la colina hay un círculo de piedras cuya atracción estoy seguro de que sientes.

Raonaid le lanzó una mirada hostil, como si estuviera enfadada con él por haber adivinado la verdad.

—¿Y luego qué? —preguntó—. Ayudo a esa chica a recuperar sus recuerdos, ¿y qué hago después? No puedo unirme a ellos y empezar a vivir como una maldita princesa.

Lachlan se acercó y la miró con fijeza.

—Al menos debes aceptar el dinero. Catherine te lo ha ofrecido y por Dios que después de lo que esa arpía hizo contigo el día en que naciste, te lo mereces, eso está claro.

Ella arrugó el entrecejo, incrédula.

—¿Lo crees de veras?

—Sí, pero no te hagas ilusiones, Raonaid. Eso no significa que te tenga simpatía. —Dio media vuelta para volver a la casa.

Ella se quedó mirándolo un momento. Luego apretó el paso para seguirlo y le dio un empujón.

—Ni yo a ti.

Justo después de hablar con su abuela, Catherine fue en busca de Lachlan. Temía que se hubiera marchado llevándose a Raonaid. ¿Qué haría si los perdía a ambos? Sencillamente, tendría que ensillar un caballo y salir en su busca.

Encontró a Lachlan en la habitación azul de invitados, que habían preparado para él. Estaba sentado delante de la ventana, reclinado en un sillón, con los pies apoyados en el alféizar y los tobillos cruzados. Fuera, el sol iba poniéndose con gruesas pinceladas de luz y color, y el fulgor rosado del ocaso se reflejaba en su bello rostro.

Su escudo, el cinturón de su espada y su pistola formaban un montón en el suelo, y sobre su regazo descansaba un plato de pastelillos rosas. Se metió uno en la boca y se lamió ruidosamente la nata de los dedos.

Catherine entró en la habitación y cerró la puerta a su espalda.

Lachlan bajó los pies del alféizar tranquilamente y se giró en el sillón para mirarla.

—Dios mío, muchacha, cualquiera diría que vienes de la guerra.

—Así me siento.

Él dejó el plato de pasteles sobre el alféizar.

—Por si te sirve de algo saberlo —dijo con suavidad—, he convencido a Raonaid para que se quede.

Catherine tragó saliva con esfuerzo, intentando refrenar las emociones que pugnaban por abrirse paso en su interior. La aterraba que su hermana no estuviera dispuesta a perdonar a la familia ni quisiera volver a verlos. Pero también le asustaba que Lachlan saliera de su vida al día siguiente, desentendiéndose sin más de todas aquellas complicaciones.

Él pareció intuir lo que estaba pensando, pues se levantó y se acercó a ella.

—Ha sido un día muy duro para ti, muchacha. —Pasó la mano por su cuello y acarició su oreja con el pulgar.

Aquella sensación agitó un agradable calorcillo dentro de ella. ¡Ah, cuánto deseaba que la abrazara! Lo necesitaba más que nunca, y sólo pensaba en yacer de nuevo con él.

Cerrando los ojos, besó la palma de su mano.

—Tenía tanto miedo de que me dejaras...

Lachlan sacudió la cabeza.

—No.

Catherine abrió los ojos.

—No quiero que te vayas. Nunca. No sobreviviré, si te vas.

—Eso no puedo creerlo ni por un instante —respondió él—. Tú eres una superviviente, Catherine, de eso no hay duda.

Ella asintió, intentando conservar la fortaleza, y se apartó de él.

—Acabo de hablar con mi abuela —explicó mientras se esforzaba por recuperar la compostura—. Le he dicho que ya no era bien recibida en esta casa. John está de acuerdo, y va a disponerlo todo para que viva en otra parte, en otra de sus propiedades. Le procurará sirvientes y una pequeña renta, pero nada más. Aparte de eso, les diremos adiós a ella y a sus odiosos perritos. No quiero volver a verla.

—¿Cómo se lo ha tomado? —preguntó Lachlan.

—Sorprendentemente bien, a decir verdad. No ha protestado ni una sola vez. De hecho, apenas me ha mirado. Me ha dado la espalda todo el tiempo y se ha limitado a mirar por la ventana.

—¿Crees que se arrepiente de lo que hizo?

Catherine se quedó pensando. Luego sacudió la cabeza.

—No ha dado muestras de ello. No se ha disculpado, así que en lo que a mí respecta éste es el fin de nuestra relación. A partir de ahora, me desentiendo de ella. No quiero volver a verla, y Raonaid tampoco debería tener que verla.

Miró el bello rostro de Lachlan y sintió de nuevo la tentación de abrazarlo, de llevarlo a la cama y tumbarse con él un rato.

Pero él desvió la mirada y Catherine tuvo la clara impresión de que su acercamiento no sería bien recibido.

Viendo el plato de pasteles sobre el alféizar de la ventana, pasó a su lado y cogió uno, pero con sólo echarle un vistazo sintió que se le revolvía el estómago. Habían pasado tantas cosas que había perdido el apetito, así que volvió a dejar el pastel.

—¿Qué quieres, Catherine? —preguntó Lachlan, cruzando la alfombra para acercarse a ella—. ¿Por qué has venido?

El corazón de Catherine latió violentamente en su pecho. Ansiaba tanto estar junto a él que podría haber caído de rodillas y haberse echado a llorar.

—¿No es evidente?

—Para mí, no —contestó Lachlan—. La última vez que hablamos, te dije que la maldición había dejado de existir. Luego te reencontraste con tu hermana. Hemos acabado lo que nos propusimos hacer, los dos tenemos lo que queríamos, así que creo que entre nosotros no queda nada pendiente.

Catherine sacudió la cabeza.

—Por favor, no digas eso.

—Pero tú sabes que es cierto. La nuestra era una situación extraña. Tú estabas perdida y yo maldito. Nos necesitábamos el uno al otro de una forma que aún no alcanzo a entender del todo, y que seguramente nunca entenderé, pero ahora todo eso ha pasado. Y tenías razón en cuanto a mi oferta de matrimonio. Estoy seguro de que algún día te agradeceré que me hayas rechazado, y tú te alegrarás de haberlo hecho.

—No lo dices en serio —repuso ella.

Lachlan se pellizcó el puente de la nariz y sacudió la cabeza como si aquello fuera tan difícil para él como lo era para ella.

Catherine se acercó unos pasos.

—No es que no quisiera casarme contigo...

Lachlan levantó los ojos y ella vio dolor y confusión en sus profundidades.

—¿Qué estás diciendo ahora, muchacha?

—Digo que no creía que me hubieras pedido en matrimonio por las razones acertadas. Pensabas que iba a llevar en mi vientre un hijo tuyo nueve meses y que luego moriría. Sin duda podrás comprender por qué te dije que no.

Él asintió.

—Sí.

Pero ahora todo era distinto, se dijo Catherine. No había maldición. Nunca la había habido. ¿No podían empezar de nuevo? Tal vez Lachlan pudiera cortejarla como era debido. Ella pronto dispondría de su propio dinero, y era mayor de edad. Le traía sin cuidado que Lachlan no fuera un marido conveniente. Pronto sería una mujer rica e independiente, y podría hacer lo que se le antojara.

Pero ¿la quería él aún? Ésa era la cuestión, y sólo había un modo de averiguarlo.

Dio unos pasos hacia él con cautela y puso las manos sobre su pecho.

Raonaid acarició uno de los postes de la cama de su habitación de invitados y le maravilló la maestría con que estaba labrada la madera. Nunca había visto nada parecido.

La habitación estaba recubierta de paneles de roble de color burdeos y sus ventanas en forma de arco daban a un pequeño patio. Las cortinas y la tapicería de los muebles estaban adornadas con elegantes figuras de cisnes y pavos reales, y había al menos dos docenas de velas en candeleros bañados en oro, esperando a ser encendidas.

¡Qué extraña sensación, hallarse rodeada de tal opulencia! Apenas le parecía real. Se sentía como una intrusa, y sin embargo había nacido en aquel mundo. Por sus venas corría sangre de aristócratas. Su padre había sido un famoso héroe de guerra jacobita, un caballero muerto en la batalla de Sherrifmuir.

Angus, su antiguo amante, había luchado en esa misma batalla, y Raonaid se preguntó de repente si su padre y él habían tenido ocasión de conocerse. Tal vez habían cabalgado juntos hacia la batalla.

Era una idea extraña, cómo estaban todos relacionados de manera misteriosa.

Al día siguiente iría con Catherine al círculo de piedras donde su madre se había puesto de parto. Allí, en aquel lugar sagrado, intentaría provocar una visión que pudiera ayudar a Catherine a recuperar sus recuerdos.

Temía, sin embargo, lo que podía ver. ¿Y si veía la muerte de su madre, u otros mil momentos dolorosos del pasado? ¿Acaso no era posible? Ahora que sabía cuál era su origen, tal vez se abriera para ella un nuevo mundo de visiones.

En ese momento tocaron a la puerta y, al notar de pronto que estaba oscureciendo, se apresuró a encender una vela.

—Un momento —respondió. Cuando la mecha absorbió la llama y una luz cálida y dorada se difundió por la habitación, dijo alzando la voz—: Adelante.

La puerta crujió sobre sus goznes al abrirse, y una mujer mayor y robusta cruzó el umbral. Iba vestida de negro y llevaba el pelo recogido hacia atrás en un prieto moño. Miró a Raonaid a la luz fantasmal del anochecer y luego se tapó la cara con mano trémula.

—Santo cielo —murmuró—. No puede ser...

El aire pareció helarse de pronto cuando Raonaid comprendió amargamente quién era aquella mujer.

—Tú eres Eleanor —dijo sin inflexión—, mi abuela.

El rostro de la mujer se crispó en un rictus de desdén. Aflojó la mandíbula y alargó la mano, dando unos pasos.

—No te acerques —le advirtió Raonaid.

Eleanor se estremeció como si estuviera conteniendo un violento impulso de escupir una bocanada de veneno. Después, se detuvo a corta distancia de ella.

—Sabía que eras tú —dijo—. Durante años oí contar historias sobre la Bruja de las Islas Occidentales con la marca del diablo en el cuello, y supe que no podía ser otra.

—Y no te equivocabas —repuso Raonaid levantando la barbilla con un inesperado arrebato de orgullo—. Soy esa famosa bruja, pero sólo porque tú me condenaste a serlo. Sé lo que sucedió la noche de mi nacimiento. Sé que intentaste que me ahogaran en el río. Pero sobreviví, abuela, y aquí estoy, en casa al fin, a punto de reclamar la mitad de la fortuna de tu único hijo. ¿Qué me dices a eso?

Eleanor torció la boca con repugnancia.

—No debí confiar en esa partera. Debí haberte ahogado yo misma, o echarte al fuego para que te quemaras.

Raonaid sintió deseos de cogerla por el cuello y arrojarla por la ventana, pero procuró refrenar su ira. Tal vez fuera por algo que había en aquella habitación. O quizá porque ese día la habían llamado «lady Raonaid», y no creía que tirar a la condesa viuda por la ventana fuera una respuesta adecuada.

—Fuera de aquí —se limitó a decir—. O seré yo quien te arroje al fuego. —No podía hacer nada mejor.

Eleanor retrocedió unos pasos.

—No será necesario. Sólo quería verte la cara. Eso es todo. Quería ver si de veras eras diabólica, o si era todo un montón de bobadas.

Raonaid arrugó el ceño.

—¿No estabas segura? —Se acercó a ella impetuosamente, obligándola a retroceder a toda prisa, hasta que chocó con el quicio de la puerta—. ¿Mandaste ahogar a un bebé cuando ni siquiera estabas segura de que fuera cierto?

—No merecía la pena correr ese riesgo —contestó Eleanor—, y ahora veo que hice lo correcto. Eres diabólica, no hay duda.

Raonaid se detuvo y miró con severidad a la malvada anciana.

—No, la diabólica eres tú, y algún día descubrirás que tengo razón, cuando grites por las rejas del infierno. Ahora, largo de aquí.

Eleanor dio un respingo, indignada.

—No hace falta que me lo digas dos veces. De hecho, voy a verme obligada a abandonar esta casa por tu culpa.

—Cuánto lo lamento. Ahora, quítate de mi vista inmediatamente, desgraciada, o te convierto en culebra.

Eleanor puso unos ojos como platos un instante antes de que Raonaid la hiciera salir de un empujón y le cerrara la puerta en las narices.

Capítulo 34

*A*l deslizar las manos por los anchos hombros de Lachlan y acercar tímidamente los labios a los suyos, Catherine comprendió que era la única persona con la que se sentía ella misma. Su vida estaba vuelta del revés y había perdido su identidad en todos los sentidos, pero cuando estaba con Lachlan sabía lo que quería y entendía sus emociones. Todo cobraba sentido.

Sobre todo, cuando lo besó, pues en el instante en que sus bocas se tocaron, estalló la pasión de Lachlan. La cogió en sus brazos y la besó con frenesí mientras recorría su cuerpo con las manos y gemía, lleno de un deseo apremiante.

—Te necesito, Catherine —dijo abriendo la boca, y su aliento caliente rozó el cuello de ella—. No soporto estar lejos de ti. Desde que hicimos el amor ha sido un infierno saber que no podía volver a tenerte, y lamentar haber complicado así las cosas. No te amé como es debido. Tú te mereces mucho más. Yo podría dártelo todo...

—Compénsame ahora —le suplicó ella, tomando su cara entre las manos—. No hay maldición. Esta noche podemos tenernos el uno al otro. Podemos hacer lo que queramos.

Lachlan volvió a apoderarse de su boca con ansia, ferozmente, mientras cruzaba con ella la habitación y la llevaba a la cama. La depositó sobre el colchón y fue a cerrar la puerta. Se oyó un fuerte chasquido cuando echó la llave. Después, se cernió de nuevo sobre ella, su bello montañés, y subiéndose a la cama se tumbó sobre su cuerpo.

Catherine dejó escapar un suave suspiro. Estaba en el paraíso, abrazando a Lachlan, sabiendo que aún la deseaba, y que ella lo deseaba a él con una furia irreprimible que la embargaba por completo.

Necesitaba abrirse a él, dejar que la penetrara sin miedo, sin guardarse nada. Era cuanto había deseado, y ahora, al fin, iba a tenerlo.

Rodeó sus caderas con las piernas y se movió para levantarse las faldas mientras él se quitaba la falda atropelladamente. Se movían a ciegas, frenéticos, con el corazón acelerado. Ella alargó las manos para apoderarse de su verga y conducirla a la boca palpitante y ávida de su sexo. Lachlan la miró fijamente a los ojos y un segundo después la penetró, empujando con fuerza, todo lo adentro que pudo, dilatándola por dentro hasta que el mundo pareció detenerse y guardar silencio a su alrededor.

—No me canso de hundirme dentro de ti —susurró, acercando la cara a su cuello—. No quiero perderte nunca.

Ella rodeó sus hombros con los brazos y lo estrechó con fuerza.

—Yo tampoco quiero perderte nunca. Por favor, Lachlan, di que te importo.

Él echó la cabeza hacia atrás, se retiró y volvió a penetrarla.

—Claro que me importas, muchacha. Te quiero, pero no puedo perderte.

Volvió a hundirse en ella profundamente, sin freno. Catherine sintió una ardiente oleada de placer. ¿De veras lo había dicho? ¿Había dicho que la quería?

Lachlan la penetró una y otra vez, y ella respondió a sus acometidas con una serie de suspiros y gemidos. Sus cuerpos se movían en suave y rítmica armonía. Lachlan se incorporó apoyándose en los brazos para poder verle la cara a la suave luz del anochecer. Siguieron haciendo el amor incansablemente, con denuedo, y al cabo de un rato ella se colocó encima y comenzó a controlar el ritmo y la intensidad de sus sensaciones.

En algún momento, mientras copulaban, le sacó la camisa por la cabeza y él desbrochó su corpiño. Prenda a prenda, su ropa acabó en el suelo sin que dejaran de hacer el amor.

Catherine se tumbó de nuevo de espaldas y él siguió penetrándola con meticulosa habilidad, hasta que una oleada de sensaciones cosquilleantes la recorrió de la cabeza a los pies. Se agarró a sus hombros y levantó las caderas mientras se estremecía violentamente, sacudida por el placer, gritando en el último momento, cuando su cuerpo estalló en un ardiente chisporroteo de éxtasis.

Él aceleró el ritmo, gruñendo por el esfuerzo, pues llevaban largo rato haciendo el amor. Catherine sintió el ardor de su placer, listo para derramarse, preparado para un orgasmo de proporciones monumentales. Lachlan se apoyó en un codo y miró su cara.

—Córrete dentro de mí —dijo ella—. Quiero que lo hagas. No me importa si me dejas embarazada. Quiero que lo hagas.

Él negó con la cabeza.

—No, no puedo. No quiero perderte.

—Pero no hay ninguna maldición.

Lachlan cerró los ojos al tiempo que su cuerpo se convulsionaba, estremeciéndose febrilmente, pero en el último momento se retiró para eyacular sobre su vientre.

Ella esperó un momento para que se recuperara. Luego, Lachlan se tumbó a su lado. Se quedaron así, exhaustos, mirando el dosel en medio de la penumbra. Catherine pugnaba por ordenar sus pensamientos y recuperar la compostura. Había sido una experiencia sexual exquisita. Lachlan le había hecho el amor, y le había dicho con ternura que la quería. No imaginaba que pudiera sentirse tan cerca de otra persona, y cuando él había pronunciado aquellas palabras, su corazón se había encogido dolorosamente, lleno de alegría.

Pero en el último momento él se había retirado y se había negado a dejarse ir dentro de ella. Y Catherine necesitaba entender por qué.

—¿Ya no deseas casarte conmigo? —preguntó.

Lachlan volvió la cabeza en la almohada para mirarla a la luz trémula de las velas.

—Me importas mucho, muchacha. No pienses lo contrario. Por eso no puedo dejarte embarazada. No es algo que pueda tomarme a la ligera.

—Pero ¿y si yo quiero tener un hijo tuyo? ¿Y si no quiero vivir sin ti?

Él se tapó la cara con el brazo.

—Ya he pasado por eso. Y no acabó bien. Ya te he dicho que no quiero perderte.

—Pero ¿qué significa eso? —Se sentó, enfadada—. ¿Me estás diciendo que no quieres tener hijos? ¿O es que ahora que ya no estás maldito por la magia negra, no quieres arriesgarte a maldecirme de manera natural, como siempre se ha hecho?

—No, muchacha, no es eso. —Él también se sentó—. Por favor, tienes que entender que no puedo tomarme a la ligera esas cosas. He de tener cuidado. Ayer descubrí que no ibas a morir. Deja que te disfrute un tiempo. Deja que me acostumbre a la idea de que tenemos tiempo por delante.

—Pero nadie puede vivir así —contestó ella—, esperando siempre que ocurra lo peor. Ya te lo he dicho, no hay ninguna garantía. Tú podrías morir mañana apuñalado en una taberna, y ¿qué pasaría entonces?

—No es tan sencillo, Catherine.

—Sí lo es. —Se bajó de la cama y se puso las enaguas—. Si de verdad me quieres, ofréceme una vida real. Pídeme otra vez que me case contigo y prométeme que me darás hijos. Montones de ellos. Eso es lo que quiero. Quiero fundar una familia con el hombre al que amo, y tú eres ese hombre, Lachlan. Ya está, ya lo he dicho. He cambiado de idea. Me casaría contigo en un abrir y cerrar de ojos si estuvieras dispuesto a vivir conmigo sin miedo. Pero esto... —Se puso la falda y señaló hacia la cama—. Esto no puede ser suficiente.

Recogió su corpiño, se lo puso y se acercó a la puerta apresuradamente.

Él se levantó de un salto.

—¡Catherine!

—Volveremos a hablar mañana —dijo ella, levantando una mano para detenerlo—, cuando Raonaid y yo volvamos del círculo de piedras. Iremos al amanecer, y puede que después lo vea todo muy distinto. Gracias por esto —añadió al volverse para abrir la puerta—. Ha sido precioso y me importas mucho, Lachlan, pero he de recuperar mi vida. Y tú tienes que pensar en lo que esperas de la tuya.

Tuvo que hacer acopio de toda su fortaleza para salir de la habitación y cerrar la puerta, pues sólo deseaba volver a entrar y pasar la noche tumbada a su lado.

Capítulo 35

*E*l Círculo de Drumloch dominaba la cima del promontorio cubierto de hierba, dos kilómetros al norte de la mansión y uno al este del denso bosque de abetos. Catherine y Raonaid llegaron justo cuando el sol apareció en el horizonte, lanzando largas sombras sobre la hierba. El suelo crujía, duro, bajo sus pies, cubierto por una capa de escarcha, y Catherine sentía en los pulmones, al respirar, el frío invernal que impregnaba el aire.

Con las mejillas enrojecidas por el esfuerzo, llegaron a lo alto de la empinada colina y penetraron en el círculo hasta su centro. Ninguna dijo nada, pues el lugar estaba envuelto en un melancólico silencio que exigía un momento de reflexión.

Catherine miró la hierba y pensó en su madre, que se había puesto de parto allí. ¿Qué emociones había experimentado cuando habían empezado los dolores y se había derrumbado? ¿Había sentido una alegre expectación? ¿O había intuido que algo iba mal y que no viviría para ver crecer a sus hijas?

Raonaid giró lentamente sobre sí misma, posando sus ojos azules sobre cada piedra enhiesta. Catherine observó a su hermana con curiosidad, sin saber qué podía esperar.

—¿Cómo ocurrirá? —preguntó con voz queda—. ¿Y cuándo?

Raonaid levantó un dedo.

—Shh. Yo no lo controlo. Lo único que puedo hacer es esperar a que una de las piedras me hable.

—¿Cómo te hablan?

—Veo que la superficie empieza a moverse y a cambiar, como el agua —contestó—. Suelo notar algo en la tripa antes de que ocurra, y entonces sé que debo mantener los ojos fijos en la piedra.

En ese momento oyeron un estruendo de cascos de caballo subiendo por la colina y Raonaid se volvió bruscamente.

—¿Quién es? Lo echarán todo a perder.

Se acercaron al borde del círculo y vieron que John y Lachlan subían por la ladera.

—No deberíais haber venido solas —dijo Lachlan con una mirada tormentosa—. Es peligroso.

Catherine lo miró de soslayo.

—No estoy sola. He venido caminando con Raonaid. Estamos aquí para que recupere mi memoria, así que debéis marcharos.

—No —contestó él con firmeza.

Raonaid puso la mano sobre una de las piedras.

—No puedo hacerlo si estáis mirando. La visión no llegará. Debéis regresar a la casa.

El caballo de John comenzó a ponerse nervioso.

—No haremos ruido —prometió John—. Ni siquiera os daréis cuenta de que estamos aquí.

—Daos la vuelta y retroceded —exigió Raonaid—, al menos hasta el pie de la colina. Os llamaremos cuando acabemos, pero puede que tardemos todo el día.

Lachlan fijó sus ojos en Catherine.

—¿Estás bien?

Ella vio su expresión preocupada y recordó de inmediato el placer que habían compartido esa noche, en la cama.

—Sí, estoy bien —le aseguró—. Después iré a buscarte, te lo prometo.

Mientras se hallaba allí, en el lugar donde se habían visto por primera vez, comprendió sin ninguna duda que lo amaba desesperadamente, pero que necesitaba recuperar su pasado para comprender sus sueños y sus pesadillas. ¿Cómo iba a entregarle su corazón por entero sin saber quién era realmente?

—¿Esperarás? —preguntó.

—Claro que sí. Estaré vigilando desde abajo. No voy a marcharme.

Catherine se sintió casi ebria de amor por él y rezó para que la visión llegara cuanto antes y la liberara de la jaula vacía en la que se hallaba presa.

—Marchaos —ordenó Raonaid con un ademán—. Necesito que todo esté en silencio.

Lachlan hizo volver grupas a su caballo, pero inclinó rápidamente la cabeza mirando a Catherine antes de que John y él se alejaran al galope.

Sintiendo un arrebato de esperanza, ella se volvió para seguir a Raonaid al centro del círculo.

Poco después de mediodía, el cielo se cubrió de nubes bajas y se levantó el viento. La mirada de Raonaid se clavó de inmediato en la roca más alta. Estuvo mirándola largo rato mientras el viento agitaba su largo pelo y sus pesadas faldas.

Extendió una mano y dijo a Catherine:

—Ven conmigo.

Se acercaron juntas a la piedra y se arrodillaron ante ella.

—Mira ahí. —Señaló las pequeñas grietas y protuberancias de la roca—. ¿Ves cómo se mueve?

Catherine aguzó la vista y se puso un mechón de pelo detrás de la oreja.

—No, no veo nada.

—Sigue mirando. Deja que tus ojos se desenfoquen. Respira despacio y procura relajarte. Coge mi mano.

Se sentaron la una al lado de la otra, de cara a la piedra.

Empezaron a aparecer fogonazos de imágenes imposibles de reconocer al principio. Luego, sin embargo, Catherine comenzó a distinguir elementos de sus sueños: el bebé y la almohada azul, el viento cargado de arena que azotaba su cara y su cuerpo. Vio a un hombre, un hombre guapo en pie junto a su tumba, echando paletadas de tierra. Un destello iluminó su mente.

Había una casa en el bosque.

Un carruaje.

Aquel hombre, otra vez.

Era tan guapo... Gritaba mientras conducía el carruaje por estrechas callejuelas, junto a edificios de piedra blanca. Estaba alterado. Fustigaba a los caballos con las riendas.

Catherine salió corriendo de la puerta de la casa del bosque. Le arrojó su anillo.

Ah... Su corazón palpitó lleno de dolor mientras veía las visiones en la piedra erguida. Incapaz de soportarlo, se llevó los dedos a las sienes y cerró los ojos con fuerza.

Las imágenes desaparecieron.

Abrió los ojos.

Volvieron a aparecer.

El hombre... Era muy guapo, con el cabello rubio. Iban juntos en un velero, de pie junto a la barandilla...

De pronto todo se desvaneció. Catherine sintió como si le absorbieran el alma del cuerpo.

La cara de la roca erguida estaba de pronto vacía y quieta.

—¡No! —Se puso de rodillas y la golpeó con la palma y luego con los puños—. ¡Vuelve! ¡No lo he visto todo! ¡No lo recuerdo!

Se levantó, rodeó la piedra y comenzó a frotar con las manos su superficie áspera. Corrió a la piedra siguiente, y a la otra, buscando algo más, pero estaban todas igual de calladas. Se cernían sobre ella, antiquísimas, y la miraban adustamente desde su altura como solemnes jueces del más allá.

Seguía sin recordar nada. Ninguna de aquellas imágenes tenía sentido para ella, y sintió deseos de llorar.

Se acercó al centro del círculo y se arrodilló, apoyándose en los talones.

¿Dónde estaba su hermana? Se hallaba sola, y el viento se había vuelto muy frío. Soplaba con fuerza a su alrededor.

Entonces, por fin, vio a su gemela entrar en el círculo sujetándose las faldas con la mano. Iba corriendo. Tenía una mirada asustada.

Al llegar a su lado, Raonaid la agarró de la muñeca y tiró de ella para que se levantara.

—Tenemos que irnos —dijo, asustada.

—¿Por qué?

—Murdoch está aquí. ¡Lachlan! —gritó Raonaid.

Pero Catherine seguía aturdida por las visiones. Logró levantarse a duras penas antes de que Raonaid empezara a tirar de ella hacia el borde del círculo. El mareo se había apoderado de ella. Temió vomitar.

—¿Qué es lo que quiere?

—Matarte.

—¿Qué? —El mareo remitió, sustituido por una repentina efusión de adrenalina.

—Es el jefe de la nueva rebelión —explicó Raonaid mientras corrían—. Y si tú mueres, la fortuna de tu padre recaerá en la causa jacobita.

—También era tu padre —repuso Catherine un instante antes de que un disparo restallara en el aire.

Un espasmo de dolor sacudió su espalda y el aire abandonó bruscamente sus pulmones. Tropezó, cayó de bruces al suelo y rodó colina abajo, fuera del círculo.

Su cuerpo se precipitó a gran velocidad, golpeándose de un lado a otro. Su muñeca se quebró como una rama. Sólo sintió un dolor agudo y penetrante mientras el mundo daba vueltas y más vueltas a su alrededor.

Luego todo se detuvo y el cielo se volvió blanco. Parpadeó lentamente y su corazón se abrió a un fulgor bellísimo y cegador.

Capítulo 36

*L*achlan oyó el disparo y partió al galope colina arriba a lomos de *Goliat*.

—¡Arre! ¡Arre!

Vio a Catherine caer hacia delante y rodar por la ladera de hierba entre un torbellino de faldas y enaguas. De no ser por el risco que había a media ladera, habría caído rodando hasta abajo.

Su corazón estalló como una bola de fuego, lleno de terror. En nombre de Dios, ¿qué había pasado? ¿Quién había disparado?

Se dio cuenta de que el conde galopaba furiosamente tras él. Avanzaron a toda velocidad hacia Catherine, que yacía inmóvil en la pendiente de la colina.

Lachlan llegó primero y se apeó de un salto. Se arrodilló a su lado y puso las manos sobre sus hombros.

—¡Catherine!

Ella abrió los ojos e hizo una mueca de dolor.

—Mi brazo...

Él lo miró. Estaba retorcido y magullado. No había duda de que se lo había roto.

Tenía sangre en el corpiño, justo debajo del costado. Lachlan taponó la herida con la mano.

—¿Qué ha pasado?

—Era Murdoch...

Lachlan se volvió para mirar hacia el círculo de piedras mientras maldecía a Raonaid por su traición. ¿Había traído allí a su amante? ¿Había sido ése su plan desde el principio? ¿Matar a Catherine y quedarse con el dinero para los jacobitas?

John pasó al galope a su lado y corrió colina arriba en el instante en que Murdoch salía de detrás de una de las piedras. Estaba volviendo a cargar su pistola.

Lachlan se puso en pie, sacó su espada y agarró su escudo para proteger a Catherine.

John sacó su pistola y disparó al galope. Erró el tiro, y frenó a su montura para volver a cargar.

Murdoch continuó avanzando hacia ellos con el brazo extendido y la pistola en alto como si tuviera intención de arrollar las defensas que había levantado Lachlan y disparar a Catherine en el corazón.

Lachlan rugió de furia y se abalanzó hacia él con el escudo en una mano y la espada en la otra. Abatiría a Murdoch antes de que se acercara a Catherine.

No voy a perderla.

Pero de pronto vio algo allá arriba.

Raonaid salió de detrás de una piedra, hincó una rodilla en tierra y lanzó su daga. El puñal giró en el aire y fue a hundirse en la espalda de Murdoch, cuyos ojos se empañaron, llenos de espanto. Dejó caer la pistola y se desplomó hacia delante, a los pies de John. Se convulsionó, gimiendo, y luego se quedó inmóvil.

Lachlan miró a Raonaid con sorpresa. Luego volvió aprisa junto a Catherine. Soltó la espada y el escudo.

Ella estaba inconsciente y sangraba por el vientre. Lachlan le dio la vuelta y vio la herida ensangrentada de su espalda.

John volvió hacia ellos al galope y se detuvo bruscamente.

—¡Mandaré a buscar al cirujano! ¿Puedo dejarla en sus manos, señor?

—Sí —contestó Lachlan mientras la cogía en brazos. Llamó a *Goliat* con un silbido—. Voy a llevarla a la casa. Traiga al cirujano enseguida. No hay tiempo que perder. Dígale que tiene un tiro en la espalda.

John espoleó a su caballo y partió a galope tendido colina abajo mientras Lachlan levantaba a Catherine en volandas. Montó en *Goliat* con todo cuidado. Una vez en la silla, acurrucó a Catherine en su regazo y chasqueó la lengua.

—¡Espera! —Raonaid llegó corriendo por la ladera—. ¿Está viva?

—Sí —contestó—. ¿Estás herida, muchacha?

—No, estoy bien. Murdoch está muerto.

Lachlan notó que tenía el labio ensangrentado y un corte en un ojo. Debía de haberse peleado con Murdoch antes de que él disparara.

—Manejas bien el cuchillo —comentó Lachlan—. Tienes buena puntería. ¿Te reunirás con nosotros en la mansión?

—Sí. Por favor, llévala a casa sana y salva, Lachlan. Yo te llevaré tus armas.

Él partió con un suave galope, sosteniendo a Catherine contra su pecho mientras bajaban por la colina.

Tres horas después del tiroteo, Catherine seguía inconsciente. El médico llegó poco después de que Lachlan la depositara en la cama, y un poco más tarde les informó de que la bala había perforado su abdomen sin dañar ningún órgano vital. Había conseguido parar la hemorragia, pero era difícil saber si Catherine sobreviviría. Cabía el peligro de que se declarara una infección, y esas cosas eran imposibles de predecir.

—¿Qué hay de su brazo? —preguntó Lachlan.

El doctor les explicó que había colocado el hueso en su sitio y que era una suerte que lady Catherine no hubiera estado consciente mientras lo hacía, o sus gritos se habrían oído en los confines más remotos de la casa.

Lachlan pensó de pronto en su esposa. ¡Con cuánta claridad recordaba el sonido de sus gritos, el horror y el dolor que había sentido! Casi se dobló, presa de la angustia, al pensar que Catherine tuviera que pasar por ese calvario.

No había nada que hacer salvo esperar, le dijo el médico, y Lachlan se acercó a la cama de Catherine, cayó de rodillas y juntó las manos. Agachando la cabeza, rezó por que se despertara y por que no se apoderara de ella la fiebre.

Estuvo una hora sosteniendo su mano ilesa. Lloró en silencio, mojando el brazo de Catherine con sus lágrimas mientras le decía que la quería. Le suplicó entre trémulos sollozos que se despertara, pero ella no respondió.

El día se volvió noche y Lachlan comenzó a desesperarse. ¿Tendría que verla enterrar? No soportaba pensarlo.

La oscuridad envolvió la habitación. Una criada entró a encender las velas y a cambiar el agua de la palangana, pero Lachlan estaba tan agotado por el dolor y la angustia que apenas advirtió su presencia.

¿Por qué no había amado a Catherine como debía?, se preguntaba una y otra vez. La noche anterior la había dejado marchar. Había permitido que dejara su cama porque no podía amarla como se merecía y como quería ser amada.

Era todo un desperdicio triste y absurdo. Se había esforzado día a día por protegerla de una maldición que nunca había existido, y cuando por fin había descubierto que era una farsa, se había negado a amarla por completo. No había podido comprometerse con ella. ¿Por qué? ¿Porque temía que muriera de parto?

¿Qué era aquello, entonces?

¿Se había ahorrado ese dolor? No, nada de eso. Catherine se estaba muriendo, a pesar de sus precauciones y su cautela.

¿Cómo se le había ocurrido? Él no era Dios. Era sólo un hombre y no podía controlar cuándo y cómo morían las personas a las que amaba. Lo único que podía hacer era atesorar cada día, pasar cada momento con ella como si fuera precioso y adorarla de todas las formas posibles.

Agachó la cabeza y besó su mano.

—Por favor, Catherine, despierta. Por favor...

Tocaron a la puerta y ésta se abrió antes de que tuviera oportunidad de limpiarse las lágrimas. Raonaid entró y se acercó al otro lado de la cama.

—¿Cómo está?

—Igual —contestó él con voz ronca y temblorosa—. No puedo soportarlo, Raonaid. No puedo perderla. —Miró los profundos ojos azules del oráculo—. La quiero.

Ella se quedó mirándolo intensamente un rato.

—Entonces supongo que tenemos algo en común.

Lachlan guardó silencio un momento.

—¿Quién lo habría imaginado?

Ella asintió comprensiva y, apartando el pelo de la frente de Catherine, besó tiernamente sus párpados.

—Siempre he sabido que estabas conmigo —le susurró—, y ahora que te he encontrado, me siento muy distinta. Ya nada es lo que era. Por favor, vuelve con nosotros.

Catherine no dio muestras de recuperarse, así que Raonaid se sentó en la silla del otro lado de la cama.

—¿Dónde has estado? —preguntó Lachlan, pues hacía horas que Catherine había recibido el disparo, y Raonaid no había regresado hasta ese momento.

—Me he quedado allí, en el círculo —le dijo—. Quería ver más.

—¿Qué pasó esta mañana? —preguntó él—. ¿Tuvo Catherine una visión? ¿Vio su vida? ¿Recordó algo?

Raonaid negó con la cabeza.

—Compartimos una visión, y vimos fragmentos de cosas, pero nada completo. Cuando acabó, ella seguía sin recordar. Se enfadó.

Lachlan miró el rostro de Catherine, tan apacible ahora, y deseó poder haberla ayudado, pero su pérdida de memoria era algo misterioso, algo que escapaba a su control.

—¿Qué has visto tú? —preguntó.

—Había un hombre —contestó Raonaid—. Era guapo, con el pelo rubio. Iban juntos en un barco, viajando por el extranjero. Estuvieron juntos bastante tiempo. Lo noté en la cara de Catherine, en cómo iba creciendo y madurando. Calculo que tendría unos veinte años cuando iba en el barco. Luego iban juntos en un carruaje. Atravesaban las calles empedradas de una ciudad. Puede que fuera Roma.

—La encontraron en Italia —le dijo él.

—Lo sé. También sé que el rey Jacobo vive exiliado en Roma y que fue allí donde nació su hijo Carlos la pasada Navidad.

Lachlan la observó atentamente a la luz de las velas y, mientras estudiaba su expresión, se preguntó si había visto algo en sus visiones sobre el bebé de la cuna. ¿Sabía que Catherine había soñado que mataba a un niño?

Raonaid no mostró indicio alguno de sospechar tal cosa. Se limitó a mirarlo con aire desafiante, como dándole a entender que ahora también le correspondía a ella velar por Catherine, no sólo a él.

Lachlan supuso que, si sobrevivía, Raonaid y él tendrían que compartir esa responsabilidad en el futuro, porque él no estaba dispuesto a cedérsela por completo.

—Descuida —le dijo ella al fin—, no fue ella quien intentó matar al príncipe.

Lachlan levantó la mirada al tiempo que una oleada de alivio se apoderaba de él.

—¿Cómo lo sabes?

—Lo vi en una visión —explicó ella—. Fue hace un año, aunque en aquel momento pensé que me estaba viendo a mí misma. Mis visiones me confundían a menudo, y pensaba que eran falsas. No siempre confiaba en ellas, porque me veía en su lugar, más rica de lo que podía imaginar. Ahora me doy cuenta de que era Catherine a quien veía. Ella salvó al príncipe, Lachlan. Fue ese hombre rubio quien quiso matarlo. Catherine trató de detenerlo y, cuando se revolvió contra él, intentó matarla también a ella.

Lachlan sintió que sus entrañas se retorcían de rabia.

—¿Quién es ese hombre? —preguntó en voz baja, rebosante de furia—. Lo encontraré.

Raonaid sacudió la cabeza.

—No puedes.

—No me digas lo que puedo o no puedo hacer —le advirtió él.

Los ojos de Raonaid brillaron, llenos de seguridad y satisfacción.

—Está muerto.

La noticia fue una sorpresa, y Lachlan tuvo que hacer un esfuerzo por calmarse y controlar su respiración.

—¿Cómo? ¿Quién era? He de saberlo.

Raonaid se inclinó hacia delante y posó la mano sobre la frente de su hermana, mirándola con compasión.

—Era su marido, Lachlan. Es todo lo que sé. Y me alegro de que esté muerto, porque no la trataba bien.

¿Estoy muerta?, se preguntó Catherine mientras luchaba denodadamente por abrir sus párpados pesados.

No, no puedo estar muerta, porque en el cielo no puede existir este dolor.

Le dolía todo el costado izquierdo. Tenía la sensación de que la habían apuñalado, y sin embargo sólo podía pensar en la luz cegadora que había reconfortado su espíritu cuando el mundo había dejado de girar a su alrededor.

Pero, ¡ay!, también sentía un dolor intensísimo en el brazo izquierdo. No podía moverlo. Estaba envuelto en una especie de férula.

Por fin abrió los ojos y levantó el brazo. Sentía curiosidad, quería verlo. Confusa y soñolienta, miró los frescos del techo. Había dioses, ángeles y nubes...

El cielo era de un precioso tono azul grisáceo.

—Dios mío...

La boca de Lachlan cubrió la suya, y Catherine levantó la mano ilesa de la cama. Deslizó los dedos por su pelo para apretarlo contra sí y lo besó con dulzura.

Lachlan. Su bello montañés, el hombre que había venido desde muy lejos a rescatarla del oscuro olvido en el que vivía sumida.

—Me acuerdo —dijo cuando el se apartó y comenzó a sollozar de alegría sobre su hombro—. Me acuerdo de todo. —Pasó una mano por su pelo y apartó los largos mechones de su cara mojada—. ¿Voy a vivir?

—Sí —contestó él, riendo, y volvió a besar su boca—. Vas a vivir, muchacha. Ya estás despierta, y el médico dice que eres fuerte.

—Bueno, tengo que serlo, ¿no?

Él se rió alegremente y en sus ojos brillaron hermosos destellos dorados.

—Siempre he dicho que eras una superviviente, y aquí estás, tan hermosa y tan viva... ¿Recuerdas lo que te ha ocurrido?

Sí, recordaba haber corrido con su hermana para alejarse del círculo de piedras erguidas. Recordaba un disparo y un estallido de dolor en la espalda.

—Murdoch me disparó.

—Sí, pero tu hermana lo detuvo antes de que pudiera rematarte. Intentó dispararte de nuevo, pero ella te salvó la vida.

—¿Cómo?

—Le lanzó su puñal desde muy lejos y dio en el blanco. Fue un lanzamiento impresionante. Es una mujer de armas tomar, esa hermana tuya.

Catherine tocó su mejilla.

—Pero tú la odias.

—Sí, la odiaba. Puede que todavía la odie por muchas cosas,

pero creo que quizá pueda perdonarla. Después de lo que ha hecho por ti, por los dos...

Catherine cerró los ojos un momento mientras los acontecimientos de los cinco años anteriores hacían temblar los cimientos de su existencia. Había tantas cosas que había olvidado y que ahora veía de pronto... Lo entendía todo. Lo recordaba.

—¿Podremos estar juntos alguna vez? —preguntó, indecisa—. No sé si querrás cuando te lo haya contado todo. —Lo miró a la luz vacilante de las velas—. Sé dónde estuve. Sé lo que me ocurrió, adónde fui y lo que hice. Pero temo contártelo.

Lachlan besó su mano.

—Nada cambiará lo que siento por ti, muchacha. Puedes contármelo todo.

—¿Estás seguro? Porque hay cosas... Era muy joven, Lachlan. Muy necia. —Hizo una pausa y tragó saliva. Tenía la garganta seca.

Él parecía leer cada pensamiento que tomaba forma en su cabeza y se acercó al lavamanos para servirle un vaso de agua.

—Bebe esto. —Regresó a la cama y la ayudó a incorporarse. Acercó el vaso a sus labios.

Catherine bebió con ansia; después volvió a recostarse en las suaves almohadas de plumas.

—El médico te ha mandado láudano para el dolor —dijo Lachlan—. Has de decírmelo si lo necesitas.

—Más tarde, quizá, pero ahora no.

Él se tumbó en la cama, a su lado, y la estrechó entre sus brazos. Su calor era como una manta celestial de la que Catherine no quería desprenderse.

—Cuéntamelo todo —dijo él—. Te escucho.

Ella escondió la cara en la suave lana de su tartán.

—¿Sabes que mi padre murió hace seis años?

—Sí.

—Pues después nada fue lo mismo. No llevaba muerto ni un año cuando mi abuela me empujó a casarme. Con alguien a quien no amaba. Era demasiado viejo.

—El amor es importante —dijo Lachlan.

Ella asintió, cansada.

—Yo siempre lo he pensado. Así que me escapé. Huí con un

joven y apuesto oficial inglés al que conocí en una reunión política que se celebró aquí, en Drumloch. Todos los invitados eran hanoverianos debido a las opiniones políticas de John, que diferían de las mías. Pero había un joven que tenía simpatías jacobitas. Se llamaba Jack. Nos escabullimos y estuvimos hablando toda la noche, y pensé que era un gran héroe para la causa.

—¿No era lo que pensabas?

Catherine sacudió la cabeza.

—No, pero de eso no me enteré hasta que ya era demasiado tarde. Verás, al principio se portó bien conmigo. Huimos juntos a Francia y nos casamos en secreto.

Miró a Lachlan con cautela, sin saber qué estaba pensando, pero al ver que no reaccionaba añadió:

—No le dije a nadie adónde iba. Odiaba a mi abuela, y a John apenas lo conocía. Sólo sabía que había heredado el título de mi padre y esta casa, que era mi hogar. Sentía que no tenía derecho a estar aquí.

—Era el heredero de tu padre —dijo Lachlan con suavidad.

—Ahora lo entiendo —confesó ella—. Supongo que entonces también lo sabía, pero estaba tan apenada por la muerte de mi padre que odiaba a John. Quería recuperar mi antigua vida.

—¿Qué ocurrió después? —preguntó Lachlan—. ¿Después de casarte con ese inglés?

Ella levantó la mirada.

—Me utilizó y se sirvió de la amistad de mi padre con el rey Jacobo para acceder a la corte Estuardo en Roma. Ése fue su propósito desde el principio, creo. Conoció a muchas personas poderosas, pero era un espía de los Hanover y cuando nació el príncipe intentó convencerme para que...

El rostro de Lachlan se convirtió en una máscara iracunda.

—¿Quiso que hicieras ese odioso trabajo por él? ¿Matar al príncipe?

—Sí —contestó ella—, pero me negué. Le dije que haría pública su conspiración y fue entonces cuando intentó matarme. Me agarró por el cuello y me estranguló. —Se le saltaron las lágrimas y tardó un momento en recuperar la compostura—. Perdí el sentido y, cuando desperté, me estaba enterrando en el jardín.

No pudo seguir hablando de aquella horrible pesadilla. Volvió la cara hacia el tartán de Lachlan y se echó a llorar.

—No llores, muchacha —susurró él mientras le apartaba el pelo de la cara y besaba su frente—. Estoy aquí, y estás a salvo. Todo eso es agua pasada. Nadie volverá a hacerte daño.

—Era mi marido e intentó enterrarme viva.

—Lo sé.

Ella se enjugó las lágrimas y sintió la necesidad de contárselo todo. De describir exactamente lo ocurrido.

—Cuando volví en mí, recuerdo que se me llenó la boca de tierra. Estaba fría y húmeda, pero por suerte el hoyo era poco profundo. Pude salir de él. Encontré la pala y golpeé a Jack en la cabeza con ella. Lo maté, Lachlan, y luego huí.

—Hiciste lo correcto.

Ella asintió, aunque no era fácil aceptarlo. Jack era su marido, y ella lo había querido alguna vez. O al menos eso había creído.

—Fue entonces cuando perdí la memoria —dijo—. Me encontraron poco después, acurrucada en el establo de una granja, y me llevaron al convento.

Pasaron largo rato en el mullido lecho de plumas, abrazados, acariciándose suavemente y besándose con ternura.

—¿Qué va a pasar con Murdoch? —preguntó ella con cautela.

—Tu primo se está encargando de eso. Avisó al juez. Se enviará un escrito al rey informando de su intento de organizar otra rebelión. Ya lo intentó una vez, ¿sabes? Fue detenido, pero luego lo soltaron. Raonaid ha accedido a facilitar cualquier información que contribuya a mantener la paz en nuestro país. Creo que el rey la recompensará por sus esfuerzos, pues fue ella quien acabó con su vida.

Catherine se acurrucó contra su pecho musculoso y aspiró el aroma embriagador de su ropa, su pelo y su piel. Lo único que quería era quedarse allí para siempre.

—Pero Raonaid y Murdoch eran amantes —dijo pasado un rato—. Su muerte ha de haberla afectado de alguna manera.

—Sí, pero ella también es una superviviente, igual que tú.

Catherine se quedó pensando.

—Supongo que ahora tenemos más cosas en común que nunca. Tenemos mucho de lo que hablar.

Lachlan asintió y acarició su hombro. Ella agradeció el calor de sus manos.

—Lamento todo lo que ha pasado —dijo él—. Todo el dolor que te causé. Nunca fue mi intención hacerte daño.

Ella intentó incorporarse para mirarlo a los ojos, pero el dolor del costado no se lo permitió. No tuvo más remedio que quedarse muy quieta, apoyada en su suave tartán.

—Puedo perdonarte cualquier cosa, Lachlan. Sólo necesito saber que me quieres.

—¡Ah, muchacha, si tú supieras...!

—Pues no lo sé —le dijo ella con más enojo del que pretendía. Pero lo amaba. Necesitaba saber lo que sentía—. Por favor, Lachlan, debes decírmelo.

Él agarró su cara con una mano y la besó en la coronilla. Luego dejó escapar un profundo suspiro.

—No sabes cuánto sufrí cuando te vi rodar por esa colina. Sabía que estabas herida, y cuando vi tu vestido manchado de sangre, una parte de mí pensó que no podía pasar por esto otra vez. Pero la alternativa, negar mi amor por ti, era peor que cualquier otra cosa. En ese momento supe que, por pasar un solo día amándote, vale la pena pagar cualquier precio, aun a riesgo de perderte en el futuro. ¿Qué sentido tiene vivir si no puedo disfrutar de la pasión que hay entre nosotros?

Ella sofocó un gemido de alivio.

—¿Qué estás diciendo, Lachlan?

—Que quiero estar contigo para siempre. Quiero hacerte el amor, tener hijos contigo, darte todo lo que puedas desear. No quiero volver a apartarme de tu lado. Quiero todas las cosas que dijiste que querías cuando te marchaste ayer. Tenías razón. Necesitaba una buena patada en el culo.

Se incorporó y la besó en la boca. Fue un beso cálido y tierno, lleno de afecto y deseo.

—No lo estoy haciendo bien —susurró, echándose hacia atrás. Se bajó de la cama y clavó una rodilla en el suelo—. Te quiero, Catherine Montgomery, y quiero que seas mi esposa. Viviré en cualquier parte contigo, seré lo que quieras que sea. Renunciaré a mi espada si me lo pides. Estoy harto de esta vida errante de soldado.

Ahora quiero ser tu amante. Sólo tuyo. De nadie más. Eres mi amor y mi ángel. ¿Aceptas ser mi esposa?

A Catherine se le llenaron los ojos de lágrimas y soltó una carcajada de alegría.

—Claro que sí.

Lachlan se levantó y en un abrir y cerrar de ojos estaba de nuevo abrazándola con ternura para no hacerle daño. Cubrió su boca con un beso dulce y embriagador que la hizo olvidar todo el dolor de su corazón y su cuerpo. Ahora Lachlan le pertenecía, y nunca tendría que decirle adiós. La había sacado del lúgubre abismo de su vida y le había mostrado quién era en realidad.

Y, además, ahora tenía una hermana.

—¿Dónde viviremos? —preguntó mientras él rozaba con los labios el lóbulo de su oreja y acariciaba su mejilla.

—Donde tú quieras, muchacha. Iré adonde tú vayas.

—¿Y John? ¿Crees que pondrá algún impedimento?

Lachlan la miró.

—¿Importa eso?

—No —contestó, riendo, e hizo caso omiso del dolor de su brazo y su costado. Quería tocarlo—. Soy mayor de edad. Puedo hacer lo que quiera.

—Eso dices siempre.

Lachlan sonreía cuando la besó en los labios, y ella sintió su alegría compartiendo la magia de aquel beso. Luego, al fin, él se apoderó de su boca con salvaje intensidad, y todo empezó a darle vueltas.

Cada instante que pasó en sus brazos fue un éxtasis divino, y se aferró a todo ello, abrazando la promesa de una nueva vida.

—Espero que te cures pronto, muchacha —dijo él—, porque te debo un buen revolcón. La próxima vez que hagamos el amor, quiero hacerte de todo. No volveré a reservarme nada.

—Bueno, ésa es una razón estupenda para recuperarme lo antes posible —repuso ella con una sonrisa seductora y juguetona.

Él apartó el pelo de su cara y, cuando ella esperaba que dijera algo seductor, dada su habilidad como amante, se puso serio y dijo lo único que de verdad importaba:

—Te quiero, Catherine Montgomery —susurró.

Y una lágrima rodó por su mejilla.

Epílogo

Señorío de Drumloch, frontera de Escocia
Diciembre de 1731

DEL DIARIO PRIVADO DE CATHERINE MONTGOMERY

He decidido que hoy, puesto que hace buen tiempo, escribiré en mi nuevo diario desde el círculo de piedras de Drumloch, el lugar en el que comenzó verdaderamente mi vida hace diez años.

Me cuesta creer que haya pasado toda una década desde que Lachlan me encontró aquí. Han pasado tantas cosas desde entonces... Nuestra boda, los hijos... Más hijos...

Desde el día en que nos casamos, hemos vivido en la torre oeste del Castillo de Kinloch. Lachlan sigue conservando el título de caudillo militar. Angus y él están más unidos que nunca. Yo también me siento muy unida a Gwendolen, la esposa de Angus, que es como una verdadera hermana para mí. Nuestros hijos juegan juntos todos los días. (Tenemos siete. Angus y Gwendolen tienen seis, pero Gwen está esperando otro para la primavera.) A veces me dan ganas de pellizcarme cuando pienso en lo felices que somos.

Dos veces al año viajamos al Castillo de Moncrieffe para visitar a Duncan MacLean, un buen amigo de Angus al que recientemente se ha concedido un ducado por sus incansables esfuerzos en pro de los derechos de los escoceses y su apoyo a la unión de Gran Bretaña. Es un diplomático brillante y uno de los grandes favoritos del rey.

Amelia, su esposa, la duquesa, es inglesa y también goza del cariño real. El mes pasado me mandó un precioso broche de diamantes como regalo para conmemorar mi décimo aniversario de boda. Me conmovió profundamente su gesto, y Lachlan, para no ser menos, me regaló este diario encuadernado en piel para que escriba. También prometió traerme a casa, Drumloch, por Navidad para visitar a mi hermana. Sabía que eso significaba para mí mucho más que cualquier alhaja, por preciosa que fuera.

Raonaid está muy cambiada. Ya no es una proscrita, sino la señora de esta gran casa, de la mansión de Drumloch. El primo John y ella se han hecho buenos amigos y la bondad y la lealtad de John han ablandado asombrosamente su corazón. Ahora cree en la felicidad y en la suerte que es tener una familia unida, y es una persona sumamente cariñosa.

Nos escribimos a menudo y a veces nos tendemos los brazos una a la otra en sueños. Me cuesta explicarlo con palabras, pero estamos de algún modo unidas espiritualmente, de un modo que desafía la lógica.

Pero ¿acaso no sucede lo mismo con el amor? Sencillamente, es imposible verlo o definirlo, pero de todos modos existe y tiene más fuerza y más poder que cualquier espada o cualquier mosquete.

Mi marido y mis hijos son el centro de mi vida. Moriría por cualquiera de ellos y sé que ellos sienten lo mismo por mí.

¡Ah, mira! ¡Ahí viene Lachlan!. Está subiendo la colina. Viene a buscarme para cenar. Raonaid y John nos han prometido un gran festín, y estoy hambrienta.

Si pudieras ver lo guapo que está con esta luz invernal... ¿Cómo es posible que me haya casado con un hombre tan hermoso? A veces sigo preguntándome si no será todo un sueño, pues siempre hace que mi corazón se estremezca y lo quiero más cada día que pasa.

Ya está aquí. He de irme. Volveré a escribir mañana, lo prometo.

Catherine